新典社選書59

古典和歌の時空間

――「由緒ある歌」をめぐって――

三村晃功著

新典社

目次

一　はじめに

古典和歌といえばまず、折々の感興に即して作歌の場や状況との密接なかかわりのもとに詠作される「実詠歌」と、それらとはまったく関係を持たないで、題に基づいて構想された観念的な世界を形成する「題詠歌」とが存し、そのほとんどが後者の題詠歌に属するのである。

ちなみに、『万葉集』が前者に属し、勅撰集が後者に属することは周知の事実であるが、筆者は後者の題詠歌にかかわる古典和歌の入門書・概説書としてさきに、『古典和歌の世界――歌題と例歌（証歌）鑑賞――』（平成二二・一二、新典社）と『古典和歌の文学空間――歌題と例歌（証歌）からの鳥瞰《スコープ》――』（平成二四・七、新典社）の二冊を刊行したのであった。この二冊は歌題の視点から多彩な古典和歌の世界に照射を与えてみた拙論であったが、題詠歌といってもその内容は種々様々で、その中には次のごとき詠歌も見られるのである。

1　芹摘《せりつ》みし昔の人も我がごとや心にものはかなはざりけむ　（伝承歌）

2　いかにせむ御垣《みかき》が原に摘む芹のねにのみ泣けど知る人もなき

（千載集・恋歌一・読み人知らず・六六八）

まず、1の詠は典拠と詠歌作者が目下未詳だが、中村薫編『典拠検索　名歌辞典』（昭和五三・六、日本図書センター）によると、『奥義抄《おうぎしょう》』『俊頼髄脳』『袖中抄《しゅうちゅうしょう》』『綺語抄《きごしょう》』『枕草子』『狭衣物語』『讃岐内侍《さぬきのすけ》日記』『唐《から》物語』『続歌林良材集』『和歌呉竹《くれたけ》集』『菅笠《すげがさ》日記』には収載されている由である。その歌意は、芹を摘んでは人に贈ったという、あの昔の人も、わたしとまったく同じように、思うように事が進まなかったのであろうか、のとおり。

また、2の詠は、『千載集』に「題知らず」の詞書を付して載る、読み人知らずの歌で、その歌意は、どうしたらよかろうか。御垣が原に摘む芹の根のように、音《ね》に――声にばかり出して泣いてもわたしの思いを知る人はいないことだ、のとおりだ。

ところで、1の詠では「芹摘みし昔の人」の具体的な内容がいまひとつ分明でないし、2の詠では「御垣が原に摘む芹」がなぜ叶わぬ恋と関係するのか、これまたもうひとつ判然としないが、要するに、何故に両歌ともにあいまいな詠作内容になっているのであろうか。

そこでまず、1の詠について、『俊頼髄脳《としよりずいのう》』を参看してみると、「芹」を摘んで人に贈ったという、一種の和歌説話のごとき内容を紹介しているので、以下にその内容を簡略に掲げよう。

この歌の題材は、漢籍にあるように、粗末な贈り物の意の「献芹《けんきん》」が典拠ではあるまいか。ただ、話題としてある人が言うには、内裏《だいり》の中で朝の掃除をする官人が、庭を掃いていたときに突風が御簾《みす》を吹き上げてしまったのだが、御所の中では、后宮《きさいのみや》が食事をされていて、芹と思われる物を召し上がっていらっしゃった。官人はその様子を見て、すっかり魅せられて、誰にも知られずに、恋い焦《こ》がれるようになってしまった。官人は何とかして、いま一度后宮の姿を見申し上げたいと思ったけれども、いい方法もなかったので、官人は后宮が召し上がっていた芹のことを思い出して、毎日芹を摘んで来ては、あの御所の風に吹き上げられた御簾の近辺に置いていた。こうして月日は経過したが、后宮の反応はまったくなかったので、官人はついに病気になって、命も絶えようとしたときに、「わたしの病は身体にかかわる病気ではなく、后宮への恋慕《れんぼ》の情が募《つの》って死んでしまうのだ。もしわたしを不憫《ふびん》だと思うのなら、芹を摘んできて、それをわたしへの功徳《くどく》として使ってほしい」といって、絶命してしまった。その後、みなは遺言《ゆいごん》のとおりに、芹を摘んでは仏前に供え、僧侶に食べさせるなどしていた。

その後、死んだ男の娘が、その后宮の女官になって仕えていたが、あるとき同僚たちに、亡き父の芹と后宮にちなむ話をしていたのを、后宮が耳にして、かわいそうに思われて、「そういえばわたしは、いつか芹を食べていて、誰かに見られたことを記憶している」と口にされて、その女官を常にそばに召されて、同情を寄せていらっしゃった。

その后宮は嵯峨天皇の皇后といわれているが、いったいどういう料簡《りょうけん》なのであろうか、いつも内緒事を好まれて、始終姿を変えては、禁中の衛士《えじ》の詰め所とか、何某《なにがし》の戸口とかにお出掛けなさったということだ。

1の詠の「芹摘みし昔の人」の言動の背景には、以上のごとき説話的背景が認められるのである。したがって、1の詠は以上の和歌説話ともいうべき、内裏の朝の掃除をする官人と嵯峨天皇の皇后との交渉の内容を知ってはじめて、理解されるというわけだが、1の詠のやや曖昧《あいまい》模糊《もこ》とした内容は、このような和歌説話を導入することで解消されると言えようか。

ところで、2の詠については、『千載和歌集』（新日本古典文学大系）に「叶わぬ恋の思いを『御垣が原に摘む芹』という親しまれた歌語により表現。相手に伝わらぬ忍ぶ恋の歎きの歌を連ねる」という解説があるが、何故に「御垣が原に摘む芹」にこのような「忍ぶ恋の歎き」の意味が付与《ふよ》されているのであろうか。というのは、「御垣が原」は、片桐洋一氏『歌枕歌ことば辞典増補版』（平成一一・六、笠間書院）によれば、

大和国の歌枕。今の奈良県吉野郡。宮殿の外垣の中でありながらやや荒れている原というイメージであるため、都の宮殿ではなく、吉野の離宮などについていわれることが多かった。たとえば「ふるさとは春めきにけりみ吉野の御垣が原を霞こめたり」（詞花集・春・兼

盛）のように、「ふるさと」すなわち古い都だったが今は里になっている奈良が春めいた。それもそのはず、この奥深い吉野の御垣原にも霞がたちこめていると言っているのであるが、雪深い吉野の御垣原にも「春」が来たというように「霞」「花」などとともによまれることがおおかった。


のとおり、大和国《やまと》の歌枕で、吉野の離宮に属する原を意味するのが普通であったからだ。

ちなみに、下河辺長流《しもこうべちょうりゅう》の『続歌林良材集』は「恋に芹摘むこと」の項目のもとに、2の詠を1の詠とともに、和歌説話の証歌として掲載しているが、それは本詠が通常の「御垣が原」の意味とは異なる意味を担って詠じられていることを意味しているからであろう。

ここに、2の詠は、片桐氏がさきに掲げた辞典で「御垣が原」の説明としてオーソドックスな意味を紹介された後で、

いっぽう『俊頼髄脳』『奥義抄』『和歌童蒙抄』などに見える古歌、「芹つみし昔の人も我ごとや心に物はかなはざりけむ」によって、「いかにせむみかきが原に摘む芹のねのみに泣けど知る人のなき」（千載集・恋一・読人不知）、「あづさのそまに　宮木引き　みかきが原に　芹摘みし　昔をよそに聞きしかど……」（同・雑下・俊頼）というように、「芹を摘

む」によそえて満たされぬ思いをよむことも多かった。

という「御垣が原」のもうひとつの意味を紹介されている記述内容と連携《れんけい》するのだ。2の詠の詠歌内容は、このもうひとつの「御垣が原」の意味を導入することによって、はじめて十分な理解が可能となるというわけだ。

つまり、1と2の両詠は詠歌の中には、このような和歌説話とも言うべき具体的な内容を担わされて登場しているわけで、こうした和歌は古来、歌学書のなかでは「由緒ある歌」と命名されているのである。

ここで『古今集』の中からもう二首ほど引用してこの問題を敷衍《ふえん》して述べてみよう。

3　春来れば雁帰るなり白雲の道行きぶりに言《こと》やつてまし

（古今集・春歌上・凡河内躬恒・三〇）

4　秋風に初雁が音《ね》ぞ聞こゆなる誰《た》が玉梓《たまづさ》をかけて来《き》つらむ　（同・秋歌上・紀友則・二〇七）

まず、3の詠は『古今集』に「雁の声を聞きて、越《こし》へまかりける人を思ひてよめる」の詞書を付して載る、凡河内躬恒《おおしこうちのみつね》の歌。歌意は、春がめぐって来ると、雁が北国に帰ってゆく。白雲の道を飛んでゆくついでに、友人への手紙を言伝《ことづ》てしようか、のとおり。

次に、4の詠は同じく『古今集』に「是貞親王家歌合の歌《これさだのみこのいへの》」の詞書を付して載る、紀友則の歌。歌意は、秋風に乗って初雁の声が聞こえてくるよ。いったい誰からの便りを携《たずさ》えて来たのだろうか、のとおり。

さて、3・4の両歌にはともに題材として「雁」と「玉梓」（道行きぶり）とが詠みこまれているが、果たして両者には密接な関係があるのであろうか。そこで両者の関係を探るべく、『俊頼髄脳』を検索してみると、次のような故事を見出すことができるではないか。

すなわち、この歌の雁と手紙の故事については、中国の漢の時代に、武帝といった帝王の御世に、匈奴《きょうど》の地胡塞《こさい》という所へ、蘇武《そぶ》という廷臣を使者として派遣したが、そのまま帰って来なかった。そこで武帝は衛律《えいりつ》という廷臣を再度遣わしたが、衛律はその地に着いてすぐにその所の者に「蘇武はいるのか」と尋ねたところ、その所の者は、蘇武が捕らえられていることを隠して、「その人はこの地で亡くなられて、長いことになります」と答えたのであった。衛律は嘘をついているのだと察知して、「蘇武は死んではいないのだ。というのは、ついこの秋に、蘇武が手紙を書いて雁の肢《あし》につけ、武帝に奉っているからだ。武帝はその手紙をご覧になって、蘇武は今なお健在だとお知りになったのだ」と計略を用いてこのように言うと、胡塞の者は、そういう事実があったのか、そういうわけがあるなら、隠しても無駄だと思って、「蘇武はほんとうはこちらにいます」といって、蘇武に面会させたということだ。

というわけで、3と4の詠はここに、いわゆる「雁信《がんしん》」の故実に依拠して詠作されている背景が明確になったといえるであろう。つまり、3と4の詠歌も、1と2の詠歌と同様に、詠作内容にこのような和歌説話を担って作歌されている事情が認められるのだ。

以上のような性格を持った和歌を、筆者は歌学書に倣《なら》って「由緒ある和歌」と命名しているわけだが、本書では題詠歌の中でもこのような種類の詠歌について、以下、詳細に論述していきたいと思う次第である。

「由緒ある歌」の世界は以上のように、広大で深遠なることこのうえもなく、一筋縄では容易に行かない多岐にわたる領域であるようだ。しかし、それだけに、考究、格闘する対象として過不足はなく、真摯《しんし》に課題の追求に全力投球したいと考えている。

二　歌学・歌論史の略述　――「由緒ある歌」の系譜

以上、本書で取り扱う題詠歌の種類・性格について略述したが、ここではそのような和歌について学問的立場で言及している、和歌の学問的書物ともいうべき歌学・歌論書について概説しておきたいと思う。

なぜならば、1と2の詠には、具体的内容として、下河辺長流の『続歌林良材集』に「恋に芹摘むこと」の項目のもとに掲げられている和歌説話が深くかかわっていて、この点についてはすでに指摘したとおりだが、その『続歌林良材集』の序で、本書が一条兼良の『歌林良材集』の続編として、「わが国にある由緒あるうた」の「おほくの来歴」や故実を集めて編纂した歌学書である旨を明言しているからである。

というわけで、筆者は本書ではこのような意味で、歌学書『歌林良材集』に収載される「由緒ある歌」を紹介することを企図したのだが、ここで参考までに『歌林良材集』について『日本古典文学大辞典　第二巻』（昭和五九・一、岩波書店）から拙稿を引用しておこう。

歌林良材集《かりんりょうざいしゅう》　一巻。和歌。室町時代の作歌手引書。一条兼良著。永享年間（一四二九―一四四一）の成立か。【内容】上巻では、「出詠歌諸体」「取本歌本説体」「虚字言葉」の四項目一二九条につき、『万葉集』、八代集、『伊勢物語』『大和物語』『源氏物語』などから証歌を引いて具体的な解説に及び、下巻では、「有由緒歌」（よき歌および故事）六十五条につき、藤原基俊・源俊頼・顕昭・藤原俊成・同定家などの学説を広く引いて注解を付している。自説は少なく、博学博識を誇る古典学者兼良の学風が良く出ているが、一面啓蒙的な性格も強い。なお、下巻の「有由緒歌」を補遺したのが下河辺長流の『続歌林良材集』二巻であり、さらにそれを継いだのが契沖の『続後歌林良材集』二冊である。【諸本・翻刻】寛永二十年・慶安四年・元禄八年刊の版本と、続群書類従17輯上所収本・歌学文庫四所収本があるが、いずれも大異はない。　〔三村晃功〕

こういうわけで、本書で扱うテーマが、歌学書に収載される「由緒ある歌」、ないし東西に伝承する故実に基づく和歌説話にかかわる歌であることを理解していただけたかと愚考するので、ここで歌学書の系譜を整理しておくことはまんざら無意味な作業ではないと判断して、以下に、この問題についてあらかた言及していこうと思う次第である。

さて、一般的に歌学書というとき、歌論書との関係はどうなのかという問題が必ず生ずるが、おおよそ歌学と歌論とは相互に入り組み、両者を個別に峻別《しゅんべつ》するのには無理があると筆者は考えるので、ここでは和歌に関する知識を歌学と考えて、歌論を含めた和歌の知識の総体を歌学と大まかに定義して、以下論述していきたいと思う。

ところで、歌論ないし歌学書の最初の著作は宝亀三年（七七二）五月に成立の藤原浜成《はまなり》の『歌経標式』と考えて支障あるまいから、まずはこの歌学書の説明をしておこう。

さて、『歌経標式《かきょうひょうしき》』は弘仁天皇の勅命によって撰述された歌学書。構成は序文・本文・跋文から成り、伝本には広本系統と抄出本系統とがある。序文では和歌の起源や意義に触れ、本書の意図について述べ、本文では、歌病《かびょう》を七種に分け、歌体を三種に分けて論じる。前者では、和歌の句末や句中の押韻《おういん》の重複を問題にし、後者では、長歌・短歌の押韻のあり方、和歌における雅意の必要性や俗語に言及しながら、音数律の問題を論じ、最後に「雑体《ぞうたい》」で「古事」（枕詞などの歌語）の問題を、それぞれ扱っているが、このうち、「古事」の部分が本書で問題にしているテーマと関わるであろうか。なお、例歌には記紀歌謡や『万葉集』の歌を引いている。中国六朝《りくちょう》の時代の詩学に学び、詩病を和歌の作法に援用《えんよう》して見当違いの記述も見られるが、和歌を体系的に把握しようと試みた最初の歌学書として評価され、以後の歌学書のモデルとなったといえようか。

ところで、歌論・歌学史において中心にあったのが「心」と「詞」の問題であったが、この点に最初に言及したのが『古今集』の仮名序である。したがって、『歌経標式』の後に連繫《れんけい》するのは、歌論の側面を多分にもつが、『古今集』の仮名序であることは言を俟《ま》つまい。

さて、**『古今集』**の**仮名序**が延喜五年（九〇五）に紀貫之（八七二ごろ—九四五）によって記されていることについては周知の事実であろうが、この仮名序には、和歌の本質と効用、和歌の起源、和歌の発展、和歌の六つのさま、和歌の本来の性格、『万葉集』賛美、六歌仙《ろっかせん》の歌、『古今集』の成立の経緯《けいい》など、八つの部分から構成されるが、ここには和歌についての総合的な紀貫之の見解が提示されて、はなはだ貴重である。とりわけ、「六歌仙の歌」の部分には当面のテーマにかかわる記述が指摘されて興味深いが、この部分に窺《うかが》い知られる具体的な内容は、「由緒ある歌」ないし和歌説話とも言うべき内容で、その点、歌学書の側面をもっていると認めることができるように推察されようか。

このような『古今集』の仮名序に認められる和歌についての本質論を継承するのが、平安時代中期の藤原公任《きんとう》（九九六—一〇四一）ではなかろうか。公任の著作には、『新撰髄脳』『和歌九品《くほん》』の歌論書と、『十五番歌合』『三十六人撰』や『金玉集』『深窓秘抄《しんそうひしょう》』『拾遺抄』などの秀歌撰と私撰集である。

このうち、**『新撰髄脳《しんせんずいのう》』**は成立年次未詳。伝本は流布本《るふぼん》系統と異本系統に大別されるが、内容に大差はない。現存本には序跋《ばつ》はない。内容はまず秀歌論と秀歌例があり、次に歌病論・用詞が続き、さらに本歌取りや旋頭歌《せどうか》の歌体論が述べられ、最後に歌枕《うたまくら》論で結ばれている。このうち、重要なのは冒頭の秀歌論と最後の歌枕論だが、前者は公任の秀歌撰と直接に関係する点で、後者は和歌説話や歌語の問題と連携《れんけい》する点においてである。なお、後者は当面の本書のテーマにかかわる点で貴重であって、この歌枕論は先に言及した『歌経標式』の「古事」にも通底していることを指摘しておこう。

次に、『和歌九品』は寛弘九年（一〇〇九）以後に成立の歌学書。和歌を上品《じょうぼん》・中品《ちゅうぼん》・下品《げぼん》に分け、さらに各品を上・中・下の計九品に分けて、各品に例歌二首、計十八首を掲げ、その優劣を論じている。ちなみに、「九品」とは、当時流行の極楽浄土の「九品蓮台」「九品浄土」による分類化。標語は貫之の歌論を継承深化させて、「心」と「詞」の調和による余情の美を庶幾《しょき》して、公任の歌論を展開している。

こうした歌学の基礎を築いたともいうべき、平安時代中期の藤原公任の後塵《こうじん》を拝する歌学者として挙げられるのが、六条藤《とう》家の顕昭《けんしょう》（一一三〇ごろ—一二一〇以後）であろう。

それは和歌が貴族社会の中で必須の教養として重視されるにつれて、和歌をいかに詠むかという問題は貴族にとって避けて通れない重要な課題として重くのしかかってきたからだ。それは和歌なるものが、天皇・上皇や摂関家などの上層貴族と交流していく上で、その人物の度量や存在感を示しえる、とりわけ政界で飛躍する重要な鍵・総合力ともなってきたために、歌合や歌会などの晴れの場における華々しい活躍や、屏風歌の見事な詠作ぶりを見せることは、その人物の知的水準の高さを示すばかりか、その場の歌学面での統率力・指導力のある人物として、衆目《しゅうもく》の一致するところとなるからである。

要するに、晴れの歌合や歌会、褻《け》の談義などの場で、他者を凌駕《りょうが》しえる歌学的知識の充実・優秀性が切実な問題として浮上、機能するという状況が生じてき、それは直接的に実作と歌学的知識の開陳《かいちん》という現実の場における評価の問題と直結しているのだ。

となると、歌学の総合的な把握が必然的に要請され、従来の歌学書の集成と体系化、及び内容の具体的な検討、検証の必要が生じて、ここに歌学の問題は大きく転回して、和歌の素材提供たる注釈の問題へと発展していくのである。

こうして平安時代後期には数多《あまた》の注釈作業が行われたが、その中で特に注目されるのが、六条藤家の顕昭であるわけだ。顕昭は『詞花集』の撰者・藤原顕輔《あきすけ》の猶子《ゆうし》。叡山で修行ののち、仁和寺《にんなじ》に入り、守覚法親王の庇護を受けて、六条藤家の代表的歌学者として活躍した。顕昭には、『今撰集《こんせんしゅう》』『桑門集《そうもんしゅう》』などの私撰集、歌学書に『万葉集時代難事』『柿本朝臣人麿勘文《かんもん》』などの万葉学、『詞花集』にいたる勅撰集と『堀河百首』『散木奇歌集』などの注釈、歌語の注解たる『袖中抄《しゅうちゅうしょう》』、『六百番歌合』における藤原俊成の判詞を批判した『顕昭陳状《ちんじょう》』などの多種の著作がある。

　このうち、もっとも注目される歌学書が『袖中抄』である。本書は文治元年（一一八五）か二、三年ごろの成立か。内容は、『万葉集』『古今集』『伊勢物語』などの歌語約三百を採り上げて、考究している。そのうち、『万葉集』関係が約百語を占めるのは、御子左家《みこひだりけ》の『古今集』尊重に対し、『万葉集』尊重の六条藤家の立場を明示していようか。考究の姿勢は、漢籍・仏典・歌集などの文献を引用し、多くの例歌・証歌から帰納して歌語の正確な意味を究めている。

　なお、『顕昭陳状』の成立は建久四年（一一九三）か。内容はさきに言及したように、『六百番歌合』における藤原俊成の判詞への反論だが、諸書の中から博引傍証《はくいんぼうしょう》して、『万葉集』を本体とすべきこと、風情《ふぜい》を最重視すべきこと、発想・用語の自由であるべきことなどに及んでいる。まさに当代随一の歌学者たること疑い得ない論述といえようか。

　ところで、顕昭以前の平安時代後期の歌学者で歌学の著述を残している著名な人物に、『俊頼髄脳』の源俊頼、『綺語抄《きごしょう》』の藤原仲実、『隆源口伝《りゅうげんくでん》』の隆源、『和歌童蒙抄《どうもう》』『五代集歌枕』の藤原範兼、『和歌色葉《いろは》』の上覚、『奥義抄』『袋草紙』『和歌初学抄』の藤原清輔などがいる。

　まず、源俊頼（一〇五五―一一二九）は大納言経信《つねのぶ》の三男。若年より父の供をして処々の歌会に出席し、四十歳の『寛治八年高陽院《かやのいん》殿七番歌合』には、当代を代表する歌人として出詠するほか、『堀河院艶書合《けそうぶみあわせ》』『堀河百首』『永久百首』の詠者となり、関白忠通や修理大夫顕季《あきすえ》の邸に出入りして、歌合の判者となるなど尊重された。

『俊頼髄脳』は天永二年（一一一一）から永久二年（一一一四）の間に成立した歌学書。内容は、序・和歌の種類・歌病・歌人の範囲・和歌の効用・実作の種々相・歌題と詠み方・秀歌例・和歌の技法・異名・季語や歌題の由来・表現の虚構と歌ごころ・歌語の疑問・歌と故事など、多岐《たき》にわたる問題を総合的に備えている。和歌の初心者の心得るべき事柄が要領よくまとめられているが、その中には過去の歌学書の引用や、伝承されてきた逸話《いつわ》や和歌説話、父経信からの教訓などが随所に見られて、当時の歌学と実作に資する優れた内容となっている。とりわけ本書で取り扱おうとする、和歌の故実・由緒、和歌説話の領域では豊饒《ほうじょう》な問題を提供する歌学書たりえていると評しえようか。

次に、藤原仲実《なかざね》（一〇五七—一一一八）は越前守能成の男。『堀河百首』の作者になるなど、源国信・同俊頼らを中心とする堀河院歌壇の有力歌人として指導的立場にあって、仲実の勧進《かんじん》で『永久百首』は成った。歌学者としても卓越した識見をもち、『綺語抄』の著作がある。

その『綺語抄』は康和元年（一〇九九）から元永元年（一一一八）までの成立と推定される。内容は『倭名類聚鈔《わみょうるいじゅうしょう》』の体裁にならい、歌語を天象・時節・動物・植物など十六部門に分類して、簡単な注釈を施し、『万葉集』『古今集』『後撰集』などから例歌を掲げているが、所々に故実や和歌説話を示しているのは、本書の主題と関連して興味深い。和歌の実作や古歌や歌語の知識の必要な歌合に備える手引書として編纂《へんさん》されたものだ。

次に、隆源（生没年未詳）は堀河・鳥羽天皇のころの人。若狭守藤原通宗の二男。『後拾遺集』の撰者・通俊は叔父で、六条家の顕季の妻は叔母にあたる。出家して叡山にのぼり、若狭阿闍《わかさあじゃ》梨《り》と号す。歌人・歌学者として優れ、『後拾遺集』の編纂を助け、『袋草紙』によると、奏覧本を清書したという。『堀河百首』の作者。

『隆源口伝』は成立年次未詳の歌学書。作歌に必要な歌語について簡単な語釈と考証を施したものだが、『万葉集』『古今集』から『後拾遺集』、『古今六帖』から証歌を示している。歌学書としてそれほど高い価値を持つものではないが、『和歌色葉』『八雲御抄《やくもみしょう》』などに引用され、『四条大納言歌枕』『樹下集《じゅかしゅう》』などの散逸《さんいつ》書を引く点が注目される。

次に、藤原範兼《のりかね》（一一〇七―六五）は式部少輔能兼の男。二条院歌壇の有力歌人であり、論客でもあった。歌学書に『和歌童蒙《どうもう》抄』『五代集歌枕』などがある。

まず、**『和歌童蒙抄』**は元永元年（一一一八）から大治二年（一一二七）までの成立か。内容は、巻一から巻九までが『倭名類聚抄』の分類にならった辞典形式で、歌語の注解を、天部から虫部にいたる二十二の部類に分けて施している。引用例歌は『万葉集』および『古今集』から『後拾遺集』までの勅撰集、『古今六帖』『堀河百首』などである。巻十は歌学一般で、雑体・歌病・歌合判に及び、二十二項目にわたっている。本書は俊頼・基俊の歌学を踏まえ、儒林《じゅりん》出身の著者が『日本書紀』『古語拾遺』以下漢籍仏典などを博引、豊富な学殖《がくしょく》によって独自の歌学を体系化し、作歌の実用にも供している。

また、『五代集歌枕』は成立年次未詳。内容は、上冊が山・嶺・岳《おか》・隈《くま》から窟《いわや》・杜《もり》・社《やしろ》・寺の十六項目の順に、これに属する名所を詠んだ和歌を、『万葉集』『古今集』から『後拾遺集』までの五集から抄出して、類題集のように部類している。下冊が海・江・浦・河から関・市・道・橋の三十三項目の順に、上冊と同様に、名所を順次あげて、上記の五集から例歌を抄出して提示している。例歌は『万葉集』が圧倒的に他の勅撰集を押さえている。作歌の実用に供するために編纂《へんさん》されたのであろう。

次に、上覚《じょうかく》（一一四七―一二三六）は湯浅宗重の男で、明恵《みょうえ》上人の叔父に当たる。文覚《もんがく》に師事し、その神護寺《じんごじ》復興事業に協力、文覚没後も神護寺経営に尽力した。歌学を顕昭に受け、歌学書『和歌色葉《いろは》』を著す。

その『和歌色葉』は建久九年（一一九八）五月の成立で、顕昭の閲覧《えつらん》を経て、後鳥羽院の叡覧に供された。『大鏡』ふうの構成を持ち、序・跋《ばつ》を付す。内容は、上巻が和歌縁起・種々名体・避病次第・詠作旨趣・撰抄時代・名誉歌仙・通用名言の七項目から成る歌論・歌学の諸知識の集成、中・下巻が難歌会釈で、中巻には『万葉集』『伊勢物語』『古今六帖』、下巻には『古今集』『後撰集』『拾遺抄』『後拾遺集』『堀河百首』からの抄出歌の注釈を施している。詠作旨趣には著者の歌論が窺われるが、基礎的な啓蒙書といえ、六条藤家歌学の影響が顕著である。

次に、藤原清輔（一一〇四―七七）は六条藤家顕輔の男。歌壇的には、崇徳院の『久安百首』の作者となり、「藤原家成家歌合」に出詠したのが初期の活動で、久安末（一一五〇）頃には最初の著作『奥義抄《おうぎ》』を崇徳院に献じた。仁平《にんぺい》年間（一一五一―五四）に『和歌一字抄』を撰し、久寿二年（一一五五）には顕輔から人麻呂の影を授けられて、歌道の家としての六条家を継ぐ。平治元年（一一五九）には『袋草紙』を二条天皇に奏覧した。また、『題林』百二十巻（散逸）を編纂して二条天皇に献じ、『続詞花集』をも撰したが、天皇の崩御にあい、勅撰集とはならなかった。嘉応元年（一一六九）には歌学書『和歌初学抄』を摂政基房に献じた。承安二年（一一七二）、白河宝荘厳院において、頼政・道因らと尚歯会《しょうしかい》和歌などの歌会を催したり、又、嘉応ころから、九条兼実家に出入りして、和歌の師として九条家歌壇に重きをなすなど、俊成の御子左家と拮抗《きっこう》する六条藤家の支柱であった。要するに、清輔は歌語の注釈・考証においては当代を代表する歌学者で、義弟の顕昭とともに実証的な六条家の歌学を大成させた人物といえるであろう。

清輔の歌学書のうち、最初に位置するのが、久安末（一一五〇）頃の成立と推定される『奥義抄』である。**『奥義抄』**は三巻から成り、序文についで、上巻が「式」として、六義・六体・

三種体・八品・畳句《じょうく》・連句・隠題《かくしだい》・誹諧・比喩・相聞歌《そうもん》挽歌・戯咲《げさく》・無心所着・廻文《かいもん》・四病・七病・八病・避病事・詞病体・秀歌体・九品・十体・盗古歌・物異名・古歌詞・所名など、歌学に関する二十五条について述べ、中巻が「釈」で、古歌・『後撰集』『拾遺集』『後拾遺集』について、下巻も「釈」で、『古今集』について注釈を加えるほか、「下巻余問答」として、歌詞や歌体などに関する問題・秘説二十四箇条について問答形式で述べている。要するに、本書はこれまでの歌学の集大成として注目すべき歌学書となりえている。

次に、『和歌一字抄』は仁平年間に成立したと推定されるが、原撰本は上巻のみで、流布本《るふ》が上下巻を持つ。しかし、流布本は後代の歌人の詠が混入しているので、鎌倉時代中期ごろの成立ではないかと推測されている。本書は歌題の一字（もしくは二字）からその題で詠作された歌を検索できるようにした、類題集のごとき性格・形態をもつが、中に新出の歌を多く含んでいる点で注目される。題詠歌を詠ずる際に、手引書として編纂されたのであろう。

次に、『袋草紙《ふくろのそうし》』は平治元年（一一五九）に二条天皇に奏覧されたが、それは膨大な資料にもとづいて集大成された、和歌説話・故実の白眉《はくび》といえる清輔独壇場の歌学書といえよう。内容は、上巻が歌会の進行と作法、撰集の故実と諸集撰進の経緯、歌人名の考証などの歌学的記事や、種々様々な歌人の逸話と和歌説話を収める「雑談《ぞうたん》」、神仏権化《ごんげ》などの詠歌を集成した「希代《きたい》歌」および「誦文《ずもん》歌」から成り、下巻が歌合の故実、撰者・判者の作法、歌合における和歌の論難に関する記事と、証歌および特異な詞句を用いた歌を列挙している。このうち、歌学に関する記事は『八雲御抄』などに継承され、又、「雑談」は歌人・和歌説話の宝庫たる『十訓抄《じっきんしょう》』など、後世の説話集に多くの影響を与えた。

次に、『和歌初学抄』は嘉応《かおう》元年（一一六九）七月、摂政基房に献じた歌学書。内容は、巻頭の序文で和歌を詠む心得について題の理解が必要なことを述べ、以下、古歌詞・由緒詞・秀句・諷詞《ふうし》・似物・必次詞・喩来物・物名《もののな》・所名・万葉所名・読習所名・両所歌の項目から成り、和歌の初学者向けに構成されている。なお、古歌の語句を掲げるものには注を加えるほか、縁語・掛詞・枕詞・比喩をもつ和歌について、修辞法の視点から整理、分類している。掲出の語句の出典は『万葉集』と『古今集』から『詞花集』までの勅撰集、『伊勢物語』『大和物語』などに及んでいる。

以上、王朝以来の知識や言説《げんせつ》を捉え直そうとする文化史的動向の中から、歌語の用例の集成や解釈を主とする院政期歌学の代表的な著作を生み出した藤原清輔や、諸文献を実証的な姿勢で考証して優れた著作を残した顕昭らの六条藤家の歌人の著作を中心に略述してきたが、ここで院政期から鎌倉初期にかけて、歌の「家」「道」の自覚のもとに古典について新しい規範を求めて、『古今集』をはじめとする歌書の校勘《こうかん》・注釈に力を注いだ結果、以後の中世歌学を方向づけた御子左家の藤原俊成・同定家らに言及しなければなるまい。

さて、藤原俊成（一一一四―一二〇四）は参議俊忠の三男。十代末からの常盤《ときわ》為忠家歌壇での『為忠家両度百首』などの習作期を経て、二十七歳の『述懐百首』で崇徳天皇歌壇に登場し、古典摂取の詠歌方法を確立した『久安百首』の詠作、部類で第一線歌人の地位を固めた。その後、しばしば歌合の判者となるなどして、六条藤家の清輔に拮抗する指導者となった。出家後は九条兼実の知遇を得て、同家歌壇で活躍したが、七十五歳の『千載集』撰進で名実ともに第一人者となった。そのうえ、後京極良経家・後鳥羽院歌壇を領導した晩年の十年はさらに歌学者としてもっとも充実し、『六百番歌合』『慈鎮《じちん》和尚《かしょう》自歌合《じかあわせ》』の加判、歌論書『古来風体抄《ふうていしょう》』の制作により、良経・慈円・定家・家隆らを指導して、新古今歌風形成に多大な役割を果たした。歌論歌学書に『古来風体抄』のほかに、『古今問答《こきんもんどう》』『万葉集時代考』『正治奏状』などがある。

さて、**『古来風体抄』**は初撰本と再選本に大別される。前者は、建久八年（一一九七）七月、式子内親王の依頼に応じて献じたもの。後者は、初撰本にわずかな加除を施したもので、建仁元年（一二〇一）の奥書がある。内容は、まず『万葉集』から『千載集』に至る歌風の変遷を、「姿」「詞」のあり方を中心に概観し、次いでこの八集から例歌を抄出して、抄出歌の一部に注釈と批評を加えている。さらに重要なのが序文で、詠歌とは対象の「もとの心」（本性）を明らかにする道だと主張するほか、「姿」「詞」「心」のあり方を、天台の円融三諦《えんにゅうのさんたい》に擬して「歌は読みあげもし、詠じもしたるに、何となく艶にもあはれにも聞こゆること」という持論を敷衍《ふえん》するなど、俊成歌論の精髄が遺憾《いかん》なく吐露《とろ》されている。

ちなみに、藤原俊成の子息が同定家（一一六二―一二四一）であることは周知の事実であろう。定家の文学活動は、習作期・開花期・円熟期・衰退期に分けられよう。まず、習作期は文治末年（一一八九）頃まで。定家が詠歌活動を始めた頃、父俊成は九条兼実家の歌の師となり、『千載集』の撰進を拝命し、御子左家の勢力を伸長しつつあった。この間、定家は『二見浦百首《ふたみがうら》』の詠進、『千載集』撰進への関与、『宮河歌合《みやがわ》』への加判など、和歌の基礎力の養成に専心していた。開花期は承元《じょうげん》末年（一二一〇）頃まで。建久（一一九〇）に入り、良経・慈円・寂蓮・家隆らとともに良経歌壇の中核として活躍し、定家新風を完成し、後鳥羽院の召した『正治初度百首』を仲介として新古今歌風の中心となる。また、『水無瀬《みなせ》恋十五首歌合』『千五百番歌合』など、院主催の歌会・歌合に詠者・判者として活躍し、次第に歌壇の重鎮《じゅうちん》と目される。円熟期は承久《じょうきゅう》三年（一二二一）頃まで。建暦《けんりゃく》（一二一一）以降は順徳天皇らの師範役として活躍し、鎌倉の実朝《さねとも》に歌論書『近代秀歌』『万葉集』を贈るなど、歌壇の領袖《りょうしゅう》としての言動が目立つなか、『拾遺愚草《しゅういぐそう》』を編んで自詠を整理したり、私撰集『二四代集《にしだいしゅう》』を編纂したりしている。衰退期は承久の乱以降から逝去《せいきょ》するまで。この期には連歌《れんが》を愛好するが、詠作数は極端に少なくなり、『近代秀歌』『詠歌大概《えいがのたいがい》』『秀歌大体《しゅうかのだいたい》』などの歌論書を記すほか、古典の書写校合《きょうごう》や定本の作成を行っている。なお、この期に『新勅撰集』を単独で撰進している。

まず、歌論書『近代秀歌』は承元三年（一二〇九）源実朝に贈った遣送本《けんそう》と、承久の乱後、改定を施した自筆本とがある。内容は、遣送本では前半と後半に分かれる。前半では、『古今集』以降当代にいたる和歌史を批判して、紀貫之以後、源経信ら六人を除けば、継承されてこなかった「寛平以往《かんぴょういおう》の歌」の在原業平・小野小町に代表される歌を復活させようと、自己の立場を鮮明にしながら、「余情妖艶《よじょうようえん》の躰《てい》」を標榜《ひょうぼう》し、後半では、それに基づいて作歌の原理と主要な技法としての本歌取りについて叙述している。なお、自筆本では、序文と『二四代集』から抄出した秀歌例が付されている。要するに、本書は定家における作歌の原理と方法の集約と要約することができ、これを具体的に規範化したのが『詠歌大概』といえるであろう。

その『**詠歌大概**』は承久《じょうきゅう》の乱後、梶井宮尊快《そんかい》法親王に献ずべく、『近代秀歌』に続いて成った歌論書である。内容は、「心」と「詞」の問題、本歌取りについての心得、学ぶべき古典の問題を真名《まな》文で説いた歌論的部分と、『二四代集』から抄出した百三首の秀歌例から成っている。このうち、歌論的部分の詳細は、

（1）歌を詠むには古典に心を染めて涵養《かんよう》し、誰も詠じていない発想をめざすこと
（2）本歌は三代集に限定し、その詞を取り用いること
（3）同時代の人が創出した発想や詞を盗用しないこと

（4）　風体《ふうてい》は古来の秀歌に倣《なら》うこと

などの四点である。これらの内容は『近代秀歌』と重複《ちょうふく》する部分も少なくないが、本書は理論を省略して実用性を重視した範例と手本とに、その機能が限定された歌論書と評しえようか。

ちなみに、『毎月抄』については偽書《ぎしょ》説もあるが、奥書・伝来・内容などから、定家真作《しんさく》と考慮してよかろうか。本書は定家の許《もと》に送られてきた、百首歌の詠草を批評して返送する際に添えられた書簡を内容とする。前書きによれば、定家は、ある高貴な身分の歌道初心者が、毎月詠み送ってくる百首歌を添削《てんさく》して指導していたことになるが、その相手については、源実朝・衣笠家良《きぬがさいえよし》・順徳天皇の諸説があって、一定していないのが現況である。内容は十体論・心詞論・秀逸体論・本歌取り論を大きな柱として、『万葉集』の古風への対応・秀句・題詠の技法・歌病・漢詩と和歌との関わりなど多岐《たき》にわたり、定家の歌論・和歌観を、多面的・総合的に伝えている。初心者宛《あて》の消息体《しょうそくたい》の形式による歌論書であるため、その叙述はきわめて具体的、懇切丁寧である。ちなみに、十体論では幽玄体から有心《うしん》体の中で、有心体を「歌の本意《ほい》」と定めてその意義を説き、心詞論では源俊頼の歌論を受けて、詞の「続けがら」を重視し、「歌の大事は詞の用捨」にあると説き、秀逸体論では父俊成の歌論を受けて「余情」を尊重すると説く点が注目される。定家歌論としては、詠歌技法論を説いた『近代秀歌』『詠歌大概』と相互補完的関係の中で把握《はあく》することができるであろう。

ところで、藤原定家の歌論書に言及したとなると、同時代の後鳥羽院歌壇の領袖・統率者たる後鳥羽院（一一八〇―一二三九）の登場となるであろう。院は高倉天皇の第四皇子で、第八十二代の天皇。寿永二年（一一八三）源平争乱の渦中に践祚《せんそ》。建久九年（一一九八）譲位、院政を始める。正治二年（一二〇〇）後半より院の歌壇の主催者、実作者として活動を始める。同年八月『正治初度百首』を召し、同年冬『正治再度百首』、建仁元年（一二〇一）「老若《ろうにゃく》五十首歌合」、『正治三度百首』などを主催して、六条藤家・御子左家の二大勢力を統合した。同年七月和歌所《どころ》を設置し、十一月、定家・家隆ら六名の撰者に『新古今集』撰進の命を下して、同集の編纂が開始された。その間、「水無瀬殿恋十五首歌合」「若宮撰歌合《せんかあわせ》」「千五百番歌合」などを主催・出詠した。元久二年（一二〇五）『新古今集』は一応、完成し、竟宴《きょうえん》が行われた。後鳥羽院は隠岐配流《おきはいる》後も『新古今集』の改定に着手し、『隠岐本新古今集』を完成させたが、帰京の夢を抱きつつ同地で崩御した。

さて、歌学書『**後鳥羽院御口伝**《ごくでん》』は建暦二年（一二一二）九月以降の成立ではなかろうか。内容は、初めに小序を付して、和歌初心者のために、晴れの場（宮廷）での詠作を前提とした基本的な心得七箇条を挙げ、次いで源経信・同俊頼・藤原俊成・同清輔・俊恵の代表歌人と、式子《しきし》内親王・藤原良経・慈円・寂蓮・藤原定家・同家隆・飛鳥井《あすかい》雅経・藤原秀能《ひでとう》・丹後ら、新古今時代の歌人計十五人の家風について簡単な論評がなされている。そのなかで、定家の扱いは異例で、全体の三分の一近くを割《さ》いて、宮廷歌人として故実を逸脱《いつだつ》する態度、特殊な美を志向する作品の傾向などが厳しく批判されている。本書の院の歌人評は的確な論評として評価が高く、歌風研究に参考になる点が多いが、とりわけ院の和歌観、また、院と定家との和歌観の差異などを知るうえでもきわめて重要視される歌学書といえようか。

次に、建仁元年（一二〇一）、後鳥羽院から和歌所《どころ》の寄人《よりゅうど》の一人に選ばれた、鴨長明（一一五五―一二一六）にまず、言及しよう。鴨長明は二十歳前、下鴨《しもがも》神社の禰宜《ねぎ》であった父長継《ながつぐ》と死別した後、俊恵《しゅんえ》に和歌を、中原有安に琵琶を学び、刻苦精励《こっくせいれい》したようだ。三十代に入ると、文治三年（一一八七）に奏覧された『千載集』に入集した後、『正治再度百首』のほか、多くの歌合に出詠するほか、専門歌人として活躍する。和歌所の寄人としての精励ぶりを目にとめた後鳥羽院から、父の後継者として河合社《かわいのやしろ》の禰宜に推挙されたが、同族の鴨祐兼《すけかね》の反対で実現せず、出家の道を選んだ。出家後は、大原に隠棲《いんせい》した後、禅寂の縁で日野に移り住み、建暦二年（一二一二）『方丈記』を草したことは周知の事柄であろう。主な著作に随筆『方丈記』のほか、仏教説話集『発心集《ほっしんしゅう》』、歌論集『無名抄《むみょうしょう》』、私家集『鴨長明集』などがある。

さて、歌論書『**無名抄**』は建暦二年（一二一二）以降の成立か。内容は題詠の結題《むすびだい》の詠法から、当時の歌人の最大の関心事であった、晴れの歌の詠み方を叙述することから始まる。それは長明自身の体験を踏まえ、歌の道への執心《しゅうしん》として語られるが、和歌故実に対するこだわりとなり、歌枕や今昔の歌人への関心となって広がりを見せる。在原業平や周防内侍《すおうのないし》の旧宅、大友黒主や喜撰《きせん》法師の旧跡など和歌にゆかりのある地の話、藤原基俊・源俊頼・同頼政・藤原俊成の逸話などは、そのことを物語っている。これらのなかで注目されるのが「近代歌体のこと」で、『万葉集』以来の歌風の変遷のなか、藤原定家の新風和歌の独自性がのべられ、長明の歌論も新風和歌の影響を受けていることが理解される。本書は鴨長明の和歌観のみならず、師俊恵の歌論を知りうる資料としても貴重であり、とりわけ「近代歌体」に見られる長明の和歌観は歌論史的に重要な意義をもつものとして注目される。

次に、後鳥羽院の第三皇子である順徳院（一一九七―一二四二）の著作に移ろう。順徳天皇は承元四年（一二一〇）十四歳で即位。詠歌に熱心で、十五歳のときの「内裏詩歌合《しいかあわせ》」をはじめ、『健保三年内裏名所百首』など、多くの歌合・歌会を主催し、参加した。承久の乱で佐渡に配《はい》流《る》中に『順徳院御百首』を詠み、藤原定家と隠岐の後鳥羽院の許に送り、合点《がってん》を受けている。四条天皇の夭折《ようせつ》後の仁治三年（一二四二）正月、皇統が兄の土御門《つちみかど》院の子、後嵯峨院に継承されたため、帰京の望みを絶たれ、かの地で崩御した。

その順徳院の歌学・歌論書『**八雲御抄**』には、草稿本と精撰本の伝本がある。前者は承久の乱以前、後者は嘉禎《かてい》元年（一二三五）以降から仁治三年（一二四二）以前と推定されている。内容は、序文と正義・作法・枝葉・言語・名所・用意の六部から成る。そのうち、正義部は六義《りくぎ》・序代《じょだい》・歌体・歌病《かびょう》・歌合子細・歌会歌・学書について述べ、作法部は歌合・歌会の作法、撰集の故実を記し、枝葉部は古来の歌詞を天象・時節・地儀《ちぎ》から雑物・異名・権化《ごんげ》の十七部に分けて、歌語を付して解釈を施し、言語部は各種の歌語を世俗言・由緒言・料簡言に大別して解説し、古歌を付して注釈を加え、名所部は歌枕を山・嶺《みね》から寺にいたる五十項目に分かち、その場所と出典をかかげている。用意部は順徳院の歌論で、これは『新古今集』以後の歌壇に対する厳しい批判に立って、まず「心」「詞」「風情」について禁制・準則各六箇条を提言し、独自の（有）心論を披瀝《ひれき》したものだ。最後に、上古以来の歌人を通観・批評して、理想を源経信・西行に見出し、稽古《けいこ》の目標を源俊頼・藤原俊成に置くという、実践的な歌論を展開している。従来の諸歌学書の諸説を組織的に集大成した歌学・歌論書として注目され、和歌史研究上貴重な資料を提供している。

さて、藤原俊成・同定家後の歌道師範家・御子左家が同為家に継承され、その後は二条家の為氏、京極《きょうごく》家の為教《ためのり》、冷泉《れいぜい》家の為相《ためすけ》へと、三家に分立《ぶんりつ》して命脈を保っていく流れについては和歌史の常識だが、ここでは、藤原為家の歌論書『詠歌一躰《えいがのいってい》』に言及しよう。まず、藤原為家（一一九八—一二七五）は定家の男。若い頃から順徳院に近侍し、また父・定家の指導で早くから和歌を詠み始めたが、詠歌に専念するようになったのは承久の乱以後である。その後、寛元元年（一二四三）「河合社歌合」の判者となり、『新撰和歌六帖』を企画、完成させた。宝治・建長期には後嵯峨院歌壇の中心的存在となり、建長三年（一二五一）には『続《しょく》後撰集』を奏覧した。文永二年（一二六五）、『続《しょく》古今集』を為家・真観《しんかん》ら五人で進覧した。晩年、阿仏尼を側室として、その間に生まれた為相を溺愛《できあい》したため、後に三家分立と抗争の原因を作った。歌論書に『詠歌一躰』がある。

その**『詠歌一躰』**は文永末年（一二七五）頃の成立か。伝本には広本と略本とがある。内容は、稽古の必要性を説いた序について、「題をよくよく心得《う》べきこと」「歌の姿のこと」「歌にはよせあるがよきこと」「文字の余ること」「重ね詞のこと」「歌の詞のこと」「古歌を取ること」など、八箇条を説くが、特に注目されるのは「詞なだらかに言ひ下《くだ》し、清げなる」という平淡美論と「主《ぬし》ある詞」（禁制詞）とで、『近来風体抄《ふうていしょう》』（二条良基著）など、以後の中世歌論に強い影響を与えた。

ここで、藤原為家の側室となった阿仏尼の歌論書『夜の鶴』に言及しよう。まず、阿仏尼（生年未詳―一二八三）は安嘉門院《あんかもんいん》に仕え、越前・右衛門佐《すけ》・四条と呼ばれた。失恋して西山の庵室、愛宕の小家、遠江《とおとうみ》の義父の所領に漂浪。その後、奈良の法華寺に住み、松尾の慶政《けいせい》上人の傍らに身を寄せなどしたが、やがて藤原為家の側室となり、為相・為守らを生む。嵯峨山荘での為家との生活は、飛鳥井《あすかい》雅有の『嵯峨のかよひぢ』に記されている。建治元年（一二七五）の為家の死後、為氏と播磨《はりま》国細川荘の相続を争い、阿仏尼は為相の権利を主張して訴訟のために、弘安二年（一二七九）鎌倉へ下向する。その旅と鎌倉滞在の記が『十六夜日記《いざよいにっき》』であるが、阿仏尼の生前にはこの訴訟は解決しなかった。

その阿仏尼の歌論書『夜の鶴』は弘安二年（一二七九）から同六年の間の成立か。当初、ある貴顕《きけん》の懇請《こんせい》に応じて、詠歌の心得を初心者向きに述べた消息体であったが、後に、我が子為相への和歌指導書として授与したか。題詠・本歌取りの心得・制詞《せいし》・表現の虚実・歴代勅撰集の特色など、亡夫為家の歌論を祖述しながらも、阿仏尼独自の歌論を展開する部分もある。

次に、歌論書『野守鏡《のもりのかがみ》』に言及しよう。作者は未詳。永仁三年（一二九五）の成立か。播磨の書写山《しょしゃざん》で、六十有余の出家者が五十有余の僧から聞いたことを筆録した、という物語的な構想を採っている。上巻では、一遍《いっぺん》の踊り念仏をも引き合いに出して、伝統を破壊するかのごとき自由な京極為兼の歌風を、

（1）心を種として心を種とせざること
（2）心を素直にして心を素直にせざること
（3）詞を離れて詞を離れざること
（4）風情を求めて風情を求めざること

（5）　姿を倣《なら》ひて姿を倣はざること
（6）　古風を移して古風を移さざること

の六箇条にわたって痛烈《つうれつ》に批判している。下巻では、天台声明《しょうみょう》を重視する密教の立場から、専修《せんじゅ》念仏・禅宗などの鎌倉新仏教を論難している。当時の歌壇における京極派の影響力など、和歌史的問題を考える上で注目すべき歌論書である。

次に、二条為氏・京極為教《ためのり》・冷泉為相にはまとまった歌論書がないので、二条為氏の子息・為世の歌論書『和歌庭訓《ていきん》』を採り上げよう。まず、二条為世（一二五〇―一三三八）は為氏の長男。文永元年（一二六四）十五歳の時から嵯峨山荘の祖父為家の許《もと》に赴《おもむ》き、三代集や和歌故実を伝受し、詠歌の修業を積む。大覚寺統の後宇多天皇に仕えたが、同十年に持明院統《じみょういんとう》の伏見天皇が践祚《せんそ》すると沈倫《ちんりん》し、同天皇による勅撰集が企図されると為兼との間に確執《かくしつ》が生じた。嘉元元年（一三〇三）後宇多院の命により『新後撰集』を単独で撰進した。その後、持明院統の花園天皇が即位、勅撰集の撰者をめぐって為兼との対立が激化し、為世は敗れて閉居した。文《ぶん》保《ぽう》二年（一三一八）後醍醐天皇が即位し、大覚寺統の治世《ちせい》になると、為世の政界・歌壇における地位も復活して、元応二年（一三二〇）後宇多院の命により『続《しょく》千載集』を単独で撰進した。その後も、大覚寺統の浮沈《ふちん》と命運をともにし、戦乱の中に八十九歳で没した。なお、二条家の宗匠《そうしょう》として浄弁《じょうべん》・兼好・頓阿《とんな》・慶運《けいうん》の和歌四天王をはじめ、諸階層に多くの門人を養成したことは特筆されよう。

その為世の歌論書『和歌庭訓』は嘉暦元年（一三二六）頃の成立か。内容は、「心は新しきを求むべきこと」「詞は古きを慕ふべきこと」「京極入道中納言鎌倉右大臣へ送られ侍る一巻の中に、大和歌の道は遠く求め広く聞く道にあらずと侍ること」「余情のこと」「題をよく心得よと申すこと」「本歌のこと」の六箇条から成る。京極為兼や冷泉為相らを攻撃している文言《もんごん》も見られるが、二条派の歌論を説いた内容で、特に新鮮さはないようだ。

次に、京極為教の子息・為兼の歌論書『為兼卿和歌抄』を採り上げよう。まず、京極為兼（一二五四―一三三二）は藤原為教の三男。文永七年（一二七〇）十七歳の時より祖父の為家から和歌を学ぶ。弘安二年（一二七九）父の死去に遭《あ》い、同十年伏見天皇の即位後、天皇側近グループの指導者となり、政治的にも活躍。永仁元年（一二九三）勅撰の議のときには、二条為世・飛鳥井雅有・九条隆博らと撰者となるが、同四年讒言《ざんげん》により失脚、同六年佐渡に流された。乾元二年（一三〇三）閏《うるう》四月許されて帰京、再び伏見院側近として政治的歌壇的に活躍し、為世との激しい論争の末、応長元年（一三一一）勅撰集の単独撰者の命を受け、正和元年（一三一二）『玉葉集《ぎょくようしゅう》』を奏覧した。同二年伏見院とともに出家したが、なおも政界に暗躍、同四年さながら法皇のごとき威勢で春日参宮をするに至って、西園寺《さいおんじ》実兼の忌諱《きき》に触れて、六波羅に捕らえられ、翌年土佐に配流《はいる》。その後畿内に戻るが、ついに元弘二年（一三三二）三月河内《かわち》において没した。その革新的な歌論をもって二条派の権威に対抗して、京極派を興《おこ》し、特色ある歌風を確立したことは注目すべき功績である。

その為兼の歌論書『**為兼卿和歌抄**』は弘安八年（一二八五）から同十年の間の成立か。冒頭に『詩経《しきょう》』『文鏡秘府論』『文筆眼心抄』などの語を引き、心の中に生じる感動を言葉に表現したのが歌であるという和歌本質論を述べ、『万葉集』の技巧にとらわれない詠法を省み、「心のままに詞の匂ひゆく」表現が大切だとする。この詞より心を重視する創作態度論は、為兼ら京極派と対立する二条派歌人からは、卑俗《ひぞく》な心を詠むだけのものとして邪道視されたが、『玉葉集』にみられるような、清新な自然観照歌を生み出すことになった。為兼の歌論思想のみならず、京極派歌風の問題を考えるうえでも注意すべき歌論書である。

次に、藤原為家の二男・源承《げんしょう》の『和歌口伝』を採り上げよう。まず、源承（一二二四―一三〇三以後）は母が宇都宮頼綱（蓮生《れんしょう》）の娘か。幼時は祖父藤原定家に養育され、安居院《あぐい》の法印聖覚《しょうかく》の門弟として出家、二十歳で法眼《ほうがん》となる。弘長三年（一二六三）「住吉・玉津島両歌合」、『性助法親王《しょうじょ》五十首』などを詠進、仁和《にんな》寺の性助法親王とは親交があったらしい。二条家の庶《しょ》流《りゅう》ではあったが、歌学書『和歌口伝』を著し、反御子左派や冷泉派の人びとを激しく論難した。

その歌学書『**和歌口伝**』は永仁二年（一二九四）から同六年の間の成立か。内容は、御子左

家の庭訓に背く真観・知家や阿仏尼らを誹謗《ひぼう》する序章と、本論十章とから成る。本論は、

（1）初本とすべき歌
（2）句のかかりよろしからぬ歌
（3）古歌を取り過せる歌
（4）主《ぬし》ある歌
（5）不審ある歌
（6）風情過ぎたる歌
（7）事新しき歌
（8）『万葉集』歌とること
（9）漢語を和歌に移し詠める用意有るべきこと
（10）訓説思ひ思ひなること

のとおり。二条家の長老格として家説を墨守《ぼくしゅ》し、反御子左派への攻撃を主としたもので、創見には乏しいが、二条家の歌壇支配が脆弱化《ぜいじゃくか》していた歌界の動向を示した点では、歌壇史的意義は少なくないであろう。

さて、平安時代には貴族階級の専有物であった和歌が、中世に入ると、武士の政権獲得とともに武士層・地下層《じげ》・法体層《ほったい》の世界にまで浸透《しんとう》していったが、それは鎌倉時代後期から南北朝時代にかけて特に顕著な傾向でもあった。そのような時代的潮流のなかで、法体歌人で、二条為世門の和歌四天王の一人であった、頓阿の『愚問賢註《ぐもんけんちゅう》』(二条良基と共著)と『井蛙抄《せいあしょう》』はここで言及するに値しよう。まず、頓阿(一二八九―一三七二)は、源頼朝家政所執事《まんどころしつじ》をつとめた二階堂行政の子孫・光貞の子息。若くして比叡山で修学し、後に金蓮寺《こんれんじ》の浄阿《じょうあ》門に入り時衆《じしゅう》となる。その後、二条派の歌人と親交を深め、正和四年(一三一五)「花十首寄書《よせがき》」に加わる。『続千載集』に入集し、以後の勅撰集にほぼ入集する。公武僧にわたり交際が広く、多くの歌会に出座し、建武二年(一三三五)には『内裏千首』に列し、足利尊氏・直義《ただよし》の信任を得て、歌壇の重鎮的存在となった。二条為明《ためあきら》が撰集の途中で没した『新拾遺集』は頓阿の尽力によって完成した。歌論書に『井蛙抄』と、二条良基との共著『愚問賢註』がある。

その『**井蛙抄**』は延文五年(一三六〇)から貞治《じょうじ》三年(一三六四)までの間に成立。巻一「風躰事」は藤原公任《きんとう》・源俊頼・藤原俊成・同定家ら先賢の歌体論を要約し、秀歌の具体例を引いて、「心深く」「心ある」歌を志向している。巻二は豊富な用例で本歌取りの手法を示し、その是非を論じ、巻三は「ながめ」「けしき」など、禁制の詞約二十項目の濫觴《らんしょう》と経緯を述べ、巻四は同名・類似の歌枕約五十項目についての解説、巻五は類句・類歌の判定をめぐる判詞《はんし》例を掲げ、同字畳用・初五文字の表現難を指摘する。巻六は雑談《ぞうたん》だが、和歌口伝・歌人の逸話・歌語りなどについての約百条の聞き書き集成で、故宗匠（為世）・戸部（為藤）・今の宗匠（為定）・一条法印（定為《じょうい》）のほか、小倉黄門禅門（公雄《きんお》）・六条内府（有房）藤原基任らのものだ。総じて、定家・為家・為氏ら御子左二条家の伝承が中心をなしているため、頓阿の私的歌書として編まれているのに、後代、二条家門流の東常縁《とうのつねより》・尭恵《ぎょうえ》らによって重視され、広く流布する機縁となった。深い観照の心を求め、平明興趣《きょうしゅ》を旨とする二条流歌学の継承に寄与した歌論書といえよう。

一方、二条良基との共著になる歌論書『愚問賢註』は貞治二年（一三六三）の成立。良基が、歌道に関わる二十九項目の質問を出し、それに頓阿が答申するという形式でまとめられている。全二十九項目の問答の内容構成は、和歌本質論・風体論・心詞論・晴れの歌と地歌・本歌取り・禁制詞・本説《ほんぜつ》・風情・題詠・贈答歌・艶書歌・釈教歌・歌合・歌病・字余り・名所の景物など、作歌態度と方法についての知識の伝授である。京極派歌論に対する二条派歌論の色合いが濃く、二条派歌学の継承者に尊重された。

次に、良基の単独になる歌論書『近来風体《ふうてい》』を採り上げよう。まず、二条良基（一三二〇―八八）は関白左大臣道平の子息。はじめ後醍醐天皇に仕えたが、南北朝分立後は京都に残り、光厳院《こうごんいん》以下の北朝六代に仕え、摂政・関白に補せられる。連歌作家として青年時代から当代連歌界の中枢《ちゅうすう》に位置し、延文元年（一三五六）には准勅撰集の『菟玖波《つくば》集』を編纂し、『筑波問答』など多くの連歌論書を著作した。歌人としては、二条為定や二条派の頓阿などに教えを受け、歌論書『近来風体』を著すほか、貞和《じょうわ》二年（一三四六）『貞和百首』の作者になり、同五年『風雅集』に入集、延文元年（一三五六）『延文百首』の作者に、永和二年（一三七六）、三年頃に『永和百首』の作者になるなど、二条家の宗匠為重没後は、良基がひとり歌壇で気をはいた。

その二条良基の歌論書『**近来風体**』は、嘉慶元年（一三八七）一月、著者が室町幕府評定衆《ひょうじょうしゅう》松田丹後の守《かみ》貞秀に書き送ったもの。内容は、頓阿・慶運・兼好・道英・為定・為明・為忠・為秀・為重そのほか、当代の和歌の名手の歌風や世評を記したもので、資料的に有益である。

ところで、父祖以来南朝に仕え、旺盛な作歌活動をした耕雲に『耕雲口伝《こううんくでん》』なる著作があるので、ここでその歌論書に触れておこう。まず、俗名を花山院長親《ながちか》といった耕雲は、藤原氏北家も師実《もろざね》流で、祖父を師賢《もろかた》、父を妙光寺家賢《いえかた》といったが、元中《げんちゅう》六年（一三八九）には内大臣になったことから明瞭なごとく、有能な政治家であった。その耕雲が歌人としても有能であったことは、建徳二年（一三七一）「南朝三百番歌合」、天授元年（一三七五）「五百番歌合」、同三年『南朝内裏千首』などに出詠するほか、弘和元年（一三八一）『新葉《しんよう》和歌集』の撰集に協力したり、応永十五年（一四〇五）には歌論書『耕雲口伝』を著している和歌活動から明らかであろう。ちなみに、耕雲は『耕雲口伝』を著した頃から、足利将軍に儒学や和歌をもって奉仕し、また大内盛見と親近して歌書の書写伝授や寺社縁起の起草を行うなど、南朝の遺臣《いしん》ながら室町時代初期の教養人として活躍していたようだ。

その『耕雲口伝』は、本文に先立ってかなり長文の序があって、耕雲が応永十五年、ある僧侶の来訪をうけ、和歌の起源と学び方を質問された、自己の和歌修業の回想から話し始める。このうち、和歌陀羅尼《だらに》観を主張し、「堪能《たんのう》」よりは「稽古《けいこ》」を重視すべきと説く点がユニークだ。本論は耕雲自身の和歌の本質論に言及し、具体的に、「歌を詠ずるとき、心を本とすべきこと」「心を磨《みが》くべきこと」「本歌取り様《よう》のこと」「当座の歌詠むとき、心得《う》べきこと」「兼日出《けんじつ》題のとき、見るべきこと」「初学の人古歌の体に起きて心得分《わ》くべきこと」の六箇条を、和歌の六義によそえて立論し、その詠作方法について詳論している。ここには、『新古今集』を高く評価し、俊成・西行・定家らの新古今歌人を「和歌の大聖人」としてあがめ、歌道師範家に伝わる伝統的な和歌の秘事や口伝を否定して、自由で清新な和歌を詠出するには、「数奇《すき》の心ざし」をもって心境の練磨《れんま》に努めることが肝要だと説いている。

南朝に仕えた耕雲の活躍した後、南北朝が合一して、南朝歌壇の歌は、耕雲が足利義持《よしもち》の信任を受ける過程で、室町時代の和歌のなかに解消されていく。室町前期の歌壇では、二条派は宗家《そうけ》が断絶し、頓阿の曾孫・尭孝《ぎょうこう》がその歌風を継承していたが、冷泉派では冷泉為尹《ためまさ》や今川了俊《りょうしゅん》、その弟子正徹《しょうてつ》らが並び立ち、互いに対立した。

ここではまず、今川了俊の歌論書『落書露顕《らくしょろけん》』を採り上げよう。今川了俊《りょうしゅん》（一三二六―一四一四頃）は足利氏の分流、今川範国の男。足利義詮《よしあきら》・義満に仕え、山城守護などを経て、九州探題となり、応安四年（一三七一）から二十五年間、幕府の九州経営に参画して成果を挙げた。応永二年（一三九五）失脚し、のち駿河守護となった。若くして京極為基に和歌を学び、二十代に冷泉為秀の門弟となったが、為秀没後、冷泉為尹を擁護《ようご》し、冷泉派歌風を宣揚するために、『二言抄《にごんしょう》』『弁要抄《べんようしょう》』『落書露顕』などの歌論書を著した。また、連歌を順覚・周阿・二条良基に学んだ。九州探題在任中に良基との間に『九州問答』『下草《したくさ》』の連歌論が交わされた。冷泉派歌風を武士階級に浸透《しんとう》させた和歌史的意義は大きく、門弟に正徹がいることはすでに触れた。

まず、了俊の歌論書のうち、『二言抄』は応永十年（一四〇三）の成立。当時の歌壇における冷泉派の伸長を願って、当主為尹への激励と希望を披瀝《ひれき》して、為尹を補佐すべき和歌所《どころ》の人びとへ申し入れたもの。内容は、「歌言《うたこと》」と「只言《ただこと》」の二言の区別、その自由化と制限の意味などについて提言し、二条家の教え・歌風を難じ、その冷泉家に対する誹謗に反論している。

同じく、『弁要抄』は応永十六年（一四〇九）、了俊八十四歳の時、子息彦五郎のために執筆したもの。内容は序と詠歌心得の二十五箇条から成り、自己の歌道修業の体験にもとづいている。初心者の心得として、心の数奇《すき》になるまで稽古をすること、稽古には三段階あることをよく認識することなどを説き、参考書として、三代集のほか、『三十六人集』『伊勢物語』『源氏物語』『枕草子』などを挙げている。

同じく、『落書露顕』は応永十九年（一四一二）冬の成立か。本書は当初、冷泉為尹の歌風に対する誹謗への反駁《はんばく》として、匿名《とくめい》で「落書記」と題されたが、了俊の作が明らかなので「落書露顕」と後に、号したという。内容は為尹の擁護に終始せず、むしろ和歌・連歌に関する正統な相伝を祖述し、啓蒙性・指導性の強い和歌・連歌の教導書となっている。了俊は二条良基から連歌の正道を継承したという使命感によって、当代の連歌の批評、和歌の同類《どうるい》、諸体、連歌の句数、自由の言、『竹園抄《ちくえんしょう》』、和歌の短冊《たんざく》のことなどに言い及んでいる。

次に、了俊の門弟で、室町前期の歌壇において冷泉派歌風の流れを汲《く》んだ歌人正徹の歌論書『正徹物語』に言及しよう。まず、正徹（一三八一—一四五九）は小松康清の男。応永二年（一三九五）ごろ、幕府奉行《ぶぎょう》治部方《じぶがた》の月次《つきなみ》会に出座して、冷泉派の為尹《ためまさ》・為邦《ためくに》・今川了俊らと出会い、歌人として立つ契機を得る。応永二十一年（一四一四）出家して東福寺に入寺し、東漸《とうぜん》和尚に師事、書記をつとめる。同年四月、『頓証寺《とんしょうじ》法楽一日千首』に出詠して歌人としての実力をみとめられた。その後、多くの武家主催の歌会に出座、精力的な歌壇活動を展開したが、永享四年（一四三二）草庵が類火に遭い、詠草二万数千首を灰燼《かいじん》に帰した。又、永享期には将軍義教に忌避《きひ》され、草庵領を没収された。私家集に『草根《そうこん》集』、歌論集に『正徹物語』などがある。藤原定家に傾倒し、歌風は夢幻的、妖艶《ようえん》だが、難解である。弟子に心敬・正広《しょうこう》らがいて、連歌方面にも多大な影響を与えた。

さて、正徹の歌論書『正徹物語』は、前半を「徹書記《てつしょき》物語」、後半を「清巌茶話《せいがんさわ》」とする伝本もあり、成立も文安五年（一四四八）、宝徳二年（一四五〇）の両説がある。内容は種々様々だが、大別すると、歌学に関するものと和歌の具体的な詠み方に関するものとなろう。前者では、古今の歌人・歌集・歌学に関する伝承故事から、古書の注解や和歌説話など広範囲にわたって、多くの知見を書き残しているが、それらの中には、今日なお価値を失わない文学史上の貴重な言説も含まれている。後者では、自他の実際の詠作例に即して、歌体・歌語について批評や詠作技法から歌会作法に至るまで多彩な説明がなされているが、師説・同僚評・自説を交えての具体的な解説は、聞き書きが加わっているにせよ、正徹の直接の体質が感じられて興趣深い。作歌の実際については単なる知識を避け、稽古を勧《すす》め、歌の心を悟る必要性を説き、そのような主張の中に自己の詠作動機や歌の理念を位置づけている。とりわけ正徹が藤原定家を崇拝する精神は随所に見られるが、和歌の真髄を「恋歌《こいか》」に見出し、その漂渺《ひょうびょう》妖艶の情趣に美的理念を形象化しようとする営為が認められるであろう。

ここで、二条良基を祖父に持つ一条兼良の歌学書『歌林良材集《かりんりょうざいしゅう》』に言及すべきだが、この著作についてはすでに、本章の冒頭で拙稿を紹介済みなので、ここでは人物についてのみ触れておきたいと思う。さて、一条兼良《かねら》（一四〇二―八一）は関白経嗣《つねつぐ》の男。応永二十年（一四一三）

十二歳で権《ごん》中将に任じられ、文安四年（一四四七）四十七歳で関白となったが、応仁の乱で邸や桃華坊文庫が焼失し、難を避けた南都において、多くの古典の注釈書を著したが、文明九年（一四七七）帰京後は、公武権門よりその学才を尊重され、『源氏物語』以下の古典文学を講じた。歌人としては、嘉吉《かきつ》三年（一四四三）自邸で「前摂政家歌合」を催し、「宝徳二年仙洞《せんとう》歌合」などの判者を勤めるほか、多くの歌合・歌会に参加した。また、詠作は『南都百首』『新続古今集《しんしょくこきんしゅう》』に見られるが、兼良の本領はむしろ歌学者・古典学者に発揮されたというべきであろう。『源氏物語』の注釈書たる『花鳥余情《かちょうよせい》』は後世に大きな影響を与えた書として特筆されよう。

さて、正徹亡き後、室町時代後期には、彼に匹敵するほどの卓越した歌人の出現はついに見られなかったが、応仁から文明期（一四六七―八七）の歌壇の第一人者を敢えて求めるならば、飛鳥井雅親《あすかいまさちか》（一四一六―九〇）であろう。雅親には『筆のまよひ』なる歌学書があるが、まずは雅親の紹介をしよう。雅親は中納言雅世の男。父の後見によって永享十一年（一四三九）に成った『新続古今集』に入集したあと、文安・宝徳期（一四四四―五一）は内裏・将軍家の歌会に出座して、次代の歌道師範としての地盤を固めた。寛正《かんしょう》期（一四六〇―六六）以降は、持《もち》為《ため》・尭孝・雅永・正徹ら歌道指導者の相次ぐ死によって、歌壇における雅親の地位が確立、義政の執奏により寛正六年、花園院から勅撰集撰進の下命を受けたが、応仁の乱によって撰集の業は中絶した。文明末期（一四八七）以降は在京して、歌壇の最高指導者となり、将軍義尚《よしひさ》主催の歌合の判者を勤め、三条西実隆・姉小路基綱などの公家や地方大名の歌道師範となった。ところで、雅親の歌学書『筆のまよひ』は、奥書から大樹（足利義尚）の仰せにより注進上覧したものと知られることから、文明六年（一四七四）から延徳元年（一四八九）の間、雅親最晩年の作か。冒頭に稽古のことなど総論的な叙述をしたあと、四季・恋・雑の歌題を挙げて、それぞれ詠作の方法・詞・証歌・歌病・本歌取り・故実などについて雑然と記し、巻末に主《ぬし》ある詞・四季題の名所（歌枕）を付している。和歌の初心者向けの作歌心得を説いたものと知られようか。

なお、ここで正徹と尭孝から和歌を学び、歌学書『東野州聞書《とうやしゅうききがき》』を著した東常縁《とうのつねより》にも触れておこう。常縁（一四〇一？—八四？）は美濃郡上《ぐじょう》の領主。東益之の男。文安六年（一四四九）頃から正徹のもとで歌学を学ぶが、宝徳二年（一四五〇）常光院尭孝に入門し、正徹から離れた。尭孝より古歌・口伝を受けるが、享徳四年（一四七二）、尭孝が没した。上洛して円雅に学び、寛正二年（一四六一）『井蛙抄《せいあしょう》』を、次いで『古今聞書』『古今集後撰集拾遺集之作者』を書写付与される。文明三年（一四七一）より宗祇《そうぎ》に『古今集』を、大坪基清らに『伊勢物語』『百人一首』をはじめとする古典を講釈した。歌学書に『東野州聞書』がある。

その『東野州聞書』は文安六年（一四四九）から康正《こうしょう》二年（一四五六）に至る正徹・尭孝からの聞書き・歌会記事などをほぼ時系列で載せる。内容は、詠歌・歌会の故実、作法や和歌・

歌人の伝記・逸話、歌会の日次など、多岐《たき》にわたっている。常縁の伝記資料であるとともに、当時の歌学・歌壇史研究の重要資料でもある。

さて、室町時代後期の歌壇では、明応（一四九二—一五〇一）・永正（一五〇四—二一）・大永（一五二一—二八）・享禄（一五二八—三二）・天文（一五三二—五四）期にも宮廷歌壇は活発で、主要な歌人には、上冷泉為富・同為広・飛鳥井雅康・同雅俊・姉小路基綱など、連歌師では宗祇・肖柏《しょうはく》らがいたが、このなかでは飛鳥井雅康とその歌学書『飛鳥井秘伝集』が特筆されようか。

まず、飛鳥井雅康（一四三六—一五〇九）は雅世の二男で、兄雅親の猶子《ゆうし》となって、その家学を継いだ。和歌・蹴鞠《けまり》の名手として、文明期の歌壇で尊重され、自邸で歌会・連歌会を催し、古典の書写校合をしている。

次に、歌学書『**飛鳥井秘伝集**』は延徳三年（一四九一）成立。雅康が畠山政長に贈ったもので、禁制詞のこと・短冊の寸法のこと・返歌の詠み方のこと・雑歌《ぞうか》の題に季を詠むこと、そのほか詠歌の用意など、会席作法が中心になっている。定家流の末に宗祇《そうぎ》を挙げず、頓阿から尭恵《ぎょうえ》に至る流れを正統とみる見方は、雅親の『筆のまよひ』を補う点で注意される。

なお、この時期の歌人で江戸時代初期の堂上歌人に影響を与えた点では、『碧玉集《へきぎょくしゅう》』の上冷泉政為（一四四五—一五二三）、『柏玉集《はくぎょくしゅう》』の後柏原天皇（一四六四—一五二六）、『雪玉集』の三条西実隆（一四五五—一五三七）の三玉集の三人の歌人が重要だが、歌論・歌学書の著作はないので、次に進みたいと思う。

そこで、永禄（一五五八―七〇）、天正（一五七三―九二）から慶長（一五九六―一六一五）にかけての代表的歌人を挙げると、細川幽斎《ゆうさい》（一五三四―一六一〇）であろう。幽斎には『聞書全集《ききがきぜんしゅう》』『耳底記《じていき》』なる歌学書があるが、まずは幽斎の事績から始めると、父は足利義晴、細川元常の養子となり、天文二十三年（一五五四）家督《かとく》を相続。足利将軍に近侍し、末期の将軍と行動をともにする。義昭《よしあき》が織田信長に敗れると、信長にくみし、本能寺の変後は豊臣秀吉に属し、その没後は徳川家康の知遇を受け、徳川幕府の有力外藩《がいはん》へと成長していった。和歌・歌学は青年時代に恵雲院近衛種家に学び、さらに三条西実枝《さねき》に師事して、元亀《げんき》三年（一五七二）から天正二年（一五七四）にかけて古今伝授を受けた。同十年に剃髪《ていはつ》・隠居したころから、和歌・連歌・古典学の旺盛な活動を見せ始め、その後慶長年間（一五九六―一六一五）にかけて、文事に関心を持つ少壮公家・武人・地下人《じげびと》の中心的存在となった。八条宮智仁《としひと》親王・中院《なかのいん》通勝・烏丸光広・木下長嘯子《ちょうしょうし》・松永貞徳《ていとく》らが主な人物であり、連歌師では紹巴《じょうは》らが該当する。幽斎の和歌・歌学は中世に形成された諸規制を墨守《ぼくしゅ》する姿勢にあり、二条派流の伝統的歌風を継承している傾向に認められようか。

さて、幽斎の歌学書のうち、『**聞書全集**』は幽斎の口述を佐方宗佐が筆録したもの。成立時期は不詳。伝本に「聞書」系統と「聞書全集」系統の二種類がある。前者には宗佐の序があるが、後者にはその序がない代わりに、『千載集』の序を踏まえた序と、前者にない歌句の注釈百七条が付されている。ちなみに、後者は『耳底記』などを参考にしたうえに、前者を整斉《せいせい》、増補していると推察される。内容は、先行の歌学書の祖述に多くが費やされているが、『毎月抄』『詠歌一躰』『愚問賢註』『近来風体抄』などの採用頻度《ひんど》が高いようだ。二条家流の当代的集大成の趣があるが、風体を肝要とし、正風体を中核とすることを提唱している。

次いで、『耳底記』は慶長三年（一五九八）八月四日から同七年十二月晦日《みそか》に至る七十余回にわたって、烏丸光広が幽斎の座談を筆録したもの。内容は、詠作上の疑問点・実際に詠まれた和歌に対する批評・文学史や語義などに関する光広の質問に幽斎が回答した部分と、和歌を学ぶために参考とすべき書物・和歌の詠み方の口伝について幽斎みずからが語った部分とに大別されるが、折に触れての幽斎の雑談《ぞうたん》も述べられている。日常の座談を記したものだけに、二条家流の歌学を伝える中に、柔軟な思考も垣間見《かいまみ》えて、当代の和歌認識を知るうえでも貴重な書である。要するに、幽斎の和歌や歌学は、種々の面で中世和歌を総括し、近世和歌への橋渡しとしての役割を担っていると評しえようか。

さて、慶長十五年（一六一〇）、古今伝授の唯一の継承者であった細川幽斎が没した。幽斎の晩年にはすでに紹介したように、智仁親王・烏丸光広・松永貞徳など各階層の人びとがそのもとに集まって、古典の学習や和歌活動が盛んになり、この人びとの門人に及んで、古典文学が復活流行した。近世和歌の始まりは、このように後水尾院《ごみずのおいん》を中心とした堂上派《どうじょうは》歌壇を中核として展開してゆくが、光広の烏丸家、同じく幽斎門の中院通勝家など公家にも優れた宗匠が出る一方、貞徳によって地下《じげ》一般にも和歌の営為が広まっていった。この時期の見るべき歌学書には、地下歌壇の人物の著作だが、貞徳の『戴恩記《たいおんき》』『歌林樸樕《ぼくそく》』があろう。まず、松永貞徳（一五七一―一六五三）はもと入江氏を称し、高槻《たかつき》城主であったが、祖父の代に没落し、松永氏に改めた。永種の二男。九条稙通《たねみち》に仕えて歌学を習い、十二歳で『源氏物語』の秘伝を受けた。二十歳前後に紹巴に愛されて連歌の修業を積み、豊臣秀吉の右筆《ゆうひつ》を勤めた後、幽斎の指導を受け、新進の歌人・歌学者として成長した。つまり、貞徳は寛永（一六二四―四四）以降の地下歌壇において長嘯子と並称される実作者となり、また、稙通・幽斎から伝授された中世歌学を集大成して、『戴恩記』『歌林樸樕』などの歌学書を編纂した。

まず、『戴恩記』は、貞徳が幼少以来指導を受けた、多くの和歌・歌学・連歌の師について、回想風に記した書。正保元年（一六四四）前後の成立か。貞徳の歌学思想の総括的な位置に当たる歌学書といえ、定家の『詠歌大概』の解釈で始まり、師恩の尊ぶべきことを強調しながら生涯を回想する。「師の数五十余人に及べり」というように、事実、殿上《てんじょう》・地下《じげ》の一芸に秀でた多くの人物が登場するが、特に九条稙通・幽斎・里村紹巴の叙述に生彩が放たれている。後半は、二条家流の歌学思想を述べながら、幼少の折の戦乱の京都の様子が、現在の平和な様子と対比して描かれて、終わる。

次いで、『歌林樸樕』は成立年次未詳。和歌に用いる用語や故実を集成して、それぞれの用語の出典を掲げ、注解を施し、いろは順に配列構成した歌学書。もしくは、和歌・歌学を志向する新しい文化享受《きょうじゅ》者のために編纂された簡便な歌語辞典ともいえようか。掲載語数は千百二十五項目（東洋文庫蔵本）を数え、注解も先学の諸説を引用するばかりでなく、自説も多く紹介するなど、内容面でも注目に値するものがある。貞徳晩年の著作でありながら、未整理のまま残されていた点が惜しまれる。

なお、細川幽斎の高弟で、貞徳と併称された木下長嘯子（一五六九―一六四九）については、歌学書ではないが、『挙白集《きょはくしゅう》』なる歌文集があるので、彼の事績にのみ言及しておこう。長嘯子は豊臣秀吉の北政所《きたのまんどころ》の兄・木下家定の男。十九歳で播磨国龍野《たつの》城主、二十五歳で若狭国小《お》浜《ばま》城主となったが、慶長五年（一六〇〇）関が原の合戦に際し、武士を捨てて、京都東山霊山に隠棲《いんせい》、以後、藤原惺窩《せいか》・林羅山《らざん》・松永貞徳・安楽庵策伝《あんらくあんさくでん》ら、多くの文化人と交わりながら、文雅を楽しむ生活を送った。寛永十七年（一六四〇）の暮れ以降は、洛西小塩《おしお》山に閑居。師事した幽斎の二条家歌学尊重の立場を越えて、自由闊達《かったつ》な詠風を示し、当時の歌壇に異風を放っている。

ところで、古典注釈学とは異なって、詠歌の実作を中心として、貞徳流を継承したのが、望《もち》月長孝《づきちょうこう》（一六一九—八二）である。はじめ長孝は飛鳥井雅章の門人であったが、貞徳から歌道秘伝書を数多《あまた》伝授されたという。しかし、歌学書などの著作は残していないらしい。

この長孝から多くの歌道秘伝書の類を継承したのが、平間長雅《ひらまながまさ》（一六三六—一七一〇）だが、彼にも歌学書の類は残されていないようだ。

しかし、平間長雅に入門して和歌を学んだ有賀長伯《あるがちょうはく》（一六六一—一七三七）は、長孝から秘伝書を継承していると同時に、自身でも多くの歌学書の類を著している。長伯は京都の医家に生まれたが家業を好まず、歌学に志した。貞享《じょうきょう》三年（一六八六）二十六歳から元禄十三年（一七〇〇）四十歳に至る十五年間に、有賀家七部作と称される『和歌世々の栞《しおり》』『初学和歌式』『浜の真砂《まさご》』『和歌八重垣《やえがき》』『歌林雑木抄《ざつぼくしょう》』『和歌分類』『和歌麓《ふもと》の塵《ちり》』のほか、『歌枕秋の寝覚《ねざめ》』など数多くの啓蒙的な著作を世に問うている。ここでは、啓蒙的な歌学入門書、歌語辞典、歌枕辞典の趣を持つ著作を歌学書と一括して称し、以下、四点について略述しておこう。

まず、『**歌枕秋の寝覚**』は元禄五年（一六九二）版行《はんこう》の歌枕辞典の趣の書。『八雲御抄』の名所部の分類に倣って、名所を山・野・江・海などに分類し、所在の国名を掲げ、その属性を説明したあと、用語例や証歌を付すという体裁を採っている。出典は『万葉集』以下の諸資料に依拠《いきょ》しているが、中に『現葉《げんよう》集』や『良玉《りょうぎょく》集』など散逸《さんいつ》歌集の名が見えるのは注目される。本書は、長伯自身補訂を企てたが果たせず、門人欲賀光清が正徳四年（一七一四）に「増補」

の角書《つのが》きを付して、版行した。

次に、『初学和歌式』は元禄九年（一六九六）の版行。初学者への和歌を詠むための百科全書的な書。全七巻。巻一は二十一箇条に及ぶ題の詠み方。巻二から四までは、「題に相応・不相応のこと」の冒頭部に続いて、「立春」以下、四季・恋・雑にわたる、各題の具体的な詠み様のことが記され、末尾に「各所の歌詠み様のこと」を付す。巻五には「本歌取り様のこと」以下、八箇条に分けて、和歌の詠み方・学び方について、巻五の半ばから巻七にかけては、「三代集の詞寄せ」として、いろは順に句を配列し、巻七の末尾に「和歌詞諸抄註釈抜萃」を載せている。

なお、『浜の真砂』が元禄十年（一六九七）に版行されているが、この書は『初学和歌式』を増補したもので、和歌の初心者への手引書。内容は、四季・恋・雑に部類して、歌題を掲げて説明を加えたうえ、古歌を証歌として提示している。

最後に、『和歌八重垣』は元禄十三年（一七〇〇）の版行。和歌の初心者への啓蒙書だが、全七巻のうち、三巻までは十九項目にわたって、和歌稽古のはじめ・五句の次第・会席の作法・禁制用捨・病の沙汰・題の詠み方・てにをは等について叙述する。四巻以降は「和歌の詞部類并《ならびに》読方」で、これは歌語をいろは別に配列構成した解釈辞典ともいうべきもので、四冊にわたる大部なものだ。長伯の歌学の集成で、特に歌語を注釈した後半の四巻は、その使いやすさから、広範に流布《るふ》して、享保九年（一七二四）以降、三度も版を重ねている。

ところで、和歌を木下長嘯子に、連歌を西山宗因《そういん》に学んだこの期の人物に、下河辺長流《しもこうべちょうりゅう》（一六二七―八六）がいる。長流は武士小崎氏を父に大和国に生まれたが、母方の姓を名乗る。二十歳過ぎから長嘯子や宗因らに学んだが、二十八歳頃から三条西家に十八年仕え、同家蔵の『万葉集』を書写して辞し、四十二歳より難波に住み、隠士《いんし》として過ごした。その間、『万葉集管見』『万葉集鈔』『万葉集名寄《なよせ》』などの万葉関係の注釈書を著すなか、本書で取り扱う「由緒ある歌」の注解を収載する一条兼良の『歌林良材集』の続編たる『続歌林良材集』なる歌学書を公刊している。

ちなみに、『続歌林良材集』は延宝五年（一六七七）の版行。兼良の『歌林良材集』に漏れた和歌に関わる故実伝説などを、項目ごとに出典を掲げて説明した歌学書。その項目は「下照姫《したてるひめ》のこと」から「仏の兄のこと」の百十六項に及び、引用した出典は『日本書紀』から『西域記』に至る六十二作品に及んでいる。

ところで、近世初期の堂上《どうじょう》歌壇においては古今伝授を中心に伝統的歌学が継承されていたが、その権威を否定する新しい動きの中にあったのが下河辺長流であったが、歌論書『梨本集《なしのもとしゅう》』を著して、二条家歌学の不条理性を論破した戸田茂睡《とだもすい》（一六二九―一七〇六）も同様に位置づけられようか。茂睡は徳川譜代《ふだい》の旗本《はたもと》渡辺茂を祖父、同忠を父に持つが、青年時代を下《しも》野国黒羽《つけのくにくろばね》で過ごした後、江戸に出た。その後岡崎藩本多政長に仕え、晩年は出家して浅草や本郷に住んだ。祖父も父母も和歌の素養があり、従兄《いとこ》には歌人・山名玉山《ぎょくざん》があって、伝統歌学の伝授も受けたが、寛文五年（一六六五）『文詞』を著して以来、制詞説否定を主とする伝統歌学批判に力を傾注した。その代表的な歌論書は元禄十一年（一六九八）に成立、同十三年に版行の『梨本集』であろう。

その『梨本集』は三巻。序に「歌は大和こと葉《ば》なれば、人のいふといふ程の詞を歌に詠まずといふことなし」という歌詞の自由について述べ、巻一に「初五字に置くべからずといふ詞」、巻二に「終りに言ふまじきといふ詞」「遠慮すべきといふ詞」「主《ぬし》ある詞といふこと」、巻三の上・下に「詠むまじきといふ詞」の五項目を立てて、伝統歌学の制詞《せいし》が根拠のないことを多くの証例によって論理的に実証している。骨子は『文詞《ふみことば》』の中にすでに見えるが、因襲的な堂上歌学を批判した点で、和歌史上の意義は大きい。

ところで、下河辺長流の未完の『万葉集』研究を継承して完成させたのが、契沖《けいちゅう》の『万葉代匠記《だいしょうき》』であることは周知の事柄である。契沖には歌学書『続後歌林良材集』『勝地吐懐編《しょうちとかいへん》』『類字名所補翼鈔《ほよくしょう》』『類字名所外集《がいしゅう》』がある。契沖（一六四〇—一七〇一）は近江国下川の出身。祖父元宣は熊本で加藤清正に、父元全は尼崎青山家に仕えた。十一歳で出家して、十三歳で高野山東室院快賢につき、二十三歳で大阪曼陀羅院《まんだらいん》住職となった。この頃長流と知り合い、古典研究を始め、五十一歳以後は高津《こうづ》円珠庵《えんじゅあん》に隠棲して、著述に専念した。契沖の代表的な著作は先に紹介した『万葉代匠記』だが、これははじめ水戸徳川家から長流に依頼された『万葉集』研究を、長流が病気になったために彼に代わって執筆したものだ。その実証的な研究方法は、以後の古典研究に大きな影響を与え、国学という新しい学問を生み出す契機となった。このほか、『古今余材抄』『勢語臆断』などの古典研究、『和字正濫鈔《しょうらんしょう》』などの語学研究、『続後歌林良材集』『勝地吐懐編』『類字名所補翼鈔』『類字名所外集』などの歌学書があり、多方面に優れた著作を残している。

さて、歌学書『**続後歌林良材集**』は元禄三年（一六九〇）の成立。本書は長流の『続歌林良材集』の続編の意味を持ち、組織や項目の立て方、説明の方法もほぼ等しい。二巻のうち、上巻は「太子を東宮と云ふこと」をはじめ二十項目よりなり、下巻は「手枕《たまくら》のこと」をはじめ三十項目よりなっている。都合五十項目を数える。出典は『万葉集』『古今集』『後拾遺集』『詞花集』『拾遺愚草』『伊勢物語』『大和物語』『源氏物語』『日本書紀』『海道記』などの和書、『左伝正義』『文選註』『史記』などの漢籍、『山海経』などの仏典を指摘することができる。

次に、『**勝地吐懐編**』は、序文によれば、昌琢《しょうたく》編『類字名所和歌集』の補正を企図したもので、一巻本と三巻本とがある。成立は、一巻本が元禄五年（一六九二）、三巻本が同九年（一六九六）。ともに歌枕をいろは順に掲げ、用例を示して、『和名鈔《わみょうしょう》』などをも援用《えんよう》しつつ考証を加えている。例歌（証歌）は『万葉集』・二十一代集・『夫木抄《ふぼくしょう》』『歌枕名寄《なよせ》』・諸家集など、さまざまな歌集から博引されている。一巻本は伴蒿蹊《こうけい》が補注を付し、二巻二冊として、寛政四年（一七九二）版行された。

次に、**『類字名所補翼鈔』**は元禄十年（一六九七）の成立。里村昌琢編『類字名所和歌集』（元和三年刊）の補遺・増訂をめざした書で、組織・巻数なども同書のそれを踏襲《とうしゅう》している。名所の範囲が『万葉集』その他に拡大しているのは、石川清民編『楢山拾葉《ならやましゅうよう》』などの資料が活用されたからであろう。

なお、**『類字名所外集』**は元禄十一年（一六九八）の成立。前年に成った『類字名所和歌補翼鈔』と同様に、昌琢編『類字名所和歌集』の補遺・増訂をめざした書で、組織・巻数も同書のそれを踏襲しているが、二十一代集以外の名所を撰集・家集などから収集している。なお、本書の編纂には六字堂宗恵《そうけい》編『松葉《まつば》名所和歌集』が参考にされている。

近世も後期に入ると、和歌の担い手は堂上貴族から地下《じげ》庶民に移り、和歌革新の機運は一気に盛り上がりを見せた。契沖によって始められた国学研究は、賀茂真淵や本居宣長へと受け継がれ、中世歌学批判の理論的根拠となり、古今伝授にみられる牽強《けんきょう》付会《ふかい》を排し、ひいては文学を思想的束縛《そくばく》から解放するという方向へと導いていったわけだ。

ちなみに、契沖に少し遅れて、伏見稲荷の神官であった荷田春満《かだのあずままろ》（一六六九―一七三六）が出て、神学・歌学の研究をして、歌学の方面で復古学を唱えた。春満は『万葉集僻案抄《へきあんしょう》』を享保年間（一七一六―三六）に著しているが、元禄十三年（一七〇〇）から江戸に遊学し、後に江戸幕府にも仕えた。その江戸への往還《おうかん》に、春満が浜松に嫁いでいた姪の真崎《まさき》の許に滞在した際に、奇《く》しくも出会ったのが賀茂真淵《かものまぶち》であったわけだ。

さて、賀茂真淵（一七〇三―六九）は、元禄十年（一六九七）浜松郊外の岡部社の神官・岡部定信の次男として生まれたが、後に賀茂姓を名乗った。三度も養子に行くという複雑な生い立ちであったが、実父の死後、享保十八年（一七三三）京都に出て、荷田春満に入門して国学を学んだ。元文《げんぶん》二年（一七三七）四十一歳のとき、江戸に出て歌文を教えるようになったが、延享三年（一七四六）五十歳のとき、春満の養子・在満《ありまろ》の推挙によって田安《たやす》家和学御用として仕えることになった。以後、宝暦《ほうれき》十年（一七六〇）に隠居するまで十五年間同家に出仕、古典研究に専念した。この田安家出仕は、真淵の国学研究に大きな転機をなし、和歌においては古風の尊重、万葉主義の確立に向かうことになった。真淵の流派は、屋号の「県居《あがたい》」に基づき県居派と称され、楫取魚彦《かとりなひこ》・加藤千蔭・村田春海《はるみ》・田安宗武《むねたけ》・本居宣長《もとおりのりなが》らを輩出して、近世後期歌壇に重要な位置を占めた。

真淵は数多の和歌関係の著作をなしたが、その中で真淵の歌論は、田安家出仕以前、荷田在満の『国家八論』に反駁《はんばく》した『国歌八論余言拾遺』『国歌論臆説』をはじめ、『万葉集考』の総論などの随所に見られるが、晩年の著作である『歌意考《かいこう》』と『新学《にいまなび》』とが代表的な歌論書である。

まず、『**歌意考**』は明和元年（一七六四）の成立だが、版行は寛政十二年（一八〇〇）。復古、真情主義を主張して、「古の人の直くして、心高く、雅びたるを万葉に得て、後に古今集へ下りてまねぶべし」と説いている。『万葉集』では巻一・二・十一・十二・十三・十四を、『古今集』では詠み人知らずの歌を、下っては源実朝の詠を、それぞれ参考にするとよいと主張している。「文意」「歌意」「国意」「語意」「書意」の五意考の一つで、真淵歌論の到達点を示している。

次に、『**新学**』は明和二年（一七六五）の成立で、版行は寛政十二年（一八〇〇）。冒頭で、総論ともいうべき、『万葉集』の丈夫振《ますらおぶ》りを称揚し、『万葉集』が必見の書と説いた後、源実朝・三代集・長歌《ちょうか》などについて論じている。国学・古道・古典観・語学説・文章論に及ぶが、真淵の歌学の到達点を示している。

なお、ここで先に言及した真淵が『国歌八論余言《よげん》拾遺』『国歌論臆説《おくせつ》』を執筆して反駁した荷田在満の歌学書『**国歌八論**』に触れておかねばなるまい。この書は在満が主家田安宗武の求めに応じて、寛保《かんぽう》二年（一七四二）に献上したもの。歌源・翫歌《がんか》・択詞《たくし》・避詞《ひし》・正過・官家・古学・準則の八論からなる。まず、歌源論では、和歌は歌謡性が本質であったが、『古今集』

が出て言辞を翫《もてあそ》ぶものとなったこと、翫歌論では、和歌には政教性がないこと、択詞論では、優美な歌語を選んで詠むこと、避詞では、歌語に制詞などの制約をつけないこと、正過論では、語法上の正しさを追求し、旧来の歌学に囚われないこと、官家論では、堂上歌学には根拠がないこと、古学論では、定家歌学を批判して、契沖や春満の古学を継承すること、準則論では、『新古今集』を推奨《すいしょう》し、藤原良経を高く評価している、などである。本書は後に宗武から、在満の政教性を否定する立場に反論を加えた『国歌八論余言』が出版された。なお、先に触れた真淵の二書が宗武の本書に賛意を表して書かれたことはいうまでもない。

さて、賀茂真淵の門流の県居派には、歌風の上から大別すれば、田安宗武・加藤宇万伎《うまき》・楫取魚彦らの万葉派、古今調を庶幾《しょき》する加藤千蔭・村田春海らの江戸派、新古今歌風を尊重した本居宣長らの鈴屋《すずのや》派の三流となろう。

まず、万葉派の田安宗武《たやすむねたけ》（一七一五―七一）は徳川吉宗の次男で、松平定信の父。御三卿《ごさんきょう》のひとつ田安家を創始する。はじめ荷田在満に、のちに賀茂真淵に国学・歌学を学ぶ。万葉風を尊重し、歌は人の心を和らげる道である、と説いた。歌論書に『国歌八論余言』があることはすでに触れた。なお、加藤宇万伎《うまき》（一七二一―七七）・楫取魚彦《かとりなひこ》（一七二三―八二）には歌論書がないので、江戸派の歌人に移ろうと思う。

まず、加藤千蔭（一七三五―一八〇八）だが、彼にも歌論書は存しないので、村田春海《はるみ》（一七四六―一八一一）に言及しよう。幸い、春海には歌文集に『琴後集《ことじりしゅう》』、歌論書に『歌がたり』があるが、まずは事績に触れておこう。村田春海は春道の次男。家は代々江戸小舟町で干鰯問屋を営む富商であった。十三歳のときに賀茂真淵の門に入り、国学・歌学を学ぶ。加藤千蔭とともに江戸派の双璧《そうへき》とされ、和歌和文の道に長じ、紀氏以来の能文家として仰がれた。古今調を基調とし、才華絢爛《けんらん》をもって一世を風靡《ふうび》した。門人に小山田与清《おやまだともきよ》・岸本由豆流《ゆずる》・清水浜臣《はまおみ》らを出した。歌論書に『歌がたり』、加藤千蔭との共著に『筆のさが』がある。

まず、『歌がたり』は文化五年（一八〇八）の版行。師真淵の功績を称え、師説を称揚する一方、在満の『新古今集』尊重、契沖の『漫吟集《まんぎんしゅう》』の新古今風を批判、さらに題詠を、虚言《そらごと》で内容も浅い歌だとして、同門の鈴屋派が古体・近体に詠み分けるのを題詠主義の悪弊《あくへい》と難ずる。又、歌風の変遷、長歌などにも叙述が及び、『古今集』を尊重する姿勢が各所に現れている。江戸派を代表する春海の歌論書として注目されるが、石塚龍麿《たつまろ》の『歌語斥非《うたがたりせきひ》』などの反駁書も出た。

なお、『筆のさが』は享和二年（一八〇二）の成立。香川景樹の和歌十一首を、千蔭と春海とが論難した歌学書。出京して歌人として活動し始めた景樹の詠作を、在京の雪岡禅師が江戸の千蔭に送付して批評を求めたが、それを千蔭が春海に示して、それぞれ批評を加えている。その中で、表現上の問題を採り上げて、特に「俗語」「俗意」の多いことを非難し、両者ともに歌は「雅《みや》び心《ごころ》」を歌うものだ、と強調している。現代人には現代人の歌があるとする景樹を、王朝美の伝統を継承するところに歌の意義を認める江戸派の両者が論難したわけだ。これを契機に、小川布淑《ふしゅく》の『雅俗弁』、春海の『雅俗弁の答』が出て、双方からの雅俗論争がはじまった。

賀茂真淵の門流の県居派のうち、鈴屋派の代表格は本居宣長であろう。宣長(一七三〇―一八〇一)には歌学書『排蘆小船《あしわけおぶね》』のほか、近世歌論の白眉《はくび》と称される『石上私淑言《いそのかみささめごと》』、随筆だが歌論・歌学上の記述が散見する『初山踏《ういやまぶみ》』『玉勝間《たまかつま》』などの著作がある。

本居宣長は伊勢国松坂の木綿《もめん》問屋の小津定利の長男として誕生。二十三歳のとき、本居と改姓。寛延元年(一七四八)伊勢山田妙見町の紙商今井田家の養子となったが、翌々年離縁になる。二十二歳で小津家を継ぐことになるが、家運は傾き、一家は生計の基盤を失った。宝暦二年(一七五二)医学を学ぶために京都に出る。京都では漢学を堀景山に、医学を堀元厚に学んだ。漢学者景山は国学にも造詣《ぞうけい》が深く、特に契沖を尊崇していたので、宣長も国学の研究に専心するようになったらしい。五年八か月に及ぶ京都遊学を終えて宝暦七年、宣長は故郷に帰り、生涯町医者を生業とした。明和元年(一七六四)賀茂真淵に入門して、この年『古事記伝』を起稿し、寛政十年(一七九八)に完成させた。学塾鈴屋《すずのや》を発足させ、『源氏物語』などの古典の講義をしたが、門弟は伊勢国を筆頭に、四十余か国におよび、四百九十人に達したという。

まず、歌学書『排蘆小船』は宣長が京都遊学から帰郷した宝暦九年（一七五九）頃の成立。内容は自己の和歌観を、問答体で六十六項目にわたって説いたもの。それは和歌の本質、堂上歌学批判、伝授思想の非難など多岐《たき》にわたるが、歌風の変遷、古今伝授・制詞、「もののあはれ」の萌芽《ほうが》を詳述する部分には、後年に展開される宣長の歌学の基礎が窺い知られて、記念碑的な述作と評価されよう。

次に、歌論書『石上私淑言』は全三巻。起稿が宝暦十三年（一七六三）と推定されるが、成立はやや遅れ、第三巻は未定稿のまま。内容は、全編が問答体になっていて、巻一が二十六項目、巻二が五十項目、巻三が二十六項目で、都合百二項目から成っている。巻一は歌の定義・起源・本質などをめぐって論じ、「もののあはれ」の説を、文献を引用しながら詳細に展開する。古来不変の人間的感情である「もののあはれ」を表現することに、和歌の本質があるというわけだ。巻二は、日本の和歌が中国の漢詩と異なり優れている所以《ゆえん》を、国号「やまと」や「歌道」の語義に言及しながら、種々の視点から論じている。巻三は、余論ともいうべき趣で、道徳的意義は歌の副次的な産物にすぎぬことや、歌の詞は雅《みやび》な古言《ふること》を用いるというなど、雑多な内容となっている。本書は、宣長が二十代後半に把握した思想的立場を、「もののあはれ」の概念に依拠して体系化してゆく過程を如実に表している。

なお、随筆『初山踏』は寛政十一年（一七九九）の版行。『古事記伝』の執筆後、弟子たちの要望に応えるべく、自己の学問的体験を踏まえながら、寛政十年十一月、初学者のために執筆された国学の学問方法論の入門書。はじめに綱要《こうよう》的な簡明な本文を掲げ、そのあとに二十九項目の注を一括して並べるという体裁を採る。内容的には、本文は二つの部分に分かれ、前半は学問には『日本書紀』の神代巻を学ぶ「神学」、また「有職《ゆうそく》の学」「歌の学び」などの種類があることを指摘して、学び方よりも持続することが重要だと述べている。後半は、多くの学問分野がある中でも重視すべきは、「天照大神《あまてらすおおかみ》の道」たる「まことの道」だと言明している。なお、注の部分では、本文の主張をさらに詳細に展開して、歴史学・国語学的な学習の必要性・注釈経験の重要性に言及したあと、独自の歌論上の見解を叙述している。この歌論についての見解表明は、宣長の歌論の到達点を示していると評しえよう。

また、同じ随筆である『玉勝間』は宣長が寛政五年（一七九三）起筆し、没年の享和元年（一八〇一）まで書き継いだもの。全十五巻（目録を含む）。九巻までは生前に刊行されたが、以下は没後の刊行で、文化九年（一八一二）に刊行が完了した。学術的な随筆で、文学・語学・有職故実など多岐にわたる事柄が百五項目にわたって叙述されているが、宣長の学問的人格が窺え、和歌に関する記述も少なくない。

なお、本居宣長の門流鈴屋派の門弟は全国各地で活躍していたが、宣長亡き後の中心的存在は、長子の春庭《はるにわ》（一七六三―一八二八）と、宣長の養子となって紀州侯に仕えた大平《おおひら》（一七五六―

一八三三）であったが、とりわけ注目すべき歌論書はないようだ。

さて、江戸で賀茂真淵が和歌の革新運動を展開していたのに対し、京都で和歌革新の先駆者となったのが、小沢蘆庵《ろあん》（一七二三―一八〇一）であった。蘆庵には歌論書『布留《ふる》の中道《なかみち》』『振《ふり》分髪《わけがみ》』がある。蘆庵は摂津大阪に小沢実郡《さねくに》の末子として生まれ、十代で京都本荘《ほんじょう》家の養子となるが、のち本姓に復した。宝暦七年（一七五七）から明和二年（一七六五）まで鷹司輔平《たかつかさすけひら》に仕えたが、その頃、冷泉為村に師事して和歌を学んだ。その後、居を転々とし、寛政四年（一七九二）洛東岡崎の図南亭に移り晩年を過ごしたが、そこにはしばしば宣長や上田秋成らも訪れ、友誼《ゆうぎ》を結んだ。この頃より、堂上派の中世的歌風と、県居派の古代崇拝を否定して、「ただこと歌」を主張、作為や技巧を排して、平易な表現で真情を詠むことを唱えた。蘆庵の新風はやがて人びとの注目を浴び、澄月《ちょうげつ》・慈延《じえん》・伴蒿蹊とともに平安四天王と称された。蘆庵の主張と実践はその後、香川景樹に継承・発展されて、賀茂真淵のそれとともに、近世和歌の二大潮流となったことは自明のことである。

蘆庵の歌論書『**布留の中道**』は寛政二年（一七九〇）の成立だが、版行は同十二年。「塵《ちり》ひぢ」「蘆《あし》かび」「或問《わくもん》」の三部より成る。『古今集』仮名序の中であげる「ただこと歌」の説に立脚して、歌は思うことをありのままに自然な自分の言葉で人に理解されるように詠むべきだと主張して、その裏づけとして、人情は「天人合一」の理によってみな同じだから、その同じ情を詠出すれば歌になるという「同情」の説と、しかし、人情は移り変わって新しい情が生じ、それによって歌は新しく生まれるという「新情」の説を論じて、そのための心得を説いている。

また、歌論書『振分髪』は寛政八年（一七九六）の版行。序で、本書の目的を幼童の作歌の手引きと述べ、冒頭で「歌は人の声なり。思ふことあれば声に出づるを歌といへり」とし、「思ふ心に法なく、いふ詞に法なし」、「心を平易にして、理ただしき詞をもて一節につづくれば、おのづからよく聞こえて、別にならふことなし」と説く点は、『布留の中道』における「ただこと歌」の主張と軌を一にするものだ。後半は、詞の働き、変化、てにをはの用法など、文法・語法に関する解説で、いずれも初学の作歌入門書として懇切な内容になっている。

ところで、小沢蘆庵についで京都の歌壇に新風を吹き込んだのが、香川景樹《かがわかげき》（一七六八—一八四三）である。景樹とその門流を桂園派《けいえんは》というが、景樹には歌論書『新学異見《にいまなびいけん》』『桂園遺文』などがある。景樹は鳥取藩士の家に生まれ、同藩の清水貞固に和歌を学ぶかたわら、儒学を堀杏庵《きょうあん》について修めたが、二十六歳の頃、妻包子《かねこ》を伴って故郷を出て、京都で苦学を続けていた。二十九歳のときに、梅月堂香川景柄《かげもと》の夫婦養子となった。香川家は始祖の宣阿《せんあ》以来、京都における地下の和歌宗匠の家であったが、その五代目景柄に二条派の歌学を学び、平安四天王と並ぶ実力を世間に認められていた。この義父景柄の縁で、小沢蘆庵との知遇を得て、蘆庵の「ただこと歌」の論に強く惹《ひ》かれることとなった。そして、三十七歳のとき、合議のうえ、ついに香川家を去って独立し、岡崎の東塢亭《とううてい》に住むようになった。その後、新歌論「調べの説」を完成させるとともに、全国に散らばる桂園派の門人の指導に没頭し、桂園の歌風が天下に風靡《ふうび》するようになった。

歌論書『新学異見』は文化八年（一八一一）の成立で、版行は同十二年。賀茂真淵の『新学《にいまなび》』の尚古《しょうこ》思想に対する反駁《はんばく》を述べたもの。『新学』の文章を、十四の部分に区分・列挙して、現代主義の立場から批評を加え、反駁する。和歌の本質は真心・誠実から出た自然な調べだという思想は真淵のそれと共通するが、景樹は古代語の使用や『万葉集』に認められる「ますらをぶり」の歌風を理想として唱導する真淵の説に反対して、今の世の歌は今の世の詞と調べで詠むべきで、その規範は『古今集』の「たをやめぶり」にみられる優美で上品な調べに見出しえると説く。これは蘆庵の『古今集』を尊重する立場から、現代性に基づく情の意義と実践を主張する説を継承し、発展させたものだ。

なお、『桂園遺文』は「歌は理《ことは》るものにあらず、調ぶるものなり」とする香川景樹の立言を、鈴木光尚が編集したもの。歌学の入門書ともいうべき書で、景樹の発言内容は充実している。

ちなみに、景樹の歌論を体系的にまとめたものに、門人の内山真弓《まゆみ》（一七八六―一八五二）の『歌学提要』があるので、略述しておこう。この書は天保十四年（一八四三）の成立で、版行は嘉永三年（一八五〇）。内山真弓が和歌に関する景樹の説を、みずからの聞き書きや中沢重樹など社友の筆録を基に編集したもの。総論に始まり、雅俗・偽飾・精粗・強弱・趣向・実景・題詠・贈答・名所・本歌拠《とり》・仮名・天仁遠波《てにをは》・枕詞・序歌・歌書・歌詞・文詞の十八章に分けて体系づけている。桂園派の歌論を体系的に整理したところに、近世歌学史上の重要な意義がある。

さて、多士済々《せいせい》といわれた桂園派の中で双璧《そうへき》とされるのが、木下幸文《たかふみ》（一七七九―一八二一）と熊谷直好《くまがいなおよし》（一七八二―一八六二）であるが、彼らには特に採り上げねばならない歌論書もないので、さらに先に進みたいと思う。

これまで叙述したように、江戸後期の和歌は、江戸の賀茂真淵、伊勢の本居宣長、京都の小沢蘆庵・香川景樹などの登場によって新局面が拓《ひら》かれ、彼らの門流が歌壇の主流をしめてきた。しかし、これらの中央歌壇とは無関係に地方にも個性的な歌人が幕末に近づくにつれて輩出した。越後《えちご》の良寛（一七五八―一八三一）、備前《びぜん》の平賀元義《ひらがもとよし》（一八〇〇―六五）、筑前《ちくぜん》の大隈言道《おおくまことみち》、越前《えちぜん》の橘曙覧《あけみ》らに代表される幕末の地方歌人たちである。このうち、言道と曙覧には歌論書があるので、この両者について言及しておこう。

まず、大隈言道（一七九八―一八六八）は筑前国福岡の商家・大隈茂助言朝の四男。七・八歳の頃、福岡藩士の二川相近《ふたがわすけちか》に入門し、書および和歌を学ぶ。天保十年（一八三九）豊後《ぶんご》国日田《ひた》の広瀬淡窓《たんそう》に入門し、漢学を学んだのち、安政四年（一八五七）京阪の地に自己の歌風を広めようと志し、大阪へ赴《おもむ》いた。当地では中島広足・萩原広道・熊谷直好らの歌人と広く交わり、徐々に歌名も上がった。

歌論書『ひとりごち』の成立は天保（一八三〇―四四）末年か。言道は自分のそれまでの歌を「木偶歌《でくうた》」、つまり「魂霊《たましひ》なくて姿も意も昔のもの」であると批判し、「吾は天保の民なり、古人にはあらず」として、その時代に生きる人間としての自覚をもとに作歌に取り組むべきことを強調する。さらに、自由な発想と個性を重視し、実景に臨んで自然に反応する情感を詠出すべきと説いている。景樹の歌論の影響が濃厚だが、近世から近代へと発展していく過渡期の歌人の歌論として注目すべき内容を持っている。

次に、橘曙覧（一八一二―六八）には、歌論書『囲炉裡譚《いろりたん》』がある。曙覧は越前福井の紙商・正玄《しょうげん》五郎右衛門の長男。母の死後、若くして仏門を志し、日蓮宗妙泰寺住職・明導の許で、約五年間学問と詩歌を学ぶ。文政九年（一八二六）父の死に遭い、生家に戻って紙商を継ぐが、二十八歳のとき、江戸に遊学する。家業を異母弟に譲ったのち、天保十五年（一八四四）三十三歳のとき、飛騨《ひだ》高山にいた本居宣長の高弟田中大秀《おおひで》（一七七七―一八四七）を尋ねて入門した。弘化三年（一八四六）、生家裏の足羽山《あすわやま》中腹に移り住み、窮乏生活に耐えながら学問、作歌に励み、二年後の嘉永元年、三橋町の藁屋《わらや》に移った頃から歌名も上がる。また、福井藩士中根雪江《なかねゆきえ》の推挙もあって、藩主松平春岳《まつだいらしゅんがく》の和歌御用を拝していたが、元治二年（一八六五）には、春岳が曙覧の藁屋を訪れて、「志濃夫廼舎《しのぶのや》」の号を与えるなど、厚遇を受けた。曙覧の家集には、古今風・新古今風の歌も見出されるが、写実を基本とする実感のある新しい歌風に進み、自己の生活を赤裸々《せきらら》に詠み、社会現象を歌う写実主義によって新時代を開拓した。

『囲炉裡譚』は成立年次未詳。嗣子《しし》・井出今滋《いでいましげ》編『橘曙覧全集』に収載される。内容は国語学・歌学に関する考証を中心とする随筆的歌論書だが、『万葉集』重視の歌論的立場が示されるなかに、ユニークな自己の和歌観や人生観が示されているのはおもしろい。

以上、繁簡よろしきを得ない叙述、展開に終始したが、本書で取り扱う「由緒ある歌」に関わる歌学・歌論史について、概要を略述した。

三　「由緒ある歌」の諸相

さて、ようやく本書で取り扱いたいと考えている本題に入る段階に至ったが、それはこれまで略述してきた歌学・歌論書が論じている問題の中で、一領域を占める「由緒ある歌」の問題である。ここには一条兼良編『歌林良材集』の下巻に収載される「由緒ある歌」六十七条の項目を中心にして、このテーマを採り上げて論じたいと思う。

1　浦嶋の子の篋《はこ》のこと

1　春の日の　霞める時に　墨吉《すみのえ》の　岸に出で居て　釣船の　とをらふ見れば　古《いにしへ》の　こ
とそ思ほゆる　水江《みづのえ》の　浦《うら》の島子《しまこ》が　鰹釣り　鯛釣り誇り　七日《なぬか》まで　家にも来《こ》ずて
海坂《うなさか》を　過ぎて漕ぎ行くに　わたつみの　神の娘子《をとめ》に　たまさかに　い漕ぎ向かひ　相《あひ》
あとらひ　言《こと》成りしかば　かき結び　常世《とこよ》に至り　わたつみの　神の宮の　内の重《へ》の
妙《たへ》なる殿《との》に　携《たづさ》はり　二人入り居《ゐ》て　老いもせず　死にもせずして　永き世に　あり

けるものを　世の中の　愚か人《ひと》の　我妹子《わぎもこ》に　告《の》りて語らく　しましくは　家に帰りて　父母に　事も語らひ　明日のごと　我は来《き》なむと　言ひければ　妹《いも》が言へらく　常世辺《とこよへ》に　また帰り来て　今のごと　逢はむとならば　このくしげ　開くなゆめと　そこらくに　堅めしことを　墨吉《すみのえ》に　帰り来《き》たりて　家見れど　家も見かねて　里見れど　里も見かねて　怪しみと　そこに思はく　家ゆ出でて　三歳《みとせ》の間《あひだ》に　垣もなく　家失《う》せめやと　この箱を　開きて見てば　もとのごと　家はあらむと　玉くしげ　少し開くに　白《しら》雲《くも》の　箱より出でて　常世辺に　たなびきぬれば　立ち走り　叫び袖振り　こいまろび　足ずりしつつ　たちまちに　心消失《けう》せぬ　若かりし　肌も皺《しわ》みぬ　黒かりし　髪も白《しら》けぬ　ゆなゆなは　息さへ絶えて　後《のち》つひに　命死にける　水江の　浦の島子が　家所《いへどころ》見ゆ

（万葉集・巻九・雑歌・一七四〇）

反　歌

2
常世辺《とこよへ》に住むべきものを剣大刀《つるぎたち》己《な》が心からおそやこの君

（同・同・同・一七四一）

さて、浦島の子のことは、『日本書紀』の雄略天皇二十二年秋七月の記事に見えている。すなわち、浦島の子が小舟に乗って釣りをしていたところ、大きな亀がかかったのだ。その亀は女に姿を変えたので、浦島の子は自分の妻にしたのであった。そこで、浦島の子が彼女に従って海中に入って行ったところ、蓬萊山《ほうらいさん》に到着したという話が、『日本書紀』に見えている。浦島の子は後に故郷に帰ってきたが、その間に、なんと数百年が経過していたことを、浦島の子は知らなかったのであった。

ところで、この玉手箱のことについては、もしもこれを開《あ》けなかったとしたら、再び、仙郷に帰ることもあったであろうに、それを妻との約束に反して浦島の子は開けてしまったために、希望がかなえられなかった事例として、後世の和歌にも詠まれているのだ。

つまり、水江の浦島の子は、雄略天皇二十二年に仙郷に到着して、淳和天皇天長二年に故郷に帰った旨、『日本書紀』に記述されている。ちなみに、この記事が天長の頃（八二四―三四）のことならば、『万葉集』に載るはずがないのだが、その点、不審ではある。

3　夏の夜は浦島が子の箱なれやはかなく明けてくやしかるらむ

（拾遺集・夏・中務・一二二）

まず、1と2の詠は、『万葉集』巻九に「水江《みづのえ》の浦《うら》の島子《しまこ》を詠みし一首　短歌を并《あは》せたり」の題詞を付して掲載される長歌と反歌だが、「右の件《くだり》の歌は、高橋連虫麻呂《むらじむしまろ》の歌集の中に出づ」の左注が付されている。したがって、この両歌の作者は高橋虫麻呂であろう。

1の詠の歌意は、次のとおり。春の日の霞んでいる時に、墨吉の岸に出ていて、釣り船が波に大きく揺られているのを見ると、遠い昔のことが思われる。水の江の浦の島子が、鰹《かつお》を釣り鯛《たい》を釣って調子に乗り、七日に及んでも家に帰ってこず、海の境を越えて漕いで行くと、海神の乙女に偶然に行き合い、語り合って約束ができたので、契りを結び、常世の国に至り、海神の宮の奥深く立派な御殿に、手を取り合って二人で入って居て、老いもせず、死ぬこともなく、永い世を生きて来たものを、人間界の愚か者が、いとしい妻に語って言うことに、「ほんの暫《しば》しの間家に帰って、父母に事の次第も告げ、明日にでもわたしは戻って来よう」といったので、妻が答えて言うには、「常世の国にまた帰ってきて、今のように逢おうと思うのなら、この箱を決して開けてはなりません」と、くれぐれも確約したことを、さて墨吉に帰ってきて、家を見ても家も見当たらず、里を見ても里も見かねて、怪しいことだと、そこで思うことには、家から出て三年の間に、垣もなく家もなくなるものだろうかと、この箱を開《あ》けて見たら、もとのように家はあるだろうと、美しい手箱を少しばかり開くと、白雲が箱から出て常世の国のほうへ棚《たな》引《び》いて行ったので、「飛び上がり、叫び、袖を振り、転《ころ》げまわり、足摺《あしずり》をしながら、たちまちに意識を失ってしまった。若かった肌も皺が寄ってしまった。黒かった髪も白くなってしまった。後々は息まで絶えて、後にはとうとう死んでしまった水江の浦の島子の家があった跡が見える。

ところで、「水江の浦の島子を詠みし一首」の題詞を掲げる、1の詠の長歌の構成では、「春

の日の　霞める時に　墨吉の……古の　ことそ思ほゆる」の中の「古のこと」の措辞が浦島伝説を指すことから、作者はまず浦島伝説に思いを馳せたのち、末尾の「水江の　浦の島子が家所見ゆ」の措辞から明らかなように、再び、現実に戻るという、まるで映画の手法のごとき方法を採用しているのだ。

ここで語句の解説をすれば、「とをらふ」は、大きく撓《たわ》むの意。「誇り」は、得意になって勢いに乗るの意。「海坂」の「坂」は、境で、此《こ》の世と常世との境界の意。「相あとらひ」は、求婚するの意。「しましくは」は、ほんの暫くの間はの意。「そこらくに」は、程度の副詞で、何度も十分にの意。「立ち走り」は、躍り上がっての意。

ちなみに、『釈日本紀』が収載する『丹後国風土記《ふどき》』にも浦島伝説がある由だが、そこでは「与謝《よさ》の郡、日置《ひおき》の里」を舞台にしている。

なお、『日本書紀』『丹後国風土記』には「亀」が登場するのに、『万葉集』にはまったくその名が見えないのは、「亀が娘子に化して婚姻するというのは、神婚説話の重要な要素であるに拘わらず、これの無いのは、その事を怪奇として、遺却したものと見るべきである」と、武田祐吉氏『万葉集全註釈』は言及している。

次に、反歌の2の詠の歌意は、常世の国に当然住んでいられるものを、自分のせいで、馬鹿だなあ、この人は、のとおり。「おそ」は、遅《ち》鈍《どん》・愚《ぐ》鈍《どん》の意。長歌で、玉手箱を開けないようにと確約したのに、約束を破ったために、常世の国に住むことができなくなったことを、凝《ぎょう》縮《しゅく》してこのように詠じたわけだ。

最後に、3の詠は、『拾遺集』に「題知らず」の詞書を付して載る中務《なかつかさ》の作。歌意は、夏の夜は、あの浦島の子の玉手箱なのであろうか。あっけなく夜が明けて残念に思っていることだろうなあ、のとおり。本詠は浦島伝説によったもの。したがって、「はかなく」は、老いることと、あっけなく夜が明けることを重ねている。「明けて」に「開けて」を掛ける。本詠は夏の短夜を詠じたものだが、夏の「はかなく明ける」夜に、「開けて」悔しい浦島伝説の玉手箱を絡《から》ませた比喩が、興趣深い。

以上、「浦嶋の子の篋」の故実について、略述した。

2　松浦佐用姫領巾麾《まつらさよひめひれふ》りの山のこと

1　遠つ人松浦佐用姫夫恋《まつらさよひめつまごひ》に領巾《ひれ》振りしより負《お》へる山の名

（万葉集・巻五・山上憶良・八七一）

この歌は、欽明《きんめい》天皇の御世に、大伴佐提比古《さでひこ》が遣唐使として中国へ渡ったときに、その妾の佐用姫が名残を惜しんで、松浦山に登って、衣の領巾を振り、その船を招いたという伝説によっているが、それ以来、その山は領巾麾《ふ》る山と名づけられた。この故実にちなんで山上憶良がこのように詠んだわけだ。この故実については後の人が追和した歌が数多くある。

2　松浦がた佐用姫の児《こ》が領巾振りし山の名のみや聞きつつ居《を》らむ
（万葉集・巻五・山上憶良・八六八）

3　山の名と言ひ継げとかも佐用姫がこの山の上《へ》に領巾を振りけむ　（同・同・同・八七二）

4　海原《うなはら》の沖行く船を帰れとか領巾振らしけむ松浦佐用姫　（同・同・同・八七四）

5　行く船を振り留《とど》みかねいかばかり恋《こほ》しくありけむ松浦佐用姫　（同・同・同・八七五）

まず、1の詠は、『万葉集』巻五に「大伴佐提比古郎子《さでひこのいらつこ》、特《こと》に朝命《てうめい》を被《かがふ》り、使を藩国《はんこく》に奉《うけたまは》り、艤棹《ふなよそひ》して言《ここ》に帰《ゆ》き、稍《やうや》くに蒼波《さうは》に赴く。妾《をむなめ》松浦佐用姫この別るることの易《やす》きを嗟《なげ》き、彼《か》の会ふことの難《かた》きを歎く。即ち高山《たかやま》の嶺に登り、遥かに離れ去る船を望み、悵然《ちやうぜん》として肝を断ち、黯然《あんぜん》として魂を銷《け》つ。遂に領巾を脱《と》きて麾《ふ》る。傍《かたはら》の者《ひと》、涕《なみだ》を流さずといふこと莫《な》かりき。因りてこの山を号《なづ》けて、領巾麾嶺《ひれふりのみね》と曰《い》ふ。乃ち歌を作りて曰く」の前文を付して載る、山上憶良の作。歌意は、これは松浦佐用姫が夫を恋うて領巾を振ったその時以来ついていている山の名前だよ、のとおり。「遠つ人」は、遠くの人を待つ意から、「待つ」と同音の

「松」にかかる枕詞。領巾麾り山伝説の謂《いわ》れを詠んだもの。ちなみに、前文を現代語訳してみると、次のとおり。大伴佐提比古は、天皇の特命を受けて臣従する任那《みまな》に派遣された。船出の用意を整えて出航し、徐々に青海原に向かおうとした。愛人松浦佐用姫は、別離はたやすく再会の難しいことを歎き、ただちに高い山の頂に登り、遠ざかる船を遥かに望み見た。悲しみに胸はつぶれ、心も暗く魂も消えるばかりであった。そして領巾をとって振った。側にいた人で涙を流さない人はなかった。よって、この山を名づけて「領巾麾りの嶺」と言う。そこで次のような歌を作った。「大伴佐提比古」は、大伴大連金村《おおむらじかなむら》の子で、狭手彦《さでひこ》。宣化天皇二年（五三七）、新羅に侵された任那への救援軍の将として派遣された。ちなみに、『肥前国風土記《ふどき》逸文』にも、この「領巾麾りの峰」の伝説はある。「藩国」は、封を受けて臣従する国。ここでは任那を指す。「艤棹」は船の仕度をすること。

次に、2の詠は、『万葉集』巻五に「憶良誠惶《せいくわう》頓首して謹啓す。／憶良聞くならく、方岳《はうがく》と諸侯と、都督《ととく》と刺史《しし》と、並びに典法《てんぱふ》に依りて部下を巡行し、その風俗を察《み》ると。意内多端にして、口外に出《いだ》し難《がた》し。謹みて三首の鄙歌《ひか》を以て、五蔵の鬱結《うつけつ》を写《のぞ》かむと欲《す》。その歌に曰く」の前文を付して載る、山上憶良の作。その歌意は、松浦の県の佐用姫が領巾を振った、その山の名前ばかりを聞いて、わたしは空しく留まっているのであろうか、のとおり。本詠は、自分も訪れて直接見たかったという述懐を詠じたもの。「領巾」は、細長い布の一端を右肩から前に垂らして端を懐に挟《はさ》み、その残りを首の後ろに回して左肩から前に膝《ひざ》のあたりまで垂らす、古代女性の装身具。「松浦がた」は「松浦県」の意であろう。

次に、3の詠は、同じく『万葉集』巻五に「後人《こうじん》の追和《ついわ》」の題詞を付して載るが、山上憶良の作と推察される。歌意は、山の名として言い伝えよという気持ちで、佐用姫はこの山の上で領巾を振ったのであろうか、のとおり。「後人の追和」なる虚構のもとに、憶良が山頂で領巾を振った佐用姫の心を忖度《そんたく》したのであろう。「とかも……けむ」は行為の動機を推測する語法。

最後に、4と5の詠は、同じく『万葉集』巻五に「最々《さいさい》後人の追和せし二首」の題詞を付しているが、この両歌も山上憶良の作と推測されよう。まず、4の詠の歌意は、沖を行く船に向かって、帰って来てと、領巾をお振りになったのだろうか。松浦佐用姫は、のとおり。「とか」の語法は、「無駄である」「不都合であるのにどうして」という不審の気持ちを表す用法。

また、5の詠の歌意は、行く船を、領巾を振って留めることができなくて、どれほど恋しかったであろうか。松浦佐用姫は、のとおり。4・5の両歌ともに「最々後人の追歌」の虚構表現を用いて、憶良が佐用姫の心中を忖度した詠作と推察されようか。

なお、松浦佐用姫伝説は、後世、『古今著聞集《ここんちょもんじゅう》』や『平家物語』、御伽草子《おとぎぞうし》の『さよひめ』、滝沢馬琴の読本《よみほん》『松浦佐用姫石魂録《せきこんろく》』などの作品にも採り上げられて、佐用姫伝説は、種々の付会の説や後日譚が増補されながら、広く流布するに至った。

以上が「松浦佐用姫領巾麾りの山」の故実についての略述である。

3　松浦《まつら》川に鮎を釣る乙女のこと

1　あさりする漁夫《あま》の子どもと人は言へど見るに知らえぬうまひとの子
（万葉集・巻五・大伴旅人・八五三）

2　玉島のこの川上に家はあれど君をやさしみ表《あらは》さずありき
（同・同・同・八五四）

1と2の贈答歌は、山上憶良が、松浦の県の玉島川に赴いて遊覧したときに、たまたま鮎を釣る漁師の娘の姿を見ると、花のように美しい顔はほかに比較するものがなく、柳の葉を思わせる眉は相手の心を和らげるように柔和である。「どなたの家の娘さんか」と質問するけれども、はっきりした返答もなかったので、山上憶良が歌を詠んで与えた。すると、漁師の娘の返歌は、2の詠のごときものだった。また、このテーマにそった詠歌には、次に掲げるようなものがある。

3　松浦川川の瀬光り鮎《あゆ》釣ると立たせる妹が裳《も》の裾《すそ》濡れぬ
（同・同・同・八五五）

4　松浦川七瀬《ななせ》の淀は淀むとも我は淀まず君をし待たむ
（同・同・同・八六〇）

5　松浦川川の瀬速《はや》み紅の裳の裾濡れて鮎か釣るらむ
（同・同・同・八六一）

6　君を待つ松浦の浦の娘子《をとめ》らは常世《とこよ》の国の海人《あま》娘子かも　（同・同・吉田連宜・八六五）

まず、1の詠は、「余《われ》暫く松浦の県《あがた》に往きて逍遥《せうえう》し、聊《いささ》かに玉島の潭《ふち》に臨みて遊覧するを以て、忽ちに魚《うを》を釣る女子等《をとめら》に値《あ》ひき。花容《くわよう》双びなく、光儀《くわうぎ》匹《たぐひ》なし。柳葉《りうえふ》を眉中《びちう》に開き、桃花を頰上《けふじやう》に発《ひら》く。意気雲を凌《しの》ぎ、風流世に絶えたり。僕《われ》問ひて曰く、『誰《た》が郷《さと》、誰が家の児等《こら》ぞ。若《も》し疑ふらくは神仙《しんせん》の者《ひと》ならむか』といひき。娘等《をとめら》皆笑ひて答へて曰く、『児等は漁夫《ぎよふ》の舎《いへ》の児、草庵の微《いや》しき者《もの》なり。郷もなく家もなし。何ぞ称《あ》げ云ふに足らむや。唯性《ただひととなり》水に便《なら》ひ、また心山を楽しぶ。或《あ》るときには洛浦《らくほ》に臨みて、徒《いたづ》らに王魚《わうぎよ》を羨《ねが》ひ、乍《あ》るときには巫峡《ふけふ》に臥して、以て空しく煙霞《えんか》を望みき。今邂逅《たまさか》に貴客《きかく》に相遇ひ、感応《かんおう》に勝《た》へざるを以て、輒《すなわ》ち款《くわん》曲《きよく》を陳《の》ぶ。而今《いま》よりして後、豈《あ》に偕老《かいらう》に非《あら》ざるべけむ』といひき。下官《われ》対《こた》へて曰く『唯唯《ゐゐ》、敬《つつし》みて芳命《はうめい》を奉《うけたまは》る』といひき。時に、日山の西の落ち、驪馬《りば》将《まさ》に去《い》なむとしき。遂に、懐抱《くわいはう》を申《の》べ、因《よ》りて詠歌を贈りて曰く」の「松浦河に遊びし序」を付して載るが、大伴旅人の作と推測されている。

さて、1の詠の歌意は、あなたのことを魚を取る漁師の子どもだ、と人はいうけれども、一目見ただけでわかりました。貴い人の子であると、のとおり。「あさり」は漁をすること。「うまひと」は貴い人の意。

ちなみに、序の現代語訳をしておくと、次のとおり。松浦河に遊んだ序。わたしは、しばらく松浦の県に赴いて歩きまわり、玉島川の岸のあたりを遊覧したことがあるが、その折、たまたま魚を釣る娘たちに出会った。花の顔《かんばせ》は並ぶものがなく、輝くばかりの姿はたぐいない。眉はまるで柳の葉が伸びたように、頬《ほお》は桃の花が開いたかのようであった。その気品は雲を凌《しの》いで高く、魅力はこの世のものとも思えなかった。わたしは質問した、「どちらの里のどなたの娘さんか。もしかして神女であられるか」と。娘たちは皆笑いながら答えた。「わたしたちは漁夫の家の子、茅屋《ぼうおく》に住む微賤《びせん》の者、里もなく家もなく、取りたてて言うほどの者ではありません。ただ生まれついて水に親しみ、また心から山を楽しんでいます。ある時は洛浦《らくほ》の岸に立って、大きな魚を手に入れたいと、甲斐なく願い、ある時は巫峡《ふきょう》に寝転んで、煙霞《えんか》を当てなく眺めていました。いま、たまたま貴い旅のお方に出会い、あまりの嬉しさに、つい心を許したお話をいたしました。今日からは偕老同穴《かいろうどうけつ》、何時までもともにお過ごししたく存じます」と言った。わたしは「承知しました。お言葉のままに」と答えた。その時、日は山の西に沈み、黒馬は踵《きびす》を返そうとした。そこで我が思いのほどを述べようとして、次のような歌を贈った。

次に、2の詠は「答へし詩《うた》に曰く」の題詞を付して載る、1の詠の答歌だが、大伴旅人の作と推測されようか。その歌意は、玉島のこの川の上流にわたしの家はありますが、恥ずかしいのではっきりと申しあげませんでした、のとおり。「やさし」は、対象に対して自分を恥ずかしく思う気持ちをいう。本詠は、あまりに立派な君に対して、身も細るような恥ずかしさから、家の所在を明かすことができなかったのです、と答えた答歌。

次に3の詠は、『万葉集』巻五に「蓬客等《ほうかくら》の更に贈りし歌三首」の題詞を付して載る、大伴旅人の作と推測される歌。この題詞は虚構表現と考慮しての作者の推測である。その歌意は、松浦川の川の瀬が美しく照り映えて、鮎を釣ろうと立っておいでになるあなたの裳《も》の裾が水に濡れているよ、のとおり。「川の瀬光り」は、娘の花のように美しい「光儀《くわうぎ》」（序）が川面に映って照り輝くこと。この歌は、娘の美しさを讃え、婉曲《えんきょく》に家を訪ねて求婚し、さらに自分こそあなたの夫となろうと、求愛しているわけだ。

次に、4の詠は、同じく『万葉集』巻五に「娘等《をとめら》の更に報《こた》へし歌三首」の題詞を付して載る一首だが、この題詞も虚構表現と考慮して、大伴旅人の作と推測しておきたい。歌意は、松浦川の数多《あまた》の瀬の淀みは、たとえ滞って流れなくても、わたしは滞ることなく一筋にあなたをお待ちいたしましょう、のとおり。「七瀬」は数多くの瀬。浅瀬ごとに水の淀む淵があるのを、ここでは「七瀬の淀」といった。なお、恋の歌に見られる「淀む」は、逡巡《しゅんじゅん》して関係を中断することをいう。

次に、5の詠は、同じく『万葉集』巻五に「後人の追和せし詩《うた》三首　帥老《そちらう》」の題詞を付して載る一首だが、これも「帥老」から大伴旅人の作と認定してよかろう。歌意は、松浦川の川瀬の流れが早いので、紅の裳の裾が濡れて、娘らは鮎を釣っているだろうか、のとおり。

最後に、6の詠は、『万葉集』巻五に「松浦《しょうほ》の仙媛《せんゑん》の歌に和せし一首」の題詞を付して載る、吉田連宜《よしだのむらじよろし》の作。歌意は、君を待つという名の松浦の乙女たちは、常世の国の海人乙女なのでしょうか、のとおり。本詠は、4の詠に見える娘たちの歌の「我は淀まず君をし待たむ」という表現・措辞に答えている。

以上が、大伴旅人が詠作した「松浦川に鮎釣る乙女」に関する「由緒ある歌」の略述だ。

4　桜児《さくらこ》のこと

1　春さらばかざしにせむと我《あ》が思《おも》ひし桜の花は散り行けるかも
（万葉集・巻十六・三七八六）

2　妹が名にかけたる桜花散らば常にや恋ひむいや年のはに
（同・同・三七八七）

この両歌の由緒は、次のとおり。昔、桜子という娘子がいた。あるとき、この娘は二人の男性から求婚された。この男どもは命を捨ててまで争ったので、娘が思ったことは、「昔から、一人の女が二つの家に嫁ぐことなど聞いたこともない。あの男の人たちの心も再び和解など難しいでしょう。わたしが死ぬことに越したことはないでしょう」と言って、娘は林の中に分け入って、立ち木に首を掛けて遂に、自殺してしまった。二人の男たちは血の涙を流したけれども、いまさらどうしようもない、ということで、先に掲げた両歌を詠んで、それぞれの心の思いを述べたのだ。

まず、1と2の詠は、『万葉集』巻十六に「昔者《むかし》娘子《をとめ》有りき。字《あざな》を桜児《さくらこ》と曰《い》ひき。時に二《ふたり》の壮士《をとこ》有り。共にこの娘に誂《あとら》ひて、生《せい》を捐《す》てて挌《うち》ち競《あらそ》ひ、死を貪りて相敵《あひあた》りき。ここに娘子、歔欷《きよき》して曰く、『古《いにしへ》より来今《いま》に、未《いま》だ聞かず、未だ見ず、一女《いちぢよ》の身にして二門《にもん》に往《ゆ》き適《とつ》ぐことを。方今《いま》に壮士《をとこ》の意《こころ》、和平すること難きこと有り。如《し》かじ、妾死《せふし》して相害《あひがい》すること永く息《や》まむには』といひき。尓乃《すなは》ち林中《りんちう》に尋ね入り、樹《き》に懸《さ》がりて経死《けいし》しき。その両《そたり》の壮士、哀慟《あいどう》に敢《た》へず、血泣《けつきふ》襟《ころものくび》に漣《れん》として、各《おのおの》心緒《しんしよ》を陳べて作りし歌二首」の題詞を付して載る、作者未詳歌。

1の詠の歌意は、春になったら髪に挿《さ》そうと、わたしが思っていた桜の花は、散ってゆくのだなあ、のとおり。「桜の花」は「桜児」を、「かざしにせむ」は結婚することを各々、意味している。「二の壮士」（題詞）のうちの一人の詠。

2の詠の歌意は、貴女の名前として冠した桜の花が散ったら、そのたびに何時も恋しく思うことだろうか、毎年毎年、のとおり。「名にかく」は、名に関連させる、結び付けるの意。「花散らば」は、花が眼前から失われたなら」の意。「二の壮士」（題詞）のうちのもう一人の詠。

ちなみに、題詞の現代語訳は、次のとおり。昔、娘子がいた。名を桜児と言った。時に二人の男がいた。両人ともこの娘に求婚して、命を惜しまず争い、死を恐れずにいがみあった。娘はすすり泣きしながら言った、「古来、一人の女が二つの家に嫁ぐなど、聞いたことも見たこともありません。今あの人たちの間は、とても和解できるものではない。わたしが死ぬことによって争いが収まる以外にありません」と。娘はやがて林の中に分け入って、立ち木に首を吊って死んでしまった。二人の男は悲痛に耐えかねて、血の涙を流して衣の襟《えり》を濡らし、それぞれに思いを述べて作った歌二首。なお、題詞の中の語注に言及すると、「誂《あとら》ふ」は、言葉で誘いをかける意。「歔欷《きよき》」は、むせび泣く意。「適《とつ》ぐ」は、嫁入りする意。

以上、「桜児」の故実について、略述した。

5　縵児《かずらこ》のこと

1　耳無《みみなし》の池し恨めし我妹子《わぎもこ》が来つつ潜《かづ》かば水は涸《か》れなむ　（万葉集・巻十六・三七八八）

2　あしひきの山縵《かづら》の児今日行くと我に告げせば帰り来《こ》ましを　（同・同・三七八九）

3　あしひきの山縵の児今日のごといづれの隈《くま》を見つつ来にけむ　（同・同・三七九〇）

この三首の由緒・故実については、次のとおり。昔、大和国に三人の男がいて、一人の女に恋をした。その女の名を「かづらこ」と言ったとさ。この女が思ったことには、「一人の女の身は消えやすい露のようなものだ。三人の男の気持ちは、和らげがたいこと石のようなものだ」

と。そして、このことを口にも出して、耳無の池に行って、身を投げて死んだのであった。三人の男は悲しみに耐え切れなくて、同じように詠んだ歌が先に掲げたものである。

さて、1・2・3の詠は、『万葉集』巻十六に「或いは曰ふ。昔三《みたり》の男有りき。同じく一《ひとり》の女《をとめ》を娉《よば》ひき。娘子《をとめ》嘆息して曰く、『一女《いちじよ》の身の滅び易きこと露の如く、三雄《さんゆう》の志の平め《をさ》難きこと石の如し』といひき。遂に乃ち池の上《ほとり》に仿徨《たたず》み、水の底に沈み没《い》りき。時に、その壮士等《をとこら》の、哀頽《あいたい》の至りに勝《た》へず、各《おのおの》所心《しよしん》を陳《の》べて作りし歌三首」の題詞を付して載る、作者未詳歌。

まず、1の詠の歌意は、耳無の池は恨めしい。あの娘が来て身を投げたら、水は涸れてほしかったなあ、のとおり。「来つつ」は、娘子が池のほとりに来てたたずんでいた、その時間の経過を言う。「涸れなむ」の「なむ」は誂《あつら》えの助詞。

次に、2の詠の歌意は、山縵の乙女が、今日行くとわたしに予告してくれていたら、帰って来るのだったのに、のとおり。「あしひきの」は、「山」にかかる枕詞。「告げせば」は仮定の語法。男はその日、不在だったことが分かる。

最後に、3の詠の歌意は、山縵の乙女は、今日わたしが見るように、どの曲がり角を見ながら来たのだろうか、のとおり。作者は、娘子の通った道を辿りながら、彼女が見た情景を想像しようとしている。以上の三首は、「桜児」の話と類似して、伝承の異なる「縵児」をめぐる説話で、三人の求婚者がそれぞれに詠じた歌一首というわけだ。

なお、題詞の現代語訳は、次のとおり。ある伝に以下のように言う。昔、三人の男がいた。彼らは同時に、一人の女に求婚した。娘子が嘆息して言うには、「一人の女の身は露のように消えやすく、三人の男の気持ちは、石のように和らげにくいのです」と。そしてその後、娘子は池のほとりにたたずみ、水の底に沈んでしまった。その時、男たちは悲しみと失望に耐えがたく、それぞれに思うことを述べて作った歌三首。「滅び易きこと露の如く」には、仏教思想が指摘される。「彷徨」は、たたずむ意。

以上、「縵児」の故実について、略述した。

6. 菟原処女《うないおとめ》の奥槨《おくつき》のこと　付、生田川の水鳥を射ること

1　古《いにしへ》の小竹田壮士《しのだをとこ》の妻問《ど》ひし菟原処女《うなひをとめ》の奥《おく》つ城《き》ぞこれ
（万葉集・巻九・田辺福麻呂・一八〇二）

2　葦屋《あしのや》の菟原処女の奥つ城を行き来《く》と見れば音《ね》のみし泣かゆ
（同・同・高橋虫麻呂・一八一〇）

3　墓の上の木の枝《こえ》なびけり聞きしごと千沼壮士《ちぬをとこ》にし依《よ》りにけらしも（同・同・同・一八一一）

ここに掲げた三首はいずれも長歌に付された反歌である。1の詠が田辺福麻呂《さきまろ》の作、2・3

の詠が高橋虫麻呂の作。歌の心は、昔、摂津国葦屋の里に菟原処女《うないおとめ》という女がいた。その女を二人の男が互いに競争して奪い合った。男の名は、一人を千沼男《ちぬおとこ》と言い、もう一人を篠田男《しのだおとこ》と言ったとさ。二人の男の女への思いは、どちらも等しかったので、女は思案しかねて、親に別れの言葉を告げて、遂に自害してしまった。そのとき、二人の男も同じように自殺してしまったので、その土地の人たちは、この人たちを埋葬するということで、女の墓を真中に築いて、男たちの墓をその両側に造って置いたが、これを「菟原処女の墓」と言ったのだ。「奥つ城《おくつき》」は墓の名前だ。『万葉集』には「奥槨」と記している。棺槨《かんかく》に入ったまま埋葬したのであろうか。ところで、『万葉集』巻十九にも、また長歌がある。その歌には、墓の上に黄楊《つげ》の小櫛《おぐし》を植えたところ、成長して靡いている旨、見えている。3の虫麻呂の詠に、「墓の上の木の枝が靡いている」とあるのも、この趣を詠んだのであろうか。

また、花山院の編纂になる(?)『大和物語』(百四十七段)にも、このことが見えている。その物語に言うには、昔、津の国に住む女がいた。その女に言い寄る男が二人いた。一人はその国に住む男で、姓は菟原であった。もう一人は和泉の国の人で、姓は血沼と言った。ところで、その男たちは、年齢・容姿・人柄がまったく同じぐらいであった。女は「愛情が勝っているほうの人と結婚しよう」と思ったが、愛情の程度も同じようである。日が暮れると二人とも訪れてばったりと会うのだった。物を贈るときも、まったく同じように贈ってよこす。どちらが勝っているということはできそうもない。女は思い悩んでしまった。この女には親がいて、「このように傍目《はため》もつらくなるような様子で、長い年月を過ごし、お前があの人たちの嘆きをどうにもならないのに背負っているのはかわいそうだ。どちらか一人と結婚したら、もう一人はきっとあきらめてくれるだろう」というと、女は「わたしもそのように思うのだけれども、あの人たちのわたしへの思いがどちらも同じようなので、思い悩んでいるのです。それならどうしたらいいでしょう」と言う。そのとき、生田川のほとりに、女は平張《ひらばり》を立てて住んでいた。そこで、その言い寄る人たちを呼びにやって、親が言うには、「どなたも愛情が同じようですので、このいたらぬ娘が思い悩んでいるのです。わたしが思いますには、この川に浮いている水鳥を射てください。それを射当てなさったお方に、娘を差し上げましょう」と言ったところ、男たちは「ほんとうに願ってもないことだ」と言って水鳥を射たが、一人は頭のほうを射当て、もう一人のほうは尾のほうを射当てた。これではどちらが勝ちということもできないので、女は思い悩んで、

4　住みわびぬわが身投げてむ津の国の生田《いくた》の川は名のみなりけり　（二三七）

と詠んで、この平張は川に臨んで作ってあったので、どぼんと身を投げてしまった。親があわ

て騒いで大声を出しているときに、この言い寄った男二人も、すぐに同じところに身を投げてしまった。一人は女の足をとらえ、もう一人は手をとらえて死んだ。そのとき、親は大騒ぎをして、娘のなきがらを引き上げて、葬った。男たちの親も、このことを伝え聞いてやってきた。この女の墓の傍らに、また墓を二つ造って埋葬した。そのとき、津の国の親が言うことには、「同じ国の男をこそ、おなじ所に埋めましょう。他国の人がどうしてこの国の土を侵してよいでしょうか」と言って妨げるときに、和泉のほうの親は、和泉の国の土を舟で運んで、ここに持ってきてとうとう埋めてしまった。だから、女の墓を真中にして、左右に男の墓が今もあるということだ。

さて、一人の男の親は、息子が着ていた狩衣《かりぎぬ》・袴・烏帽子《えぼし》・帯・弓・胡簶《やなぐい》・太刀などを入れて埋めた。もう一人の男の親は、気のきかない親だったのだろうか、そのようなことをしなかった。この墓の名を乙女塚といった。

ある旅人がこの墓の辺りに宿をとったある夜、人が争っている物音がしたので、不思議だと思って人に見させたけれども、「そのような様子はありません」といったので、旅人は不思議なことだと思いながら眠った。すると、血にまみれた男が前にやってきて、「わたしは敵《かたき》に攻められて困っています。お腰のものをしばらくお貸しいただきたく存じます。憎らしい敵へ仕返しをしたいのです」というので、恐ろしく思ったけれども、貸してやったのです。「今のは夢であろうか」と思ったけれども、太刀はほんとうに与えてやっていたのだった。しばらく聞いていると、ひどく前のように争っている。しばらくして、はじめの男がやって来て、たいそう喜んで、「おかげで長い間憎く思っていた者を殺してきました。これからはあなたをいつまでもお守りしましょう」といって、この事件のはじめからのことを話す。本当に気味が悪いと思ったけれども、珍しい話なのでたずね聞くうちに、夜も明けてしまった。見ると、人もいない。朝になってみると、墓の辺りに血などが流れ、太刀にも血がついていた、と言い伝えられている。

さて、1の詠は、『万葉集』巻九に「葦屋《あしのや》の処女《をとめ》の墓に過《よき》りし時に作りし歌一首　短歌を并《あは》せたり」の題詞を付して載る、田辺福麻呂の作。歌意は、遠い昔の小竹田壮士の求婚した菟原処女の墓なのだ。これは、のとおり。「小竹田壮士」は、和泉国和泉郡信太《しのだ》郷の地の男子。

次に、2と3の詠は、同じく『万葉集』巻九に「菟原処女の墓を見し歌　短歌を并せたり」の題詞を付して載る、高橋虫麻呂の作。2の詠の歌意は、葦屋の菟原処女の墓所を行き来のたびに見ると、声を出して泣けてくるよ、のとおり。また、3の詠の歌意は、墓の上の木の枝が靡《なび》いていることだ。かねて聞いていたように、菟原処女は千沼壮士のほうに心が寄っていたらしいなあ、のとおり。ちなみに、墓の上で枝を靡かせている木は、処女の黄楊《つげ》の小櫛《おぐし》が成育、繁茂したもの。なお、長歌に、死んだ菟原処女が千沼壮士の夢に現れたとあって、菟原壮士については「後《おく》れたる菟原壮士」とあるので、千沼壮士のほうが優位にあったことが確認できる。

また、4の詠は、『大和物語』の百四十七段「生田川」に載る、女の歌。その歌意は、わたしはこの世に住んでいるのがいやになりました。ですから、わが身をこの川に投げてしまいましょう。となると、生きるという名を持った「生田川」は名前だけだったのですね。わたしはそこで死ぬのですから、のとおり。「生田」の「いく」に生きるの意を掛ける。ちなみに、初句切れ、二句切れのとぎれとぎれの表現に、女の嘆きの息づかいが感じられる。

以上が、「菟原処女の奥槨《おくつき》」の故事のあらましである。

7　井出の下帯のこと

1　ときかへし井手《ゐで》の下帯行きめぐりあふ瀬嬉しき玉川の水
（玉葉集・恋歌二・皇太后宮藤原俊成・一四二八）

2　山城の井手の玉水手にむすびたのみし甲斐もなき世なりけり
（伊勢物語・二〇五）

3　道の辺《べ》の井手のしがらみ引き結び忘ればつらし初草の露
（拾遺愚草・藤原定家・一五七三）

4　めぐりあはむ末をぞ頼む道の辺の行き別れぬるあだの契りは
（為家集・藤原為家・二〇七四）

5　あだなりや道の芝草かりそめにむすびはてぬる露の契りは

（藤川百首・藤原為定・三六二）

上記の証歌の「井手の下帯」の故実も『大和物語』に見えている説話である。すなわち、第百六十九段「井手のをとめ」には、昔、内舎人《うどねり》であった人が、大三輪《おおみわ》神社の御幣使《みてぐらづかい》として大和の国に下った。井手という里の辺りで、こぎれいな家から、女たちや子どもたちが出てきて、この通る人を見ている。その中に見苦しい感じのしない女が、とてもかわいらしい女の子どもを抱いて、門のところに立っている。この子どもの顔が、とてもかわいらしく器量よしだったので、目をとどめて、「その子を、こちらへ連れてきてごらんなさい」といったので、この女は近寄ってきた。近くで見ると、とてもかわいらしかったので、「けっしてほかの男を夫となさってはいけません。わたしと結婚してください。あなたが大きくおなりになった頃に、わたしは参りましょう」といって、「これを形見にしてください」といって、この男は帯を女に与えた。そして今度は、子どもがしていた帯を解いて受けとり、男が持っていた文に結び付けて、子どもに持たせて、男は行った。この女の子は六、七歳ぐらいであった。この男は色好みの人だったので、このようなことを言うのだった。この子は忘れずに心に留めていた。このことを、ところが、男のほうはとっくに忘れてしまっていた。こうして七、八年ほど経過して、この男はまた、同じ御幣使に命じられて大和へ行くというので、井手のあたりに宿を取って、あたりを見ると、前に井戸があった。そこに水を汲む女たちがいて、言うことには、……。

まず、1の詠は、『玉葉集』の恋歌二に「初遇恋の心を」の詞書を付して載る、藤原俊成の作。歌意は、井手の下帯の伝説の結末を語り直し、結んでいた下帯を再び解いて、種々の経緯の末にめぐり合った玉川の水のほとりで契りを結ぶ嬉しさよ、のとおり。「ときかへし」は「説きかへし」と「解きかへし」の掛詞。「井手」は山城国の歌枕。本詠は「井手の下帯」の結末の悲恋と異なって、「初遇恋」の嬉しさが主題となっている。

次に、2の詠は、『伊勢物語』の百二十二段に載る詠歌。歌意は、山城の井手の玉水を手に掬《むす》んで手飲《たの》んだが、その頼んだ甲斐もない二人の間柄であったのだなあ、のとおり。「たのみ」は、「手飲み」と「頼み」の掛詞。「世」は男女の仲の意。ちなみに、『伊勢物語』は、2の詠を挟んで、「昔、契《ちぎ》れることあやまれる人に、……といひやれど、いらへもせず」(現代語訳＝昔、男が、夫婦になる約束を破った女に、詠んでやった歌、……といってやったが、返事もしない)の地の文がある。なお、『歌林良材集』は、2の詠の第二・三句の措辞を「井手の下帯引き結び」と改定して、「井出の下帯」の故事に適合するようにしている。

次に、3の詠は、『拾遺愚草』に「途中契恋」の歌題を付して載る、藤原定家の作。歌意は、道中の井出の里で下帯を結んで、若草のような少女と将来を約束したのに、どうしてすっかり忘れてしまっているのだろうか、のとおり。『大和物語』の心の反映があるようだ。ちなみに、『歌林良材集』は、第四句の措辞を「忘ればつらし」とするが、そうなると、詠歌主体の気持ちがより強く表出するようだ。

次に、4の詠は、『為家集』の「詠百首和歌」に「途中契恋」の歌題を付して載る、藤原為家の作。歌意は、もし再びめぐり合うことがあるとしたら、その将来を頼みに思うことだよ。旅の道中で行き別れになってしまった、あの人とのはかない恋の約束を、のとおり。「井出の下帯」の表現は出てこないが、3の詠と同じ歌題である上に、「道の辺の」の措辞が共通するので、「井出の下帯」の由緒にはかなうであろう。

最後に、5の詠は、『藤川百首』に「途中契恋」の歌題を付して載る、藤原為定の作。歌意は、はかなくてあてにならないものだろうか、いやそんなことはないだろう。道のほとりの芝草を刈る、かりそめに（間に合わせに・いい加減に）結んでしまった、露のようにはかない結婚の約束は、のとおり。ちなみに、『歌林良材集』は第三・四句の措辞を「かりにだに結びすてぬる」とするが、それだと、「仮に一時的であったとしてでも、結んでしまった」となろうか。なお、3・4・5の詠はいずれも『藤川百首鈔』に収載されている。

ところで、「井出の下帯」の故事は『大和物語』にその説話が収載され、ここで紹介したとおりだが、その末尾が「そこに水を汲む女たちがいて、言うことには、……。」（原文は「それに水汲む女どもあるがいふやう、」）とあって、いわゆる「切断形式」になっているが、これは物語の末尾形態の一方法であるのだ。そして、この部分に接続する説話の内容は読者が想像力を発揮して鑑賞する仕組みになっているわけだが、ここでこの省略された末尾に接続する説話の内容を『藤川百首鈔』から紹介しておこう。すなわち、井戸のほとりで水を汲んでいた女が言うことには、「御幣使の男と結婚の約束をして数年が経過したのに何の音沙汰《おとさた》もないので、女の子は、近所の人たちがこの件で種々様々に取沙汰するのを聞き、じつに心外なことだと思って、井出の玉水に身を投げて自殺をしてしまったのであった。その後、七・八年が経過して、この男が再度御幣使としてこの地を訪れたのを見た近所の人が、あなたによく似た人が七・八年前にこの地を訪れたことなどを告げると、事の次第を重く受け止めた男は、十分に反省をして、自分自身もこの玉川に身を投じて死んでしまったのであった。」と。

以上が「井出の下帯」にまつわる由緒・故実の大略である。

8　くれはとりのこと　付、あなはとり、くれはくれしのこと

1　くれはとりあやに恋しくありしかば二村山《ふたむらやま》も越えずなりにき

（後撰集・恋三・清原諸実・七一二）

2　逢ひ見むと頼むればこそくれはとりあやしやいかが立ちかへるべき

（金葉集二奏本・恋部上・源顕国朝臣・三六七）

さて、「くれはとり」の故実については、１の詠の詞書に『呉服《くれはとり》』という綾《あや》を二疋《ふたむら》包んでお贈りになった」と記されていることから明らかであろう。この故実は、『日本書紀』に、応神天皇の御世に、使いを呉《ご》の国に派遣して、絹織物を織る女を探したときに、呉の王が四人の綾織り女を与えてくれたが、その女性の中に、「くれはとり」と「あやはとり」という女職人がいた。そういうわけで、「くれはとりあや」と続けて詠んであるのだ。「あや」は「くれはとり」から始まっているので、そのまま「あや」（綾）の名にも使用しているのだ。「くれはとり」は「呉織」「呉服」、「あなはとり」は「穴織」と書いている。「二村山」は「綾二反《たん》」というために、この表現・措辞を用いているのだ。

３　などてかくつれなかるらむあなはとりあなあやにくの君が心や　（袖中抄・二二五）

４　夜をこめて春は来にけり朝日山くれはくれしのしるべなければ　（同・二二六）

この３・４の二首に出てくる「くれはくれし」は、朝廷が日本の使いを呉の国へ派遣したとき、高麗王の許《もと》へ案内人を要請したところ、王は「久禮波《くれは》」と「久禮志《くれし》」の二人の案内人を紹介してくれ、呉の国への案内をしてくれたことに関係している。この説話は同じく『日本書紀』の応神紀に出ている。

さて、1の詠は、『後撰集』に「おほやけ使ひにて、東《あづま》の方《かた》へまかりける程に、はじめてあひ知りて侍る女に、『かくやむごとなき道なれば、心にもあらずまかりぬる』など申して下り侍りけるを、後《のち》に改め定めらるることありて召しかへされければ、この女聞きて、喜びながらとひにつかはしたりければ、道にて、人の心ざし送りて侍りける呉服《くれはとり》といふ綾《あや》を二むら包みてつかはしける」の詞書を付して載る、清原諸実《もろざね》の作。歌意は、ただひたすらあなたが恋しくございましたので、二村山も越えないで帰って来ることになってしまったのです、のとおり。「くれはとり」は「あやに」に掛かる枕詞。「あやに」は「わけが分からないほどに」と「綾に」を掛ける。「二村山」は尾張国の歌枕。「二疋」を掛ける。なお、詞書の「おほやけ使ひ」は、朝廷の命《めい》で出張する役人の意。「かくやむごとなき道」は、このように逃れることのできない旅行の意。「心にもあらずまかりぬる」は、あなたと別れるのは本心ではないが出かけてきます、の意。「改め定めらるることありて」は、訂正した形で決定されることがあっての意。「喜びながらとひにつかはしたりければ」は、喜びのあまり様子を尋ねさせたところの意。「道にて人の心ざし送りて侍りける」は、道中で人が心をこめた贈り物としてくれた、の意。「呉服」は、中国の春秋時代の呉の国の織法で織った綾の意。

次に、2の詠は、『金葉集』（二奏本）に「頼めて逢はぬ恋の心をよめる」の詞書を付して載る、源顕国《あきくに》の作。歌意は、あなたが会おうと、あてにさせたので、わたしはやって来たのだ。なのに会わないとはどういうことか。どうして帰れようか、のとおり。「くれはとり」は、呉服・呉織の意だが、ここは「あやしや」に掛かる枕詞。なお、「来《く》れ」を掛ける。「あやしや」は、前言を違える恋人の態度への不審の気持ちを表す。

次に、3と4の詠は、『袖中抄』に収載される、作者不詳歌。まず、3の詠の歌意は、どうしてこんなにもよそよそしいのであろうか。何ともはや、わけが分からないほどにわたしを落胆させる、あなたのお心の内ですねえ、のとおり。「あなはとり」は「穴織」だが、ここは「あやにくの」に掛かる枕詞。

次に、4の詠の歌意は、夜が明けないうちに春はやって来たのだなあ。朝日山の「朝」はともかく、日が沈み暗くなってしまうと、久禮波・久禮志の案内人がいるわけではないけれど、のとおり。これは恋歌ではなく、雑春の趣である。「くれはくれし」は、久禮波・久禮志だが、「暮れ」の意が掛かっている。「しるべ」は案内人の意。

以上、「くれはとり」などの故実について、略述した。

9　葛城王《かずらきのおおきみ》　橘姓を賜ること

1　橘は実さへ花さへその葉さへ枝《え》に霜降れどいや常葉《とこは》の木（万葉集・巻六・聖武天皇・一〇〇九）

この詠は、聖武天皇天平八年冬十一月、井出左大臣橘諸兄《もろえ》公が、まだ左大弁葛城王と申し上げていたとき、天皇が御前にあった橘をお与えになると、葛城王は即刻、我が姓に採用されてから、橘氏は始まったのだが、そのときの聖武天皇の御製が『万葉集』に載せてあるわけだ。その当該歌である1の詠は、「(天平八年)冬十一月、左大弁葛城王《かづらきのおほきみ》等の、姓《かばね》橘氏を賜りし時の御製の歌一首」の題詞を付して載る、聖武天皇の御製。その歌意は、橘は実までも花までも、その葉までも、枝に霜が降ることがあっても、決して枯れない永久に常緑の木であることよ、のとおり。

ちなみに、本詠には「右は、冬十一月九日、従三位葛城王、従四位上《じゆしゐじやう》佐為王《さゐのおほきみ》等、皇族の高名《かうめい》を辞し、外家《ぐわいか》の橘の姓《かばね》を賜はること已に訖《を》はりぬ。時に、太上天皇、天皇、皇后、共に皇后の宮に在りて以て肆宴《しえん》を為《な》して、即ち橘を賀する歌を御製《つく》りたまひ、并せて御酒《おほみさけ》を宿禰《すくね》等《ら》に賜ひしものなり。或いは云《いは》く、『この歌一首は太上天皇の御歌《みうた》なり。但し、天皇、皇后の御歌各《おのおの》一首有り。その歌遺落《ゐらく》して未だ探り求むること得ず』といふ。今案内を撿《けん》するに、八年十一月九日、葛城王等、橘の宿禰の姓を願ひて表《へう》を上《たてまつ》る。十七日を以て、表の乞《こひ》に依りて橘の宿禰を賜ひしなり」の左注が付されている。

なお、この左注の現代語訳は次のとおり。右は、冬十一月九日に、従三位葛城王、従四位上佐為王たちが、皇族の名誉ある地位を退き、母方の橘の姓を頂戴することが終わった。この時、元正太上天皇、聖武天皇、光明皇后が、ともに皇后の宮においでになり、宴会を催され、そこで橘を祝う歌をお詠みになり、お酒を橘宿禰たちに賜った。或る本には、「この一首の歌は、元正太上天皇のお歌である。但し、聖武天皇と光明皇后のお歌が、それぞれ一首ずつあるという。その歌は忘失して探し出すことができない」と言う。今、控えの文書類を調べてみると、八年十一月九日に、葛城王たちが、橘宿禰の姓を願い出て、上表文を提出した。十七日には、上表文の願いによって橘宿禰の姓を賜ったとある。

ちなみに、左注の「肆宴」は宴会の意。「案内」は、保管されている記録・文書類のこと。

以上、「葛城王橘姓を賜る」の故実について、略述した。

10　奥州の金の花咲く山のこと

1　天皇《すめろき》の御代栄えむと東《あづま》なる陸奥山《みちのくやま》に金《くがね》花咲く　（万葉集・巻十八・大伴家持・四〇九七）

この故実は、聖武天皇の天平感宝元年（七四九）に、陸奥国の小田という山で、初めて金を掘り出したとき、大伴家持が長歌を詠んで奏上したが、その長歌に付された反歌三首のうちの一首がこの1の詠だ。天皇はこのことによって年号に「感宝」の二字を加えられたのである。

1の詠は、『歌林良材集』の説明にあるとおり、『万葉集』巻十八に「陸奥国に金《くがね》を出だし詔書《せうしよ》を賀《よろこ》びし歌一首　短歌を并《あは》せたり」の題詞を付して載る、大伴家持の作。歌意は、天皇の御代が栄えるであろうと、東国の陸奥国の山に、黄金の花が咲いたよ、のとおり。「金花咲く」は、黄金の輝きを花の麗《うるは》しさに準《なぞら》えた措辞《そじ》。本詠は、黄金産出を、御代を寿《ことほ》ぐ祥瑞《しょうずい》として褒《ほ》め称《たた》えたもの。

ちなみに、本詠の前に位置する長歌を引用すると、次のとおりである。

2　葦原《あしはら》の　瑞穂《みづほ》の国を　天降《あまくだ》り　知らしめしける　皇祖《すめろき》の　神の命《みこと》の　御代重ね　天《あま》の日継ぎと　知らし来る　君の御代御代《みよみよ》　敷きませる　四方《よも》の国には　山川《やまかは》を　広み厚みと　奉る　御調宝《みつきたから》は　数《かぞ》へ得ず　尽くしもかねつ　然れども　我が大君の　諸人《もろひと》を　誘《いざな》ひたまひ　良き事を　始めたまひて　金《くがね》かも　たしけくあらむと　思ほして　下《した》悩ますに　鶏《とり》が鳴く　東《あづま》の国の　陸奥《みちのく》の　小田《をだ》なる山に　金ありと　申したまへれ　御心を　明《あき》らめたまひ　天地《あめつち》の　神相《あひ》うづなひ　皇祖《すめろき》の　御霊《みたま》助けて　遠き代に　かかりしことを　朕《わ》が御代に　顕《あら》はしてあれば　食《を》す国は　栄えむものと　神《かむ》ながら　思ほしめして　もののふの　八十伴《やそとも》の男《を》を　まつろへの　向けのまにまに　老人《おいひと》も　女童《をみなわらは》もしが願ふ　心足《だ》らひに　撫《な》でたまひ　治めたまへば　ここをしも　あやに貴《たふと》み　嬉しけ

く　いよよ思ひて　大伴の　遠《とほ》つ神祖《かむおや》の　その名をば　大久米主《おほくめぬし》と　負ひ持ちて　仕へし官《つかさ》　海行かば　水漬《みづ》く屍《かばね》　山行かば　草生《む》す屍　大君の　辺《へ》にこそ死なめ　顧みはせじと言立《ことだ》て　ますらをの　清きその名を　古《いにしへ》よ　今の現《をつつ》に　流さへる　祖《おや》の子どもそ　大伴と　佐伯《さへき》の氏《うぢ》は　人の祖の　立つる言立て　人の子は　祖の名絶たず　大君にまつろふものと　言ひ継げる　言《こと》の官《つかさ》ぞ　梓弓《あづさゆみ》　手に取り持ちて　剣大刀《つるぎたち》　腰に取り佩《は》き　朝守り　夕《ゆふ》の守りに　大君の　御門《みかど》の守り　我をおきて　人はあらじと　いや立てて　思ひし増《ま》さる　大君の　命《みこと》の幸《さき》の　聞けば貴《たふと》み　（同・同・同・四〇九四）

なお、この長歌を現代語訳すると、次のとおり。葦原の瑞穂の国を、天から下ってお治めになった天孫の神々が御代を重ね、天皇の位について治めてこられた御代ごとに、治められる四方の国々は、山も川も広々と豊かなので、奉る珍しい貢《みつ》ぎ物は数え切れないほどで、言い尽くせない。しかしながら、我が大君が民衆をお導きになり、大仏建立をお始めになって、金が確かにあるのだろうか、とお思いになって悩んでおられたところ、東の国の陸奥の小田にある山に金があると奏上したので、御心を安んじられ、天地の神々も愛《め》でられ、皇祖の神霊もお助けになり、遠い代にもこのようなことがあったことを、この御代にも現したので、治められることの国は栄えるだろうと、神の御心のままお思いになり、あらゆる官人たちを従えられるままに、老人も女子どもも、それぞれが願う心が満足するまで、慈しみくださりお治めになるので、このことが何ともありがたく嬉しいことと、いっそう思いを強くし、大伴の遠い祖先の、その名を大久米主と名のり仕えた役目で、海を行くならば水に浸《つ》かった屍、山を行くならば草むした屍となっても、大君のお側でこそ死のう、我が身を顧みたりしない、と誓いの言葉を述べて、ますらおの清いその名を、昔から今のこの世に伝えてきた家柄の子孫なのだ。大伴と佐伯の氏族は、その先祖の立てた誓いに子孫は先祖の名を絶やさず、大君に従うものだ、と言い伝えてきた役目の家柄なのだ。梓弓を手に持ち、剣大刀を腰につけて、朝の守りも夕の守りも、大君の御門の警護はわれらのほかに誰もあるまい、とさらに誓い、思いが勝ってゆく。大君のありがたい仰せを聞くとかたじけなくて、という。

なお、「御調宝《みつきたから》」は、諸国から貢進される特産物の意。「たしけく」は、確かに、十分にの意。「相うづなひ」は、良いものとして賞玩《しょうがん》する意。「しが願ふ」の「し」は、上にあるものを指す、それの意。「大久米主」は大伴氏の祖先とあるが、『古事記』『日本書紀』にはその名は見えない。「屍」は遺骸の意。「大伴と佐伯」が並称されるのは、代々両氏が宮門の警護に当たってきたという伝承によるのだろう。「言《こと》の官《つかさ》」は、誓言を担ってきた役目の意。

なお、この長歌の構成は三段落から成る。第一段が「尽くしもかねつ」までで、豊潤《ほうじゅん》な御代を褒《ほ》め称える内容。第二段が「いよよ思ひて」までで、しかし、豊潤な国とは言っても、大仏建立《こんりゅう》に必要な金が産出されるかどうか心配していたという内容。第三段は「大伴の」以下、末尾まで。「海行かば……大君の　辺にこそ死なめ」という形で誓言《せいげん》が引用されたことに感激して、氏族の伝統に思いを馳せ、先祖の名を受け継いでますます朝廷の守りに精励しよう、という誓いを述べる内容。

以上、「奥州の金《くがね》の花咲く山」の故実について、略述した。

11　岩代の結び松のこと

1　岩代《いはしろ》の浜松が枝《え》を引き結びま幸《さき》くあらばまたかへりみむ
（万葉集・巻二・有間皇子・一四一）

2　家にあれば笥《け》に盛る飯《いひ》を草まくら旅にしあれば椎《しひ》の葉に盛る
（同・同・同・一四二）

この両歌の作者である有間皇子《ありまのみこ》は、孝徳天皇の御子である。斉明《さいめい》女帝の御時、有間皇子は蘇《そ》我赤兄《がのあかえ》と心を同じくして、斉明天皇を失脚させようと画策《かくさく》したが、紀伊国岩代というところで、画策が遂行しがたいことを憂いて、その場所にあった松の枝を結んで手向《た》けをして、この1の詠を詠み置いて、帰ろうとしたのだ。ところが、赤兄が寝返って、皇太子中大兄《なかのおおえ》に密告したために、有間皇子の謀反《むほん》が露呈して、有間皇子は藤代坂《ふじしろざか》で絞首刑に処せられたのだ。後年の人がこの結び松のことを詠じた歌は、『万葉集』に載せてある。

3　岩代の崖《きし》の松が枝《え》結びけむ人はかへりてまた見けむかも

（万葉集・巻二・長忌寸意吉麻呂・一四三）

4　岩代の野中に立てる結び松心も解けずいにしへ思ほゆ　未だ詳《つまびら》らかならず

（同・同・同・一四四）

まず、1と2の詠は、『万葉集』巻二に「有間皇子の自《みづか》ら傷《いた》みて松の枝《えだ》を結びし歌二首」の題詞を付して載る、有間皇子の作。1の詠の歌意は、岩代の浜松の枝を引き結んで、幸いに無事であったならば、また帰って来て見ることであろうよ、のとおり。本詠は紀の湯へ護送の途次、岩代で詠作されたもの。松の小枝を結んで幸福を祈る習俗は、大伴家持の歌、「たまきはる命は知らず松が枝を結ぶ心は長くとそ思ふ」（万葉集・一〇四三、現代語訳＝命のほどは分からない。しかし、松の枝を結ぶ気持ちは命長くと思えばこそであるよ）にあるとおりだ。なお、岩代が聖地であったことは、中皇命《なかつすめらみこと》の「君が代もわが代も知るや岩代の岡の草根をいざ結びてな」（万葉集・一〇、現代語訳＝君の御命もわたしの命もつかさどる岩代の岡の松を、さあ結んで祈りましょう）の御製によっても明白であろう。

次に、2の詠の歌意は、家にいると立派な器に盛るべき飯を、今は旅の途上にあるので椎の葉に盛ることだ、のとおり。旅の途上ゆえ「笥《け》」がないので、椎の葉を重ねて食器にしたというわけだ。

次に、3と4の詠は、同じく『万葉集』巻二に「長忌寸意吉麻呂《ながのいみきおきまろ》の、結び松を見て哀咽《あいえつ》せし歌二首」の詞書を付して載る、長忌寸意吉麻呂の作。3の詠の歌意は、岩代の崖《がけ》の松の枝を結んだであろうお方は、立ち帰ってまた見たであろうかなあ、のとおり。本詠は、四十数年後、大宝元年（七〇一）十月、持統・文武両天皇の紀伊行幸に従い、この地を通過した作者の感慨を表出した歌。

また、4の詠の歌意は、岩代の野中に立っている結び松、その結び目のように、わたしの心も解けず、古のことが思われるよ、のとおり。歌の後に付されている「未詳」については、後人の加えた注かとも言われるが、詳細はわからない。

以上、「挽歌」の部類に入る「岩代の結び松」の故事について略述した。

12　三輪のしるしの杉のこと

1　我が庵《いほ》は三輪《みわ》の山もと恋しくはとぶらひ来《き》ませ杉立てる門《かど》

（古今集・雑歌下・読み人知らず・九八二）

1の詠は、顕昭法師が言うことには、「この歌は三輪明神の御歌であると申す説があるけれども、確かなことは知りにくい。ただ、三輪山の麓に住んでいる人が詠んだ歌だということは言えよう。この歌を本歌にして、『しるしの杉』という措辞が詠み習わされているようだ。『拾遺集』に、次の2の詠が『住吉明神の託宣の歌だ』として載せてある」と。

2　住吉のきしもせざらむものゆゑにねたくや人に松といはれむ　（拾遺集・神楽歌・五八七）

この2の詠を、三輪明神が住吉明神の御許へお通いなさった時の歌だと、顕昭法師は言っている。

3　三輪の山いかに待ち見む年経《ふ》とも尋ぬる人もあらじと思へば　（古今集・恋歌五・伊勢・七八〇）

この3の伊勢の詠は、「杉立てる門」の1の詠を本歌にして詠んでいる。これより以降、「三輪の杉の門に尋ぬる」ということを、後々の人は詠んだのではなかろうか。

4　みわの山しるしの杉は枯れずとも誰かは人の我を尋ねむ
（古今和歌六帖・第五・二九三九）

5　降る雪に杉の青葉もうづもれてしるしも見えず三輪の山もと
（金葉集三奏本・冬・皇后宮摂津・二八六）

6　我が宿の松はしるしもなかりけり杉むらならば尋ね来《き》なまし
（同・同・赤染衛門・四三八）

まず、1の詠は、『古今集』に「題知らず」の詞書を付して載る、読み人知らずの歌。歌意は、私の住まいは三輪の山の麓にあります。もし恋しく思ったならば、訪ねてきてください。目印に杉が立っているこの門口へ、のとおり。「三輪の山」は大和国の歌枕。大神《おおみわ》神社の御神体とされている。

次に、2の詠は、『拾遺集』巻十に収載される神楽歌だが、「ある人の曰く、住吉明神の託宣《たくせん》とぞ」の左注が付されている。歌意は、住吉の岸の松ではないが、あなたはまったく来もしないものだから、悔しいことに、世間の人から、わたしはむなしく人を待つ、と言われることだろうよ、のとおり。「住吉」は摂津国の歌枕。「きし」は「岸」と「来し」の掛詞。「松」に「待つ」を掛ける。本詠は、住吉の松に寄せて、待つ恋を詠じたもの。

次に、3の詠は、『古今集』恋歌五に「仲平朝臣あひ知りて侍りけるを、離《か》れがたになりにければ、父が大和守《かみ》に侍りけるもとへまかるとて、詠みて遣《つか》はしける」の詞書を付して載る、伊勢の作。歌意は、人を待つという三輪の山ですが、わたしはどのように待って逢うことができるでしょうか。たとえ何年経っても訪ねてくる人もあるまいと思っておりますので、のとおり。詞書の「父」は伊勢の父、藤原継蔭《つぐかげ》。寛平七年（八九五）まで大和守であった。本詠は、1の詠の本歌取りである。

次に、4の詠は、『古今和歌六帖』第五に「人をたづぬ」の題を付して載る、作者未詳歌。歌意は、三輪山のしるしの杉はたとえ枯れなくても、いったい誰がわたしを訪ねて来るだろうか。わたしからは離れて、誰も訪ねて来はしないだろうよ、のとおり。「枯れず」に「離《か》れず」を掛ける。

次に、5と6の詠は、『金葉集』（三奏本）の冬部と恋下部に収載されるが、前者が「宇治前太政大臣家歌合によめる」の詞書を付して載る、皇后宮摂津の作。後者が「匡衡《まさひら》が心あくがれて女のもとへまかりける頃、言ひつかはしける」の詞書を付して載る、赤染衛門の作。まず、5の詠の歌意は、しきりに降り続く雪のために、杉の青葉もすっかり埋もれてしまって、属性たる目印の二本の杉もまったく見えない三輪山の麓であることよ、のとおり。

また、6の詠の歌意は、我が宿の松には特に目印もなかったので、待っていてもその効果がなかったのですね。これがあの三輪山の杉の木立《こだち》であったならば、あなたは訪ねて来てもくださったのでしょうに、のとおり。「松」に「待つ」を掛ける。「しるし」は「印」と「験《しるし》」の掛詞。本詠は大江匡衡への贈歌だが、匡衡からの答歌は、『赤染衛門集』によれば、「人を待つ山路分かれず見えしかば思ひまどふに踏みすぎにけり」（一〇一、現代語訳＝あなたが待っているという山路が分からず、よく見えなかったので、思い迷っているうちに、行き過ぎてしまったことです）のとおり。なお、「待つ」に「松」を掛ける。「すぎ」は「過ぎ」と「杉」の掛詞。この贈答歌は「松」と「杉」を対比的に用いたもの。

以上、「三輪のしるしの杉」の故実について略述した。

13　葛城の久米路の橋のこと

1　葛城《かづらき》や久米路《くめぢ》に渡す岩橋《いはばし》のなかなかにても帰りぬるかな

（後撰集・恋五・読み人知らず・九八五）

2　中絶えて来る人もなき葛城の久米路の橋は今も危ふし

（同・同・同・九八六）

3　葛城や我やは久米の橋作《づく》り明けゆくほどは物をこそ思へ

（拾遺集・恋二・読み人知らず・七一九）

4　岩橋《いはばし》の夜《よる》の契りも絶えぬべし明くるわびしき葛城の神

（同・雑賀・春宮女蔵人左近・一二〇一）

5　葛城の渡る久米路の継ぎ橋の心も知らずいざ帰りなむ　（古今和歌六帖・第三・一六〇七）

右に掲げた和歌に関わる「久米づ路の橋」の由来は、文武《もんむ》天皇の御時に、葛城の役《えん》の優婆塞《うばそく》という人がいた。姓は賀茂氏、名は小角《おずぬ》といった。大和国葛城の上郡《かみごおり》の人である。三十余年、役の行者《ぎょうじゃ》小角は葛城山の岩屋の中に住んで、藤の皮を着、松の葉を漉《す》いて修行《しゅぎょう》をしていたが、孔雀明王《くじゃくみょうおう》の呪詛《じゅそ》を習って、不思議な霊験《れいげん》を発揮して、雲に乗って仙人の領域にも通って、鬼神をも従えて、水を汲ませ薪《たきぎ》を拾わせなどして暮らしていたのだった。あるとき、葛城山の峰から、吉野の金峰山《きんぷせん》の間に岩の橋を架けて通路としようと思って、小角は葛城山の明神である一言主《ひとことぬし》の神に命じて、橋を渡すように言った。一言主は憂い嘆いたけれども、この命令から逃れることは不可能であった。しぶしぶ巨大な石を運んできて、橋を架けることに専念した。明神は昼間は自己の容貌が醜いからということで、夜の間に仕事をして架橋《かきょう》したいと言ったので、役の行者は怒りをなして、呪術《じゅじゅつ》をもって明神を縛《しば》って、谷底へ放置したのであった。

文武天皇が藤原の宮にお出ましになられたときに、葛城山の明神が天皇の役人に言うことには、「役の行者は国を転覆させようとしています。すぐに処罰なさるべき旨、奏上します」と。天皇は驚きなさって、使者を派遣して、役の行者を捕らえて縛ろうとなさったが、行者は空を飛んで逃げて、容易に捕らえることがおできにならなかった。天皇はかろうじて行者の母を召し捕らえなさったので、行者は母に取って代わろうと考えて、天皇の御前に出向いて行ったのであった。天皇はすぐに、行者を絡《から》め捕らえて、文武三年（六九九）己亥《つちのとい》の五月に、伊豆の島に流刑《るけい》に処された。役の行者は流人《るにん》になったとはいえ、ある時は海上を歩きまわり、ある時は富士山に通いなどして、自由に飛びまわったという話だ。道昭和尚が勅命を拝して、法律を求めて中国へ渡ったときに、例の行者に遭遇したという話だ。一言主の神は、行者に拘束されたまま、いまだに呪術から開放されないでいるということだ。一言主の岩橋を渡すという命令もまだ持続しているために、「久米路の橋は中絶えて」などと歌に詠まれている。

さて、1と2の詠は、『後撰集』恋五に「かれにける男の思ひ出でてまで来て、物など言ひて帰りて」と「返し」の詞書を付して載る、読人不知の贈答歌である。まず、1の詠の歌意は、役の行者が作らせた葛城の久米路に渡す岩橋が途中までしか作られなかったように、わたしも中途半端に帰ってしまったことでありますよ、のとおり。上句の「葛城や……岩橋の」までが「なかなかに」を導き出す序詞。「葛城」は大和国の歌枕。「なかなかに」は、役の行者が作らせた久米の岩橋が途中までしか完成しなかったので、「中途半端に」の意で、続いているわけだ。

次に、2の詠の歌意は、途中で絶えてしまって、渡ってくる人もない葛城の久米路の橋は、今もいつ壊《こわ》れるかわからない危険なものでありますよ。再びお出ましいただいても、いつまた途絶えるか分からない、おぼつかないわたしのあなたへの思いでありますよ、のとおり。

次に、3と4の詠は、『拾遺集』恋二と雑賀に、前者が「初めて女の許《もと》にまかりて、朝《あした》に遣はしける」、後者が「大納言朝光下﨟《げらう》に侍りける時、女のもとに忍びてまかりて、暁に帰らじと言ひければ」の詞書を付して載る、読み人知らずと春宮女蔵人《おんなくろうど》左近《さこん》の作。まず、3の詠の歌意は、わたしは久米の橋作りをした葛城の鬼神ではないが、夜が明けてゆく時は、物思いをすることだ、のとおり。本詠は葛城山の岩橋伝説を踏まえて、暁の別れを詠んだもの。

次に、4の詠の歌意は、久米路の岩橋の工事が中途半端のまま終わったように、夜に交わした二人の愛情も、きっと途中で絶えてしまうことだろう。夜が明けるのがつらいことだ。葛城の神のような、醜いわたしだから、のとおり。詞書の「下﨟に侍りける時」とは、まだ身分が低かった頃の意。「夜の契り」は、男女の仲。「葛城の神」は作者をよそえる。役の行者と一言主神との久米路の岩橋の架橋にまつわる説話を踏まえる。当時は、通い婚の礼儀として、男性が夜明け前の暁に帰ってゆくのが通念であったが、朝光が暁になっても帰ろうとしないので、左近が困惑して詠じた歌だ。そこには、自己の素顔を白日に曝《さら》せば、相手から疎《うと》んじられるのではないかと思う、女性の微妙な心理が働いているようだ。

最後に、5の詠は、『古今和歌六帖』第三に「はし」の題を付して載る、作者不詳歌。歌意は、葛城山から吉野の金峰山に架け渡してある岩橋を渡る、謂わば、久米路の継ぎ橋を渡るのが恐ろしいように、まったくわたしには物事の事情が分かりません。さあ、早く帰りましょう、のとおり。女性の心を付度《そんたく》しかねた、優柔不断な男性の歌。
以上が「葛城の久米路の橋」にまつわる故事の概略である。

14 阿須波《あすは》の神に小柴をさすこと

1 庭中の阿須波《あすは》の神に小柴指《さ》し我《あれ》は斎《いは》む帰り来《く》までに
（万葉集・巻二十・若麻続部諸人・四三五〇）

右の歌に登場するのは、上総《かずさ》国にある阿須波宮と申す神社であって、この神社には神への誓《せい》言《げん》として、小柴を立てて祈願することがあるのを言うのだ。

2 いまさらに妹《いも》帰さめやいちしるき阿須波の宮に小柴さすとも
（散木奇歌集・神祇・源俊頼・八五二）

まず、1の詠は、『万葉集』巻二十に「（天平勝宝七年）二月九日、上総国《かみつふさのくに》の防人の部領使《ことりづかひ》少目《せうさくわん》従七位下茨田連《まむだのむらじ》沙弥麻呂《さみまろ》の進《たてまつ》りし歌の数十九首」の左注を付して載る、若麻続部諸《わかおみべのもろ人《ひと》の作。歌意は、庭の中に祭った阿須波の神に小柴を指して、わたしは潔斎《けっさい》しよう。帰って来るまで、のとおり。「庭」は特に区画された場所あるいは労働の場所。「阿須波の神」は、祈年祭・月次《つきなみ》祭の祝詞《のりと》に、延喜式・神名帳の宮中三十六座に、貞観《じょうがん》儀式・大嘗《だいじょうさいしき》祭式の八柱神にそれぞれ見えるが、名義未詳。「小柴」はひもろぎにする枝か。

次に、2の詠は、『散木奇歌集』の神祇に「悔離別といへることをよめる」の詞書を付して載る、源俊頼の作。歌意は、いまさら恋人を帰してくれるだろうか、いやそんなことはないだろう。たとえ霊験《れいげん》あらたかな阿須波の神に小柴を指して祈ったとしても、のとおり。本詠は、1の詠の「帰り来」の主語を「妹」と解して、阿須波の神を恋人を呼び戻してくれる神として詠じたもの。

以上、「阿須波の神に小柴をさす」故実について、略述した。

15　鈍《おそ》の遊士《みやびお》（みやび男）のこと

1　みやびをと我は聞けるをやど貸さず我を帰せりおそのみやびを

（万葉集・巻二・石川女郎・一二六）

2　みやびをに我はありけりやど貸さず帰《かへ》しし我そみやびにはある

（同・同・大伴宿禰田主・一二七）

さて、2の詠の作者の大伴の田主《たぬし》という人は、美男であったが、石川の女郎という女が、田主に恋心を抱いて、策略として東隣りに住んでいる貧しい女のまねをして、真っ暗な夜中に灯火《ともしび》を求めてやってきた。田主は、それを誰とも知らないで、暗いものだから灯火だけを渡して、気の利《き》いた言葉も掛けないでそのまま帰したところ、翌朝、女郎は1の歌を詠んで寄こしたのであった。

ところで、田主の返歌も同じ『万葉集』に載せてある。「みやびを」は「風流士」とも「遊士」とも記すが、田主を指して言っている。「おそ」は「河うそ」という獣だ。「獺」という字を書く。この獣は、はじめは戯れているが、のちには互いに噛《か》み付き合う動物なので、この点を、田主に譬えて言っているのだ。なお、1と2の詠の中で、『歌林良材集』は初句の「みやびを」の措辞を、「たはれを」と表示しているが、意味的にはそれほど差異はないようだ。

3　世の中はをそのたはぶれたゆみなくつつまれてのみ過ぐす頃かな

（散木奇歌集・恨躬恥運雑歌百首・源俊頼・一四七八）

さて、1の詠は、『万葉集』に「石川女郎《いらつめ》の、大伴宿禰《すくね》田主に贈りし歌一首」の題詞を付して載る、石川女郎の作。歌意は、わたしはあなたを風流の士と聞いていたのに、あなたは泊めてもくれないでわたしを帰しました。鈍感な風流の士よ、のとおり。本詠には、次のような左注がある。「大伴の田主、字《あざな》を仲郎《ちうらふ》と曰ふ。容姿佳艶《かえん》、風流秀絶《しうぜつ》、見る人、聞く者《ひと》、歎息せずといふことなし。時に石川女郎《いらつめ》有り。自《みづか》ら双栖《さうせい》の感を成し、恒《つね》に独守《どくしゆ》の難《かた》きを悲しむ。意書《こころふみ》を寄せむとするに、未だ良信に逢はず。ここに方便を作して賤しき嫗《おみな》に似《なら》ひ、己《おのれ》堝子《くわし》を提《と》りて寝側《しんそく》に到り、哽音蹢足《きやうおんてきそく》して、戸を叩きて諮《とぶら》ひて曰く、『東隣の貧しき女《をみな》、火を取らむとして来たり』といひき。ここに仲郎、暗裏《あんり》の冒隠《ぼういん》の形を識《し》るに非《あら》ざれば、慮外の拘接《こうせつ》の計《はかりごと》に堪へず。念《おもひ》に任せて火を取り、跡に就きて帰り去らしめき。明けて後、女郎既に自媒《じばい》の愧《は》づべきことを恥ぢ、また心契《しんけい》の果さざることを恨む。因りてこの歌を作り、以て贈りて謔戯《ぎやくぎ》しき」。

「東隣の女」は、正式な礼を踏まない男女の関係を述べる際に用いる常套的な表現。「拘接《こうせつ》」は、引き留めて関係を結ぶ意か。「自媒《じばい》」は、仲人を介する正式の礼を踏まずに男女の関係を結ぶこと。「心契」は、何かの実現を心に深く期すること。「謔戯《ぎやくぎ》」は、からかうこと。

なお、現代語訳すると、「大伴田主は、呼び名を仲郎といった。容姿美麗、風流卓越、見る人聞く人、歎息しないものはなかった。石川女郎という人がいた。田主と夫婦になりたいという思いを抱き、常々独居の苦しさを悲しんでいた。意中を手紙に託そうとしたが、好い使者が得られない。そこで計略をめぐらし、賤しい老女に扮《ふん》して、みずから土鍋《どなべ》を提げて、田主の寝室近くまで行き、しわがれた声を出し、たどたどしい歩き方をして、戸を叩き、『東隣の貧女ですが、火をいただきたくて伺いました』といった。仲郎は、暗闇《くらやみ》の中でそれが変装であるとは知らず、女を引き留めて交わろうなどとは思いも寄らなかった。彼女の求めるままに火を取らせ、もと来た道を帰らせた。翌朝、女郎は仲人もなく田主に求婚したことを恥じ、また、企図を果たせなかったことを恨んだ。そこでこの歌を作って、田主に贈り、からかったのである」のとおり。

次に、2の詠は、同じく『万葉集』に「大伴宿禰田主の報贈《ぞう》せし歌一首」の題詞を付して載る、大伴田主の作。歌意は、風流の士でわたしはありました。あなたを泊めないで帰したわたしこそ、真の風流の士というに値する者ですよ、のとおり。題詞の「報贈」の歌は、贈歌の詩句をそのまま用いて、贈歌とは逆の意味に反転させる技法を好むが、本詠もその格好の事例である。

3の詠は、『散木奇歌集』の「恨躬恥運雑歌百首」に載る、源俊頼の一首である。歌意は、世の中は軽率な男の「たはぶれ」(遊興)ではないが、わたしは怠ることなく、世間に大きく包容されながら、身を処して生きることにだけ注意を払って、過ごしていく今日この頃だなあ、のとおり。ちなみに、本詠は、『歌林良材集』では「世の中はおそのたはれのたゆみなくつつまれてのみ過ぎ渡るかな」と措辞を改訂している。

要するに、本来ならば、「風流の士」なる評判を得ている人士が、現実では鈍感な「無風流の士」なる言動しかできていない実態を、揶揄《やゆ》して「鈍の風流の士」といったわけだ。以上が「鈍の風流の士」の故実についての概略だ。

16　鶯の卵《かいご》の中の時鳥のこと

1　うぐひすの　卵《かひご》の中に　ほととぎす　ひとり生まれて　己《な》が父に　似ては鳴かず　己が母に　似ては鳴かず　卵の花の　咲きたる野辺《のへ》ゆ　飛び翔《かけ》り　来鳴きとよもし　橘の　花を居《ゐ》散らし　ひねもすに　鳴けど聞きよし　賂《まひ》はせむ　遠くな行きそ　我がやどの　花橘に　住み渡れ鳥　（万葉集・巻九・一七五五）

反　歌

2　かき霧《き》らし雨の降る夜をほととぎす鳴きて行くなりあはれその鳥　（同・同・一七五六）

この故事については、現代の世においても、まれに鶯の巣の中から、時鳥の雛《ひな》を見つけ出すことがあるといわれている。「汝《な》が父に似ず」「汝《な》が母に似ず」とは詠まれている。まず、1と2の詠は、『万葉集』巻九に「霍公鳥《ほととぎす》を詠みし一首　短歌を并《あは》せたり」と「反歌」の題詞を付して載る、作者未詳歌の長歌と反歌。1の詠の歌意は、鶯《うぐいす》の卵の中に、時鳥《ほととぎす》がひとり生まれて、お前の父である鶯に似ては鳴かず、お前の母である鶯に似ては鳴かない。卯の花の咲いている野辺を、飛び翔《かけ》り、来ては鳴き響かせ、橘の花にとまって散らし、一日中鳴いているが、声を聞くのはよいものだ。贈り物をしよう。遠くへ行くな。わたしの家の橘の花に住みついていなさい。この鳥よ、のとおり。時鳥は、自分の巣を作らず、鶯や鶺鴒《せきれい》の巣などに托卵《たくらん》する習性がある。

次に、2の詠の歌意は、空を一面に曇らせて雨の降る夜を、時鳥が鳴いてゆく声が聞こえてくるよ。ああ、その時鳥よ、のとおり。家持の長歌に「あはれの鳥」（四一一三）とある。

以上、「鶯の卵の中の時鳥」の故実について略述した。

17 鵙《もず》の草潜《ぐ》きのこと

1　春されば鵙の草ぐき見えずとも我は見遣《や》らむ君があたりをば（万葉集・巻十・一八九七）

1の詠は、『万葉集』の春の相聞歌である。顕昭が言うことには、『鵙の草ぐき』とは、『伯《も》労《ず》の草くぐる』を言うのだ」と。「くぐる」を「くき」と読むことは、『万葉集』が証歌に載せている。藤原清輔の『奥義抄』には、「鵙が居る草の茎を言うのだ」と。「我が家は例の草ぐきの方向にあたる里にある」と教示しているわけだ。この説に拠るならば、「我は見遣らむ君があたりを」と、『万葉集』が恋の歌に当該歌を載せているのも、その根拠があるように思われ

る。源俊頼朝臣が伊勢から修理大夫藤原顕季のもとへ送った歌、

2　問へかしな玉串《たまぐし》の葉に見隠《みがく》れて鵙の草ぐき目路《めぢ》ならずとも

（散木奇歌集・雑部上・源俊頼・一四〇三）

について、顕昭が言うことには、「ある説に、『木《こ》の葉繁りてしるしの草見えず』といふ解がある。俊頼はその趣で詠んだのであろうか」と。また、「鵙の草ぐきは、鵙はもともと沓《くつ》を縫《ぬ》う鳥であったが、その沓を時鳥が借りて返さなかったので、その代償に時鳥の借りが返還されるようなものを、草の茎に刺して挟《はさ》んだものを言うのだ」といっている。これは「鵙の速贄《はやにへ》」とも言われている。これらの諸説は確実な根拠に基づいた説ではないが、後人が採用して詠じた歌もあるので、まったくの荒唐無稽とも言えないのではなかろうか。

3　頼めこし野辺の道芝夏深しいづくなるらむ鵙の草ぐき

（千載集・恋歌三・皇太后宮大夫藤原俊成・七九五）

4　かりに結《ゆ》ふいほりも雪にうづもれて尋ねぞわぶる鵙の草ぐき

（拾遺愚草・藤原定家・二二九四）

3と4の両歌はいずれも、『万葉集』の1の詠の「春されば……」の歌に依拠して、恋の趣を詠じたものだ。

さて、1の詠は、『万葉集』巻十に「鳥に寄《よ》せ」の題詞を付して載る、作者不詳歌。歌意は、春になると、鵙が草の中に潜って見えなくなるように、あなたが見えなくなっても、わたしは遠くから見ていよう。あなたの家のあたりを、のとおり。「春されば鵙の草ぐき」は「見えず」の序詞。「草ぐき」は、草に潜ること。

次に、2の詠は、『散木奇歌集』雑部上に「伊勢に侍りけるころ、たよりにつけて修理大夫(藤原顕季)のもとにつかはしける」の詞書を付して載る、源俊頼の作。歌意は、お便りくらいくださいよねえ。伊勢の斎宮《さいぐう》にお仕えして、玉串の葉に見え隠れして、鵙の草ぐきのように、お目にはかかれませんけれども、のとおり。本詠は作者が保安三年(一一二二)、伊勢に下り、斎宮に仕えていた頃の作であろう。「玉串」は、神にささげるために榊《さかき》の小枝に木綿《ゆう》をつけたもの。「目路」は視線・視界。

次に、3の詠は、『千載集』恋歌三に「法住寺殿にて五月供花《くげ》の時、男ども歌よみ侍りけるに、契《リテ》後隠《ルル》恋といへる心をよみ侍りける」の詞書を付して載る、藤原俊成の作。歌意は、恋人がまた逢おうと約束してあてにさせてきた、野辺の道芝は生い茂って夏も深まった。恋人は何処《どこ》に身を隠しているのだろうか。鴫が草の繁みにもぐりこむように、あの人は姿を見せない、のとおり。詞書の「法住寺殿」は、後白河院が御所とした寺。寿永二年（一一八三）源義仲の兵火により焼失した。夏の野の温気《うんき》の中、恋人を求めてあてどなく彷徨《ほうこう》する男の心を詠む。一度は逢いながら成就しない恋の世界。

最後に、4の詠は、『拾遺愚草』に「旅恋五首」の詞書を付して載る、藤原定家の作。歌意は、恋人とともに過ごすために仮に結んだ庵も雪に埋もれてしまって、鴫が草に隠れて見えないように、恋人の行方を尋ねることはできないよ、のとおり。

以上が中世歌学も難解とした「鴫の草潜き」の故実の概略である。

18　鹿火屋《かひや》が下に鳴く蛙のこと

1　朝霞鹿火屋《かひや》が下に鳴くかはづ声だに聞かば我《あれ》恋ひめやも　（万葉集・巻十・二二六五）
2　あしひきの山田守《も》る翁《をじ》置く蚊火《かひ》の下焦《したこ》がれのみ我《あ》が恋ひ居《を》らく　（同・巻十一・二六四九）
3　朝霞香火屋《かひや》が下の鳴くかはづ偲《しの》ひつつありと告げむ児もがも
（同・巻十六・河村王・三八一八）

これらの詠歌は、藤原敦隆《あつたか》の『類聚古集《るいじゅうこしゅう》』に、『万葉集』の朝霞の歌二首はともに夏部の蚊火の篇に入っている」と記している。また、『六百番歌合』の俊成の判詞（春下二十二番）に言うには、「山田の庵では、田を見張る者たちが本宅から住処を離居《りきょ》して、山中に住んでいる間に、蛙の声を聞いて、別居の慰めにしている心は、相聞歌の趣だ。また、蚊火屋というのは、例の庵のほとりで火を燻《くゆ》らせて、煙を多く立ち昇らせて、あるいはたくさんの蚊を追い払い、または猿や牡鹿《おしか》を追い払うためのものだ。だから、蚊か鹿かについては、たとえ両説があるにしても、煙や炎をさすことについては、別の解釈はないとすべきである。『朝霞』と言っているのは、夜焚いた火の煙が、朝霞が谷の際《きわ》にたなびいて山の中腹を取り囲んでいる状態に異ならないことを言うのであって、例歌の1と3の詠がもっともよく適応しているとしているといえようか」と。なお、『古来風体抄』にも、このことは詳細に記してある。また、顕昭法師は「蚕をかふ屋」と言う説を採用している。但し、俊成と定家はこの説は採用してはいない。

4　夜半に焚《た》く鹿火屋が煙《けぶ》り立ちそひて朝霧ふかしを山田の原

（新勅撰集・秋歌上・前大僧正慈円・二七六）

この4の詠も蚊火の心で詠まれたものだ。

さて、1の詠は、『万葉集』巻十に「蝦《かはづ》に寄《よ》せき」の詞書を付して載る、作者未詳歌。歌意は、鹿火屋の陰で鳴く河鹿蛙《かじかがえる》のように、声だけでも聞くことができたならば、わたしは恋しく思うだろうか、恋しくは思わないだろうよ、のとおり。「朝霞……鳴くかはづ」は「声」を導く序詞。

次に、2の詠は、『万葉集』巻十一に「寄物陳思《きぶつちんし》」のもとに配列された、作者未詳歌。歌意は、山田の見張り番をする老翁が置く蚊遣火《かやりび》が燻《くす》ぶるように、心の中で焦《こ》がれて、わたしは恋していることだ、のとおり。本詠は、蚊火に寄せた恋歌である。

次に、3の詠は、『万葉集』巻十に「右の歌二首は、河村王《かはむらのおほきみ》の、宴居《えんきよ》の時に、琴を弾きて即ち先づこの歌を誦《うた》ひ、以て常の行《しわざ》と為《な》ししものなり」の左注を付して載る、河村王の御製。歌意は、鹿火屋の陰の蛙の声のように、思い慕っていると言ってくれる娘さんはいないかなあ、のとおり。「朝霞……鳴くかはづ」は「偲ひつつ」の序詞。

最後に、4の詠は、『新勅撰集』の秋歌上に「題知らず」の詞書を付して載る、慈円の作。夕方はもちろんのこと、明け方さえも、蚊を追い払うために焚く小屋のあたりから燻ぶる煙りが立ち添って、秋霧も一段と深い感じがするよ。山あいの田んぼの原よ、のとおり。本詠は、「を山田の原」を取り囲む自然の風景を構成する要素のひとつとして「鹿火屋が煙り」を活用している趣だ。

以上が中世歌学でも分明にしえなかった「鹿火屋が下に鳴く蛙」の故実の概要だ。

19　山鳥の尾の鏡のこと

1　山鳥の尾《を》ろのはつ尾に鏡掛け唱《とな》ふべみこそ汝《な》に寄《よ》そりけめ（万葉集・巻十四・三四六八）

1の詠の「山鳥の鏡のこと」については、古くから二種類の解釈がなされている。その一つは「鸞《らん》」という鳥は、鏡に自分の姿を映して鳴くといわれている。鸞はつまり山鳥のことだ。もう一つは、山鳥は雌《めす》鳥と同じ場所では寝ず、山の尾根を隔てて寝るというが、暁方に雄鳥の光沢のある秀尾《ほつお》に雌鳥の影が映るのを見て雄鳥が鳴くのを、鏡に見立てて、「はつ尾に鏡掛け」といっているのだ。この場合、実際の鏡をいうのではないわけだ。「をろ」は雄のことだ。「ろ」は助辞である。「はつ尾」は「無き尾」のことだ。「雄鳥の無き尾」という趣である。

2　昼は来て夜はわかるる山鳥の影見る時ぞねは泣かれける
（新古今集・恋歌五・読み人知らず・一三七二）

3　山鳥のはつ尾の鏡かげ触れでかげをだに見ぬ人ぞ恋しき
（散木奇歌集・源俊頼・一一一五）

まず、1の詠は、『万葉集』巻十四に「相聞」のもとに収載される、作者未詳歌。歌意は、山鳥の尾の先端に鏡を掛けて唱えるべきなので、あなたとの間をうわさされたのでしょう、のとおり。第二句は「尾ろの端《は》つ尾《を》に」の措辞と理解して解釈した。なお、本詠の内容については、明確な把握ができないでいる。

次に、2の詠は、『新古今集』恋歌五に「題知らず」の詞書を付して載る、読み人知らずの歌。歌意は、昼はやって来ても、夜は別れ別れになる山鳥の姿を見るとき、わたしも身につまされて、その鳥のように、声に出して泣いてしまうことだ、のとおり。本詠を『歌林良材集』は『古今和歌六帖』に収載されるとするが、それは誤りで、『奥義抄』に見える古歌である。

次に、3の詠は、『散木奇歌集』に「修理《しゆり》大夫顕季《あきすえ》の八条の家にて、人々恋の歌詠みけるに」の詞書を付して載る、源俊頼の作。歌意は、山鳥の光沢のある秀尾に雌鳥が映るその姿に触れることがないように、わたしはせめて姿だけでも見たいのに、その姿さえ見ることのできない、あの人のことが恋しくてたまらないことだよ、のとおり。ここでは「はつ尾」を「秀尾《ほつを》」と理解して解釈を試みた。

以上、難解なことで理解に難渋する「山鳥の尾の鏡」の故実について略述した。

20　鳩ふく秋のこと

1　ますらをの鳩ふく秋の音《おと》立ててとまれと人をいはぬばかりぞ
（奥義抄・六三二）

1の詠の「鳩ふく」とは、秋の初めの頃、狩人《かりゅうど》が鳩を捕らえようとして、掌を合わせて鳩の鳴き声を真似《まね》して吹き鳴らすことを言うのだ。また、猟師が鹿の寄ってくるのを待つ時にも、人を呼ぶ時にも、また、仲間への獲物《えもの》の合図をする時にも、鳩の鳴き声に似た音を出すのである。この1の詠はその趣を詠じているのだ。

2　朝まだき袂《たもと》に風の涼しきは鳩ふく秋になりやしぬらむ
（六条修理大夫集・藤原顕季・二一六）

3　まぶしさし鳩ふく秋の山人はおのがありかを知らせやはする
（曾丹集・曾禰好忠・二五六）

4　まぶしさす賤男《しづを》の身にも堪《た》へかねて鳩吹く秋の声たてつなり
（千載集・恋歌四・藤原仲実朝臣・八四八）

5　深山《みやま》出でて鳩吹く秋の夕暮れはしばしと人を言はぬばかりぞ
（今物語・五二）

まず、1の詠は、『奥義抄』に古歌として載る、作者未詳歌。歌意は、猟師が鳩の鳴き声をまねる秋のように、声に出して「立ち止まってください」と、恋しいあの人に対して言わないだけですよ、のとおり。本詠は恋人への誘いの気持ちを秘めた詠作と考えられようか。

次に、2の詠は、『六条修理大夫集』に「立秋」の題を付して載る藤原顕季の作。歌意は、夏の様子をまだ残している早朝に袂に吹く風が涼しく感じられるのは、猟師が鳩の鳴き声のような音を出す秋の季節になったからだろうか、のとおり。本詠は『堀河百首』への撰進歌。

次に、3の詠は、『曾丹集《そたんしゅう》』の「九月上」に収載される、曾禰好忠の作。その歌意は、射翳《まぶし》で身を隠して鳩の鳴き声をまねる秋の猟師のように、わたしは自分の住処《すみか》をあの人に知らせたりするでしょうか、そんなことはしませんよ、のとおり。「まぶしさし」は、射翳で身を隠しの意。「射翳」は猟師が獲物を射るために柴などで身を隠すもの。

次に、4の詠は、『千載集』恋歌四に「堀河院御時百首歌たてまつりける時、恋の心をよめる」の詞書を付して載る、藤原仲実の作。歌意は、射翳で身を隠す賤の男の身にも恋心に堪えかねて、猟師が鳩の鳴き声をまねる秋のように、わたしも声に出して泣いてしまいそうですよ、のとおり。本詠は、野趣のある題材によって、声を立てんばかりの悲しい恋を詠出している。

最後に、5の詠は、『今物語』に収載される、作者不詳の歌。歌意は、秋の夕暮れに、深山から出て鳩の鳴き声に似た声を出すのは、「しばらくお待ちください」と、あの人を留めたいわたしの気持ちを表出したいからにほかなりません、のとおり。
以上が実態がそれほど分明でない「鳩吹く秋」についての概略だ。

21 野守《のもり》の鏡のこと

1 はし鷹の野守の鏡えてしがな思ひ思はずよそながら見む

（新古今集・恋歌五・読み人知らず・一四三二）

さて、雄略天皇は鷹狩りを好んでおられた。あるとき、野に出て狩りをなさっていた時に、天皇は鷹が思っても見ない方向に飛んで行って、その姿を見失ってしまわれた。そこで野の番人を呼んで尋ねなさったところ、番人は鷹の居場所を申しあげた。天皇が「お前はここにいながら、どうして自分の思いどおりに鷹の居場所を明言できるのか」と質問なさると、番人は「この野中にございます溜《たま》り水に鷹の姿が映っていますので、その旨申しあげたのです」と返事申しあげたことによって、それ以来、野にある水を、「はし鷹の野守の鏡」と言うようになったわけだ。だから、和歌に「よそながら見む」と詠まれているのだ。なお、『俊頼髄脳』には、これは天智天皇の御時のことと記されている。顕昭《けんしょう》は、雄略天皇の御代のことという説についている。雄略天皇が鷹狩りを好んでおられたことは、国史に見えているので、顕昭はその説を採用したのであろうか。

ところで、1の詠は、『新古今集』恋歌五に「題知らず」の詞書を付して載る、読み人知らずの歌。歌意は、はし鷹の行方を照らすという野守の鏡を手に入れたいものだなあ。そうしたら、あの人がわたしを思っているのかいないのかを、それとなく映してみようと思うから、のとおり。なお、本詠は鏡に寄せる恋を詠じた歌で、『俊頼髄脳』にはやく見えるが、出典は未詳である。

ちなみに、この1の詠は、『和歌童蒙抄《どうもうしょう》』と『袖中抄』に、古歌として「はし鷹の野守の鏡得てしがな恋しき人の影や映ると」（a）と「東路《あづまぢ》の野守の鏡得てしがな思ひ思はずよそながら見む」（b）の二首があるなか、両歌論書は、（a）の上句と（b）の下句を継ぎ足した合成歌であるとしている。真偽のほどは明白でないが、両歌ともに第二句の「野守の鏡得てしがな」の措辞が共通するので、その可能性はなしとしないであろう。興趣深い思考と考えられるので、紹介しておくことにする。

以上が古代の興趣深い言説に基づいた「野守の鏡」にまつわる故実の略述である。

22　ゐもりのしるしのこと

1　脱《ぬ》ぐ沓《くつ》の重なることの重なればゐもりのしるし今はあらじな　（俊頼髄脳・二五〇）

1の詠に登場する「ゐもり」は、「守宮《いもり》」という虫のことだ。この虫は深い井戸などにいて、蜥蜴《とかげ》に似ている尾の長い手足のついている虫を言う。『法華経』の「嘉祥大師の義疏《ぎそ》」に見えている。宮守の血を取って、女性の肘《ひじ》に塗ると、たとえ個人的な事情があったとしても、その血は洗っても消えないということだ。このことから、「宮を守る」と命名された由である。宮は女が居住する場所なので、女を守護する趣で名づけられたのだ。また、張華の『博物志』という書物には、宮守を飼って、朱を食わせて赤くして、その血を取って女の身体に塗ると、一生の間消えることはない。もし良くない振る舞いをすると、その時には、その塗った血が消える旨、見えている。その点、内典・外典《げてん》に異同があるようだ。「脱ぐ沓の重なる」というのは、女性が秘密の行いをする際に履《は》いた沓が、自然に左右の沓が重なって、脱ぎおかれる状態をいうのだ。そして、次のような歌を詠んでいる。

2　忘るなよ手房《たぶさ》につけし虫の色のあせなば人にいかが答へむ　（俊頼髄脳・五四八）

3　あせぬとも我《われ》ぬりかへむ唐土《もろこし》のゐもりもまもる限りこそあれ　（同・五四九）

さて、1～3の詠は、いずれも『俊頼髄脳』に収載される、出典不詳の古歌だが、ほかに『袖中抄』などにも収録されている。まず、1の詠の歌意は、あの女性の脱いだ沓がまたもや左右重なっている。これでは腕につけられた宮守の血の印はもはや消えてあるまいなあ、のとおり。次に、2の詠の歌意は、あなたの腕に塗りつけた虫の血のことを決して忘れないでね。もしもその血の色がさめたならば、密通の証拠で、人に何と弁解できようか、できないからね、のとおり。本詠は男からの贈歌。

最後に、3の詠の歌意は、塗られた血の色がたとえ薄くなったとしても、わたしは改めて塗りますよ。その血を取る唐土産の宮守が、いくら男性によって厳重に守られていても限界はあるものですよ、のとおり。本詠は、2の詠に対する女性からの返歌。

「ゐもりのしるし」の故事についても、奇々怪々な内容が展開されるが、これが当該説話の概略だ。

23　錦木のこと

1　錦木《にしきぎ》は千束《ちつか》になりぬ今こそは人に知られぬ閨《ねや》のうち見め　（俊頼髄脳・二二四）

2　思ひかねけふ立てそむる錦木の千束もまたで逢ふよしもがな

（詞花集・恋上・大蔵卿大江匡房・一九〇）

3　いたづらに千束朽《く》ちにし錦木をなほ懲《こ》りずまに思ひたつかな

（同・同・藤原永実・二一四）

4　錦木は立てながらこそ朽ちにけれけふの細布《ほそぬの》むねあはじとや

（後拾遺集・恋一・能因法師・六五一）

上記の和歌に出てくる「錦木」については、一説に言うには「陸奥《みちのく》の男が女に求婚するときには、消息文《しょうそくぶみ》をやることはなくて、一尺ばかりの木をまだらに錦に彩色して、意中の女の門に立てておくと、女が男に逢おうと思うときには、千束になる前に、それを家の中に取り入れるのであった。一方、逢いたくないと思う男には、女はそれを家の中に取り入れないので、その木は千束になって、朽ち果ててしまう旨、歌に詠むのだ」と。そのほか諸説あるが、「灰《はひ》の木を錦木」という説が『袖中抄』に記してある。

さて、1の詠は、『俊頼髄脳』などに収載される、作者・出典ともに不詳の伝承の古歌らしい。歌意は、あなたは情を解さない人ですね。わたしが毎日あなたの門に立てた錦木が、とうとう千束になってしまいました。もうそろそろ誰も知らないあなたの寝室に案内してくれてもよいでしように、のとおり。

次に、2の詠は、『詞花集』恋上に「堀河院御時、百首歌たてまつりけるによめる」の詞書を付して載る、大江匡房《まさふさ》の作。歌意は、恋しさに耐えかねて、今日立て始める錦木が千束になるのを待たずに、あの人に逢う方法でもないものだろうかなあ、のとおり。「けふ」は「今日」に、陸奥産の幅の狭い布である「狭布《けふ》」を掛ける。

次に、3の詠も、同じく『詞花集』の同じ巻に「題知らず」の詞書を付して載る、藤原永実の作。歌意は、無駄に千束が朽ちてしまった錦木を、なおもまあ性懲《しょうこ》りもなく再び立てようと決心することだなあ、のとおり。「懲りずまに」の「懲り」に「伐《こ》り」を掛ける。「思ひ立つ」の「立つ」に錦木を「立つ」を掛け、「錦」の縁で「裁《た》つ」を響かせる。

最後に、4の詠は、『後拾遺集』恋一に「題知らず」の詞書を付して載る、能因法師の作。歌意は、錦木は恋人の家の門口に立てたまま朽ち果ててしまったことだなあ。「けふの細布」は狭くて胸元《むなもと》が合わないように、恋人は逢うまいというのであろうか、のとおり。「けふの細布」は、奈良・平安時代、東北地方から産出したという、幅の狭い白色の布のこと。

以上、「錦木」にまつわる、東北地方に伝承する故実について略述した。

24　けふの細布のこと

1　陸奥《みちのく》のけふの狭布《さぬの》のほどせばみまだ胸あはぬ恋もするかな

（古今和歌六帖・第五・三五三九）

1の詠の「けふの狭布」（狭布の細布）は、奥州から産出した狭い布のことだ。「けふ」は「狭」の声（音）だが、「せばし」とも読むのだ。つまり、声と訓とでもって、「けふのせば布」と言ったのだ。また、「細布」とも言っている。「けふ」は郡の名という説があるが、それは誤りだ。奥州に「けふ」という郡はないからだ。「胸あひがたき」とは、これは織り幅も狭い布であるために、背中のあたりまで覆われているけれども、前面には届いていないので、「胸まではかからない」（胸あひがたき）と詠じているのだ。また、『俊頼髄脳』に「けふの細布は、陸奥で鳥の毛を材料として織った布のことだ。多くない材料で織った布であるから、織り幅が狭いのだ」と記している。

2　いしぶみやけふのせば布はつはつに逢ひ見てもなほ飽かぬ今朝《けさ》かな

（堀川百首・後朝別・藤原仲実・一一九一）

3　卯の花の咲ける牆根《かきね》は乙女子《をとめご》が誰《た》がためさらすけふの布ぞも　（袋草紙・八三九）

さて、1の詠は、『古今和歌六帖』に「ぬの」の題で収載される、作者不詳の歌。歌意は、陸奥のけふの狭い布の幅が狭くて胸までが合わないような、これまでに逢ったことが一度もない恋をしたことだなあ、のとおり。ちなみに、本詠は、『俊頼髄脳』『袖中抄』などの歌学書・歌論書には、第二句を「けふの細布」、第四句を「胸あひがたき」の措辞で収載されている。

次に、2の詠は、『堀河百首』に「後朝別」の題を付して載る、藤原仲実の作。歌意は、壺の石文で有名な陸奥国から産出するという、幅の狭い白色の布ではないが、あなたにほんのわずかに逢ったばかりでは、まだまだ名残り惜しく思われる今朝の別れですね、のとおり。「いしぶみや」は、後世に伝えるべき事跡を彫り記して立てた石碑を言うが、陸奥国の「壺の石文」が有名であった。ここは「けふのせば布」に掛かる枕詞のごとき用法と考えられる。

最後に、3の詠は、歌学書『袋草紙』に収載される、作者不詳の伝承歌か。歌意は、白い卯の花が咲いている垣根は、乙女子がいったい誰のためにさらす幅の狭い布なのだろうか、のとおり。けふの細布を、卯の花に見立てた夏の自然詠として興趣深い。

以上がこれも実態がそれほど分明でない、「けふの細布」の故事の概略である。

25　ひをりの日のこと

1　長き根も花の袂《たもと》にかをるなりけふや真弓のひをりなるらむ

（散木奇歌集・夏部・源俊頼・二八五）

「ひをりの日」については、『古今集』巻十一の詞書（四七五）に言うことには、「右近の馬場のひをりの日」と。およそ左近衛府右近衛府の騎射《きしゃ》の行事については、五月三日・四日を荒手結《あらてつが》い（試演すること）といって、三日が左近衛、四日が右近衛の試演日、五日・六日を真手結《まてつが》い（本勝負）といって、五日は左近衛、六日は右近衛が行った。1の俊頼の歌は、五日の真手結いを詠んでおり、『古今集』の詞書は、六日の右近衛の真手結いを詠じているのだ。「ひをり」とは、随身《ずいじん》の褐《かち》の尻を引き折りて着るために、「引折《ひを》り」というのだ。引き折る趣だ。荒手結いも同じ姿ではあるが、これは試演であるので、普段の型どおりに引き折るのである。このような次第で、真手結いの日を主として、「ひをり」の日というのである。

さて、1の詠は、『散木奇歌集』に「（藤原忠通）殿下にて、五月五日の心をつかうまつれる」の詞書を付して載る、源俊頼の作。歌意は、端午《たんご》の節句の今日は、菖蒲《あやめ》の長い根も、花のように美しい袂《たもと》のあたりで芳香を放っているようだ。そういえば、今日は武徳殿《ぶとくでん》に天皇の親臨《しんりん》を仰いで催行される、五日の右近衛が行う真手結いの騎射の日であるからだろうか、のとおり。なお、この儀式は、太政官式《たじょうかんしき》にも定められたものだが、鎌倉時代に廃絶し、端午《たんご》の節句を尚武の節句として騎射の技を行うことが、武家の風となった。

以上、「ひをりの日」の故実について略述した。

26　衣《ころも》を返して夢を見ること

1　いとせめて恋しきときはむばたまの夜の衣《ころも》を返してぞ着る
(古今集・恋歌二・小野小町・五五四)
2　我妹子《わぎもこ》に恋ひてすべなみ白妙の袖返ししは夢に見えきや
(万葉集・巻十一・二八一二)
3　わが背子が袖返す夜《よ》の夢《いめ》ならしまことも君に逢ひたるごとし
(同・同・二八一三)
4　白妙の袖折り返し恋ふればか妹が姿の夢《いめ》にし見ゆる
(同・巻十二・二九三七)


この証歌の1〜4の詠に見える、衣を返して寝ると、恋しく思う人が夢の中に現れるということは、昔から伝承されている事柄である。「袖かへす」ということも同様のことである。

さて、1の詠は、『古今集』恋歌二に「題知らず」の詞書を付して載る、小野小町の作。歌意は、胸が締め付けられるように恋しくてたまらないときは、夜の衣を裏返しに着て寝ることだ、のとおり。「むばたまの」は「夜」の枕詞。解説で触れたように、衣を裏返しに着て寝ると、恋人を夢に見るという俗信があったのを踏まえたもの。

次に、2と3の詠は、ともに『万葉集』巻十二に「問答」の部類のもとに収載された、作者未詳の贈答歌である。まず、2の詠の歌意は、我が妹が恋しくてどうにもたまらないので、袖を折り返して寝ましたが、わたしが夢に現れましたか、のとおり。男からの贈歌。袖を折り返して寝ることは、夢の中で恋しい人に逢うためのまじないであったようだ。

次に、3の詠の歌意は、あなたが袖を折り返して寝た夜の夢なのでしょう。ほんとうにあなたに逢っていたようでした、のとおり。本詠は、女からの答歌。『万葉集』では「袖かへす」という。

最後に、4の詠は、『万葉集』巻十二に「正述心緒《せいじゅつしんしょ》」の部類のもとに収載された、作者未詳歌である。歌意は、袖を折り返して恋しく思いながら寝たせいで、あなたのお姿が夢に現れたのでしょうか、のとおり。本詠は男から女の恋人への詠作。

以上、俗信として信じられていた「衣を返して夢を見る」の故実について略述した。

27　河やしろのこと

1　雷《かみ》のごと聞こゆる滝の白波の面《おも》知る君が見えぬこのころ　（万葉集・巻十二・三〇一五）

古来、「滝」のことを1の歌に詠じているように、「雷のごと」などと詠むことがあって、「河《かは》社《やしろ》」も滝のある川上に設置するといわれている。『貫之集』には、「夏ばらへ」(四一五)、「夏かぐら」(四八四)、「かぐら」(五四四)の題を付して詠まれた歌が各一首ずつ収載されている。

2　河社しのにおりはへほす衣いかにほせばか七日ひざらむ

(貫之集・第四・紀貫之・四一五)

2の詠の「河社」というのは、俊成卿の説に、「石の多い河の浅瀬に、水が音を立てて激しく流れ落ち、白波もみなぎって、太鼓をたたくように聞こえる所を言う」とある。「衣ほす」というのは、実際の衣ではない。衣服を干しているのに似ているというのだ。「竜門《りゅうもん》の滝」を、伊勢が『古今集』で「裁《た》ち縫はぬ衣《きぬ》着し人もなきものをなに山姫の布さらすらむ」(雑歌上・九二六、現代語訳＝裁ったり縫ったりしない着物を着た仙人も今はもういないのに、どうして山姫はあのように布をさらしているのだろうか)といい、また、「布引《ぬのびき》の滝」というのも、同様の趣である。「七日」とも「八日」ともいうのは、久しいという程度のことだ。『万葉集』巻十に、

3　秋の穂をしのに押しなべ置く露の消《け》かもしなまし恋ひつつあらずは

（万葉集・巻十・二二五六）

の3の詠のごとく詠んでいるが、この場合、「しの」は用言である。それなのに、2の詠では「河やしろに篠竹《ささだけ》で棚を作って供物《くもつ》を捧げて、夏神楽《なつかぐら》をする」といっているのだ。

4　行く水の上に祝《いは》へる河社岩波高く遊ぶなるかな

（貫之集・第四・同・四八四）

この4の詠でも、「河社」という措辞に関して、「上に祝へる」と詠んでいるのであろう。源俊頼の『俊頼髄脳』、顕昭法師の『袖中抄』などの説に、「河水の上流に神社を鎮座《ちんざ》申しあげて、夏神楽を奉仕するのを、河社」としているのは、紀貫之のこの4の詠から言い始めたことである。

5　河社秋はあすぞと思へばや波のしめゆふ風の涼しさ

（江帥集・夏・大江匡房・七七）

6　五月雨《さみだれ》は岩波あらふ貴船《きぶね》川河社とはこれにぞありける

（俊成五社百首・賀茂御社百首和歌・夏十五首・藤原俊成・一二八）

7　五月雨は雲間もなきを河社いかに衣をしのにほすらむ　（僻案抄・入道〈俊成〉・四八）

　さて、1の詠は、『万葉集』巻十二の「寄物陳思」の部類に収載される、作者未詳の歌。歌意は、雷のように聞こえる滝の白波のように、はっきりと顔を知るあなたさまがお見えにならない、今日このごろですね、のとおり。「雷の……白波の」が「面知る」を導き出す序詞。滝の音を雷と聞く発想は中国の漢詩にしばしば見える。女性の詠作。

　次に、2の詠は、『貫之集』第四に「夏ばらへ」の詞書を付して載る、紀貫之の作。歌意は、河社のそばに、しきりに織って長く伸ばして干す衣は、どのように干したというので、七日の間乾かないのであろうか。どうしてわたしに着せられた濡れ衣は晴れないのであろうか、のとおり。「しのに」は、しきりにの意。「おりはへ」は、貫之の措辞では「折り延へ」だが、「お（織）り延へ」の用字法で解釈しておいた。なお、本詠は『新古今集』にも採られ、「延喜御時屏風に、夏神楽の心をよみ侍りける」の詞書が付されている。

　次に、3の詠は、『万葉集』巻十に「露に寄せき」の題詞を付して載る、作者未詳歌。歌意は、秋の稲穂をしなうばかりに押し伏せて置く露のように、消えてしまうほうがましだよ。こんなに恋い焦がれているよりは、のとおり。

　次に、4の詠は、『貫之集』第四に「夏かぐら」の詞書を付して載る、紀貫之の作。歌意は、流れて行く水の上に、清《きよ》め祭ってある河社よ。ちょうど岩に寄せる河波が音高く流れているので、河社に管弦を奉仕しているように見えることだ、のとおり。「岩波高く遊ぶ」というのは、夏神楽とともに、岩波の音を管弦に見立てているわけだ。

次に、5の詠は、『江帥集《ごうのそつしゅう》』の夏に「六月つきぬ、人の家」の詞書を付して載る、大江匡房の作。歌意は、川上の河社では、明日から秋だと思うからだろうか、何となく波が真白に染めた木綿《ゆう》のように色鮮やかに、風も涼しさの趣を感じさせることだなあ、のとおり。「しめゆふ」は、「染め木綿」で、真白に染めた木綿の意。

次に、6の詠は、『俊成五社百首』の「賀茂御社百首和歌」の夏十五首に「五月雨」の題を付して載る、藤原俊成の作。歌意は、五月雨がうち続いて、打ち寄せる白波が岩をしきりに洗っている貴船川よ。河社とは、水を司る神を祭る貴船神社が鎮座する、この貴船川にあったのだなあ、のとおり。「貴船川」は山城国の歌枕。平安中期ごろから明治初期まで、上賀茂神社の摂社《せっしゃ》とされていた貴船神社が鎮座している。

最後に、7の詠は、藤原定家の歌学書『僻案抄《へきあんしょう》』に「かはやしろ」の題のもとに収載される、藤原俊成の作。歌意は、五月雨のころは雨雲《あまぐも》の途絶えたときもないので、河社では、どのような方法で、その間ずっと衣服を乾かしているのであろうか、のとおり。

ちなみに、『僻案抄』には、2・4〜7の詠の五首が一括して収載されているので、『歌林良材集』はこれらの証歌を、あるいは『僻案抄』から抄出したのではなかろうか。
以上、中世の時代においても諸説紛々《ふんぷん》であった「河やしろ」の故実について略述した。

28　海人《あま》のまてがたのこと

1　伊勢の海の海人のまてがた暇《いとま》なみ永《なが》らへにける身をぞ怨《うら》むる
（後撰集・恋五・源英明朝臣・九一六）

右の1の詠の「まてがた」とは、海辺に蛤《はまぐり》に似た「まて」という貝が砂の中にいて、水を吹き出しているが、その形状を見て、漁師たちが「まて狩《が》り」という、金具の先が二股になっている、鍬《くわ》のような物に柄をつけた道具で、その貝をたびたび刺し取る行動を言うが、その行動を「暇《いとま》なみ」と表現しているのだ。また、この説とは異なる説が顕昭の『袖中抄』に載っている。しかし、藤原定家はこの説を採用していない。

1の詠は、『後撰集』恋五に「心にもあらで久しく訪《と》はざりける人のもとにつかはしける」の詞書を付して載る、源英明《ひであきら》の作。歌意は、伊勢の海で働く漁師が「まて貝」を採るときに「まて狩り」なる道具を暇なく使用するように、忙しくて暇がないので、お訪ねもしないまま永らく経ってしまいましたが、そんな我が身を自分でも怨んでいます、のとおり。「伊勢の……

までがた」は「暇なみ」を導き出す序詞。「までがた」は「参《ま》で難《かた》」を掛けるか。この措辞には諸説があって難解だが、『歌林良材集』が紹介している説に基づいて解釈しておいた。本詠は、漁師に我が身を卑下して、卑官の身は公務多忙であるとの歎きを表出した恋歌。

以上、歌学書には数多《あまた》の説が紹介されているが、いずれも十分な説得力が見られない「海人のまでがた」の故事について略述した。

29 さくさめの刀自《とじ》のこと

1 今来《こ》むと言ひしばかりを命《いのち》にて待つに消《け》ぬべしさくさめの刀自《とじ》

（後撰集・雑四・女の母・一二五九）

2 数ならぬ身のみ物憂く思ほえて待たるるまでもなりにけるかな（同・同・婿・一二六〇）

右の贈答歌のうち、1の詠は、ある人の婿が、「またすぐに来ましょう」と言って帰ったので、女は待っていたが、その婿はこの女には「またほかに通わせている男がいる」と聞いたので、長い間女のもとには通って来なかった。そこで女の姑が『あとう語り』の内容を用いて、「娘がこのように申しています」と、婿に送った歌である。このようなわけで、「さくさめの刀自」は姑《しゅうとめ》の名前だと、諸説で言及されているとおりだ。「刀自」は老女をいうわけだ。定家卿の『僻案抄』に、讃岐入道藤原顕綱朝臣の説として紹介しているのは、『さくさめの刀自』とは、『早苗』の『早』字、『若草』『初草』の『草』、『乙女』『手弱女』『初瀬女』『河内女』の『女』文字に相当する。だから、『さくさめの刀自』は『若草女の刀自』と同じ用字法のことだと、解すべきだ。女の姑は、陳腐《ちんぷ》な〝平懐〟なる事柄であったならば、詞書に『あとう語りの内容を用いて』とあるのを、『娘がそう申しています』とも解さないであろう。この措辞は少々、通常には使用されない表現だから、『あとう語り』と言ったのだろうか。『あとう語り』とは、『なぞなぞ語り』のことか。『拾遺集』に、『なぞなぞ語り』と記してある」と。

さて、1の詠は、『後撰集』雑四に「人の婿の『今まうで来《こ》む』と言ひてまかりにけるが、文おこする人ありと聞きて、久しうまうで来ざりければ、あとうがたりの心をとりて、『かくなむ申すめる』と言ひつかはしける」の詞書を付して載る、女の母の作。歌意は、「またすぐ来ましょう」とおっしゃったお言葉だけを命の糧にしてお待ちしておりましたが、あの松明《たいまつ》が消えるまで待っていた『さくさめの刀自』の物語のように、わたしの命も、待つ苦しみで消え入りそうでございますよ、のとおり。「待つに」は「松明」を掛ける。ちなみに、詞書を現代語訳しておくと、次のとおり。ある人の婿が「またすぐにやって来ますよ」と言って帰ったが、「女に手紙を送ってよこす男がほかにいる」と男は聞いて、長い間、女のもとへやってこなかったので、女の姑が『あとう語り』の内容を用いて、「娘がこのように申しています」と言ってお遣《や》りになった歌。

次に、2の詠は、同じ『後撰集』の1の詠の贈歌に対する答歌で、「返し」の詞書を付して載る、「婿」の歌。歌意は、婿の数にも入らない我が身がつらく思われていたのに、お誘いの手紙を自然に待つような消極的な態度になってしまったことですよ、のとおり。女性に手紙を送る男がほかにいると聞いて気後《きおく》れしてしまっていた男性の返歌である。

以上、今となってはその内容理解がまま及ばない「さくめの刀自」の故実について略述した。

30　猿沢の池に身を投げた采女《うねめ》のこと

1　我妹子《わぎもこ》が寝くたれ髪を猿沢《さるさは》の池の玉藻《たまも》と見るが悲しき

（拾遺集・哀傷・柿本人麿・一二八九）

右の故実については、『大和物語』に言うことには、「昔、奈良の帝に仕え申しあげる采女《うねめ》がいた。容姿がとてもきれいで、人びとが求婚したけれども、応じなかった。その求婚を受け入れなかった理由は、帝をこの上なく素敵なかたと、慕い申しあげていたからであった。ある時、帝がお召しになったが、その後は、二度とお召しにならなかったので、采女はこの上もなくつらいことに思ったのであった。采女は帝のことが昼夜、心にかかって仕方がなかったけれども、帝は彼女のことをそれほどにはお思いなさらなかった。そうはいうものの、やはり采女はいつも帝を見申しあげているので、もうこれ以上生きていけそうにもない心地がして、ある夜、秘かに抜け出して、猿沢の池に身を投げたのであった。帝は采女がこのような行動をとったこともご存知なかったけれども、事のついでに、ある人が申しあげたところ、帝はお聞きになり、たいそうひどく気の毒なことにお思いになって、池のほとりに行幸あそばされて、人びとに歌を詠むように命じなさったのであった。その時、柿本人麿が詠んだ歌が1の詠であったという次第だ。

帝もその時、同様にお詠みになったのが、

2　猿沢の池もつらしな我妹子が玉藻かづかば水ぞひなまし　（大和物語・奈良帝・一五三）

の2の詠であったのである。そして、帝はこの池のほとりに采女の墓を造らせなさったのであった、ということだ」と。

さて、1の詠は、『拾遺集』の哀傷に「猿沢の池に、采女の身投げたるを見て」の詞書を付して載る、柿本人麿の作。歌意は、わたしの愛する采女の寝乱れた髪を、猿沢の池の藻として見るのは悲しいことだ、のとおり。「寝くたれ髪」は寝乱れた髪の意。「玉藻」は、藻の美称。

入水して水に靡《なび》く采女の髪を連想させる。

次に、2の詠は、『大和物語』で1の詠とともに詠まれた歌だが、顕昭の歌学書『万葉集時代難事』に奈良帝の作として載る。歌意は、猿沢の池も恨めしいことだなあ。あの愛しい乙女が、池に沈んで藻の下になったならば、水が干上《ひ》がって乾いてしまえばよかったのになあ、のとおり。帝の采女へのひたむきな心情がよく出ている。

以上が、帝を一途に愛した采女を主題にして展開する「猿沢の池に身を投げた采女」の故実の略述だ。

31 鵲《かささぎ》の行き合ひの間のこと ――一説に、かたそぎの行き合ひの間のこと

1 夜や寒き衣やうすきかたそぎの行き合ひの間より霜や置くらむ

(新古今集・神祇歌・住吉明神・一八五五)

右の第三句の措辞は、『歌論議』という書物には、「かたそぎ」とあるが、『奥義抄』には、「かささぎ」とある。「かたそぎ」とは、神社の屋根の先端に、刀のように立っている木のことだ。または、「千木《ちぎ》」とも言う。この御歌は、住吉の神殿が年月が長年の間に荒廃し、破損したところも多数散見されるので、その理由を時の天子に知らせ申しあげようというので、住吉

明神が天子の夢の中に示現《じげん》なさった歌といわれている。「かささぎ」という説は、天の川に鵲《かささぎ》という鳥が羽を並べて橋を架けて、織女を渡らせるということだが、その「鵲の行き合ひ」を、誤って「かたそぎ」と記したのだ、といっているわけだ。ただし、鵲の橋は、七月七日にこそ織女が渡るために渡されるはずなのに、冬の霜のことを詠むのはいかがであろうと、疑問がもたれるが、この歌には霜のことばかりが詠まれている。ただ、「空より霜の降る」と表現したいために、「かささぎの行き合ひの間」と詠んだのかも知れない。「鵲の橋」に「霜」を結びつけて詠じている歌は数多《あまた》あるようだ。

2　かささぎの渡せる橋の霜の上を夜半に踏み分けことさらにこそ
（大和物語・壬生忠岑・二〇〇）

3　かささぎのちがふる橋のまどほにて隔つるなかに霜や置くらむ
（続古今集・恋歌一・曾禰好忠・一〇三六）

4　かささぎの渡すやいづこ夕霜《ゆふしも》の雲井に白き峰のかけはし
（新勅撰集・冬歌・正三位藤原家隆・三七五）

まず、1の詠は、『新古今集』神祇歌に「住吉の御歌となむ」の左注を付して載る、住吉明神の御歌。歌意は、夜が寒いのだろうか、衣が薄いのだろうか。千木のかたそぎの交わっている隙間《すきま》から漏れた露が霜となって置いているのであろうか、のとおり。「かたそぎ」は、千木の片端を削ぎ落としたもの。歌学書『俊頼髄脳』や『袋草紙』では、本詠は、社殿が壊れていることを神が帝に訴えた、示現の歌とつたえている。

次に、2の詠は、『大和物語』の百二十五段「かささぎの橋」に収載される、壬生忠岑の作。本詠は、藤原定国が左大臣藤原時平の邸へ参上したときに、酔って突然参上したために、時平から、「何処《いずこ》へお出ましのついでなのですか」とのお尋ねに、定国のお供をしていた忠岑が、主人に代わって挨拶した歌である。歌意は、神殿の階段に置いた霜の上を、この夜更けに踏み分けて、わざわざお伺い申しあげた次第で、余所《よそ》へ行ったついでではございません、と定国殿の仰せでございます、のとおり。「かささぎの橋」は、元来は、鵲が翼を並べて織女を渡すために天の川にかける橋をいうが、ここは、宮中や貴人の邸宅を天上になぞらえて、その階段を言う。「こそ」の結びには「参りたれ」の措辞が補われよう。

次に、3の詠は、『続古今集』恋歌一に「題知らず」の詞書を付して載る、曾禰好忠の作。歌意は、鵲が飛び違う、天の川の橋のように、間隔が遠く隔たっていて、めったに逢えないわたしたちの仲は、両者の間に霜がおいて、冷え切っているからでしょうか、のとおり。「かささぎの……橋の」は「まどほにて」を導く序詞。「なか」は、両者の人間関係の「仲」と、両者を隔てる「中」の掛詞。

最後に、4の詠は、『新勅撰集』冬歌に「建保五年内裏歌合、冬山霜」の詞書を付して載る、藤原家隆の作。歌意は、鵲が渡すとかいう橋は何処に架かっているのだろうか。夕方の霜が、雲のかなたに峰と峰をつなぐ桟橋《さんばし》に真白になって置いているが、あれがそうなんだろうか、のとおり。スケールの大きい自然詠で、興趣がある。

以上、「鵲の（かたそぎの）行き合ひの間」の故事について略述した。

32　鴫《しぎ》の羽《はね》がきのこと

1　暁の鴫《しぎ》の羽《はね》がき百羽《ももは》がき君が来《こ》ぬ夜はわれぞ数かく

（古今集・恋歌五・読み人知らず・七六一）

右の「鴫の羽がき」の故事については、次の説話（典拠不詳）に関係している。昔、浮気な男を頼りにする女がいた。通って来ない夜の数のほうが多く、通って来る夜の数のほうが少なかったので、女は例の男が通って来ない夜の数を書き記していた。ところで、この故事は、男の通ってこない夜の回数のほうが、暁の鴫が羽を羽虫を取るために、嘴《くちばし》で繰り返し羽をしごく回数よりも多いということを意味しているようだ。

一方、1の詠については、第二・三句の措辞を次のように改訂して、『奥義抄』ほか多くの歌学書に掲載されている。

2　暁のしぢのはしがき百夜かき君が来ぬ夜はわれぞ数かく
（奥義抄・五四二）

さて、2の詠の「しぢ」は「榻《しぢ》」というものだ。これは牛車の道具であって、これを踏み台として用いて、牛車に乗り降りするのだ。「榻のはしがき」というのは、昔、恋をした男が、女から百夜、あの榻の上で寝たならば逢おうと言われ、男は毎晩約束どおりやって来て、榻の上でごろ寝をして、九十九夜までは榻の端に証拠の印をつけていたが、百夜目にどうしても行くことができず、遂に思いを遂げ得なかったことを言うのだ。これは『歌論義』（散佚）の説である。ところで、「鴫の羽がき」は『古今集』に入っているので、正説なのだろう。ただし、「榻のはしがき」も古くから伝承されている説なので、この説も捨てがたいと判断されるゆえに、ここには、両説ともに紹介しておくことにした。

3　思ひきや榻の端書《はしが》き書きつめて百夜も同じまろ寝せむとは
（千載集・恋歌二・皇太后宮大夫藤原俊成・七七九）

さて、1の詠は、『古今集』恋歌五に「題知らず」の詞書を付して載る、読み人知らずの歌。歌意は、明け方になると、鴫が何度も繰り返して羽ばたきをするように、あなたがお出でにならない夜は、わたしは眠られずに、何度も寝返りして身もだえしています、のとおり。「暁の……百羽がき」は「君が来ぬ……数かく」の序詞。「数かく」は、男が来ない夜を何かに書き付けておくの意。「羽がき」の「掻《か》き」と掛ける。

なお、2の詠は、1の詠の措辞の異同であるため、わざわざ独立して掲げる必要はないのかも知れないが、『太平記』（巻十八）や謡曲「卒塔婆《そとば》小町」などには、この歌の一部を単独で載せている。歌意は、あなたは百夜、榻の上に寝た証拠の印を榻の端につけると約束したのに、九十九夜までしか続きませんでした。あなたのお出でにならなかった最後の夜の印は、わたしがつけることになりましたので、これでもうあなたにはお逢いすることはできなくなりました、のとおり。女からの詠作である。

最後に、3の詠は、『千載集』恋歌二に「法住寺殿の殿上の歌合に、臨ンデレ期ニ違フルレ約ヲ恋といへる心をよめる」の詞書を付して載る、藤原俊成の作。歌意は、思ってもみたことであろうか、思いもしなかったことだ。榻の端書をかき集めて、百夜も同じ丸寝《まろね》をしようなどとは、のとおり。詞書の歌題「期に臨んで約を違《たが》ふる恋」とは、その時になって約束を破る恋の意。「書きつめて」は、かき集めての意。「まろ寝」は、衣服を着たままごろ寝をすること。独り寝のさま。以上、「鴫の羽がき」と「榻の端がき」の故事について略述した。

33 八橋《やつはし》の蜘蛛手《くもで》のこと

1 うちわたし長き心は八橋《やつはし》の蜘蛛手《くもで》に思ふことは絶えせじ
（後撰集・恋一・読み人知らず・五七〇）

2 恋せむとなれる三河の八橋の蜘蛛手にものを思ふころかな
（続古今集・恋歌一・読み人知らず・一〇四四）

右の歌に登場する歌枕については、三河国に八橋という所がある。橋が八本かかっているわけだ。「蜘蛛手」とは、橋の柱に強度を与えるために、互い違いに渡した木を、蜘蛛手というのだ。また、蜘蛛の手は八本あるので、「八橋」にことよせて、あれこれと思い乱れると詠じたのであろうか。『伊勢物語』には、「水が八方に流れ分かれているので、橋を八つ渡してある」といっているのだ。ここは、蜘蛛の手のように、川水が多く枝分かれして流れている様子を言うのであろうか。いささかその趣は変わっているようだ。「蜘蛛手」という措辞は、「八橋」以外でも詠まれている。

3　波立てる松のしづ枝《え》を蜘蛛手にてかすみわたれる天《あま》の橋立《はしだて》
（詞花集・雑上・源俊頼朝臣・二七四）

さて、1の詠は、『後撰集』恋一に「返し」の詞書を付して載る、読み人知らずの歌。歌意は、ずっとあなたを諦めないで思っているわたしの気長な心は、ただ気長なだけではなく、八橋の蜘蛛手のように、あれこれと思うことが絶えないでしょうよ、のとおり。本詠は男の答歌。ちなみに、1の詠の答歌に対する贈歌は、「つらかりける男に」の詞書を付す、読み人知らずの詠歌、「絶え果つるものとは見つつささがにの糸を頼める心細さよ」（三六九、現代語訳＝あのつれないお方のこと、結局は絶え果ててしまうものだと思いつつ、蜘蛛の糸のようなはかないあなたのお心を、期待している心細い状態でありますよ）である。「ささがにの糸」は蜘蛛の糸のこと。蜘蛛の糸のように切れやすいものを頼りにしている、女の心細さを詠じたもの。

次に、2の詠は、『続古今集』恋歌一に「題知らず」の詞書を付して載る、読み人知らずの歌。歌意は、わたしは恋をしようと、生まれた身なのだろうか。三河国の八橋の蜘蛛手のように、あれこれと思い乱れる、今日この頃だなあ、のとおり。「三河」は「身かは」を掛ける。

次に、3の詠は、『詞花集』雑上に「同じ（堀河院）御時、百首歌たてまつりけるによめる」

の詞書を付して載る、源俊頼の作。歌意は、並び立っている松の下枝《しずえ》を蜘蛛手として、一面に春霞が立っている中に、架け渡されている天の橋立であることだなあ、のとおり。「波立てる」は「並み立てる」を掛ける。「蜘蛛手」は、橋柱を補強するために筋交《か》いに打ち付けた木のこと。蜘蛛の手の形になるので、蜘蛛手という。「天の橋立」は丹後国の歌枕。本詠は、天の橋立を実際の橋にとりなし、松の枝を橋の蜘蛛手に喩えたところがポイント。

以上、「八橋の蜘蛛手」の故実について、略述した。

34 紫の根摺《ねず》りの衣《ころも》のこと

1　恋しくは下にを思へ紫の根摺《ねず》りの衣《ころも》色に出づなゆめ

（古今集・恋歌三・読み人知らず・六五二）

右の「紫の根摺りの衣」とは、紫草の根で摺って染めた衣服のことを言う。ところが、『奥義抄』では、『ねずりの衣』とは、紫の衣を下着としてある女性と寝たところ、汗によってその紫の衣が色褪《あ》せて、摺ったように身体につき、女性の衣にも付着したのが、摺り衣に似ていたので、『人に逢うことを、ねずりの衣』というのだ」と言っている。この説については、藤原定家が顕昭の『古今集』の注に対して、『奥義抄』を参看しながら勘注《かんちゅう》を加えた『顕注蜜《けんちゅうみっ》勘《かん》』に「寝摺りの衣の説に甘んじることはできない」旨、記している。

2　人知らでねたさもねたし紫のねずりの衣うはぎにを着む
（後拾遺集・雑二・堀川右大臣藤原頼宗・九一一）

3　ぬれぎぬと人には言はむ紫のねずりの衣うはぎなりとも　（同・同・和泉式部・九一二）

この2と3の両詠については、小式部内侍《こしきぶのないし》が、和泉式部の子女で、容姿や容貌がとても優れていたうえに、「大江山生野の道の遠ければまだふみも見ず天の橋立」（百人一首、現代語訳＝大江山を越え、生野を通って行くその道は遠いので、また天の橋立は踏んだこともありませんし、母からの手紙も見ていません）と詠んだという、世間の評判もあったからだろうか、上東門院《じょうとうもんいん》藤原彰子と同腹の同教通《のりみち》が深い思いを寄せておられた。堀川右大臣藤原頼宗《よりむね》は風流や恋愛の方面で優れた人物であったが、小式部に人目につかないように心を通わしていた。小式部のほうもひたむきに世間を憚って、「君が名も我が名も立てじ難波なるみつとも言ふな逢ひきとも言はじ」（古今集・恋歌三・読み人知らず・六四九、現代語訳＝あなたの名前もわたしの名前も噂に立てないようにしたいと思う。わたしを見たとも言わないでください。わたしもあなたに逢ったとは言いませんから）と、約束したのであろう。一方、藤原教通も小式部への思いは、頼宗と同様であったが、寵愛《ちょうあい》の度合いはいま一際強かったので、噂が自然に現われ出ることになった点について、例の1の詠で「心中ひそかに思っていなさい。人目につくようなことは決してなさるな」と詠まれている根摺りの衣を、頼宗は、2の詠で「ひどく妬《ねた》ましい。上着として着てしまおう」と口にしたので、和泉式部は3の詠で「それは事実無根の浮き名ですよと、その人には言いましょう。あなたが上着に着ようとも」（あの子と教通さまとの関係を公表してしまおう）（二人の仲を公表されようとも）と、詠じたわけだ。この和泉式部の和歌は、根拠のない噂を取るという「名取川」の趣を言い張るのではなくて、ただ「根拠のない濡れ衣だ」と、敢えて主張しようと詠んだのではなかろうか。

さて、1の詠は、『古今集』恋歌三に「題知らず」の詞書を付して載る、読み人知らずの歌。歌意は、恋しく思うのならば、心中ひそかに思っていなさい。紫草の根を摺り染めした衣のように、人目につくようなことは決してしないように、のとおり。「紫の根摺りの衣」は「色に出づ」の序詞。

次に、2と3の詠は、『後拾遺集』雑二に収載される贈答歌。2の詠は「小式部内侍のもとに二条前太政大臣（藤原教通）はじめてまかりぬ、と聞きてつかはしける」の詞書を付して載る、藤原頼宗の作。小式部への贈歌。歌意は、あの子とはこっそりと仲良くしたのに、ほかの男、しかもわたしの兄弟を通わせるとは、ひどく妬《ねた》ましい。紫の根摺りの衣を上着として着てしまおう（二人の間柄を公表してしまおう）、のとおり。「紫の」は、紫のゆかりの色で、兄弟を暗示する。詞書の「小式部」は和泉式部の娘。

3の詠は、「返し」の詞書を付して載る、和泉式部の作。歌意は、それは濡れ衣ですよと、その人には言いましょう。あなたが紫の根摺りの衣を上着に着よう（あの子と教通さまとの関係を公表されよう）とも、のとおり。「ぬれぎぬ」は、事実無根の浮き名の意。娘をかばう女親の心情がよく表出された答歌。

以上、「紫の根摺りの衣」の故実について概略した。

35　室《むろ》の八島《やしま》のこと

1　いかでかは思ひありとも知らすべき室《むろ》の八島《やしま》のけぶりならでは

（詞花集・恋上・藤原実方朝臣・一八八）

2　下野《しもつけ》や室の八島に立つ煙り思ひありとも今こそは知れ

（続古今集・恋歌一・読み人知らず・一〇四三）

右の1と2の詠の「室の八島」は、下野国の野中に島があって、俗に「室の八島」という。その野中に清水があって、そこから水が蒸発して、煙のように見えることから「室の八島の煙り」と詠まれるのだ。

3　絶えずたく室の八島の煙りにもなほ立ちまさる恋もするかな

（内大臣〈藤原忠通〉家歌合・皇后宮摂津・四九）

右の3の詠について、『内大臣家歌合』の判者・藤原基俊が「『絶えずたく室の八島の煙りにも』と詠じているのは、どのような理由によるのか理解に苦しむ。室の八島に、『絶えず火たく』とは、どのような文献に見えているのか」と、初五文字を非難している。それは実際の煙ではないからであろうか。なお、『色葉和難集』には、「室の八島は、竈《かまど》のことだ。窯《かま》を塗り込めたのが、むろという室なのだ。つまり、窯を『八島』というわけだ」と記している。

さて、1の詠は、『詞花集』恋上に「題知らず」の詞書を付して載る、藤原実方の作。歌意は、いくら燃えても、心に思いの火があると知らせることができようか、できはしないよ。室の竈の煙りのような目に見える煙りでなくては、のとおり。この歌の「八島のけぶり」は竈の煙り。「室」は周囲を土石で作った屋。

次に、2の詠は、『続古今集』恋歌一に「題知らず」の詞書を付して載る、読み人知らずの歌。歌意は、下野《しもつけ》国の室の八島に立つ煙りよ。それによって、恋しい思いという火があるということも、今はじめて分かったよ、のとおり。「思ひ」の「ひ」に「火」を掛ける。

最後に、3の詠は、『内大臣（藤原忠通）家歌合』の「恋」題の一番左の皇后宮摂津の作。歌意は、絶えず火を燃やしている、室の竈から立ち登る煙りに比べても、さらにより勝っている恋を、わたしはすることだなあ、のとおり。なお、本詠は源俊頼によって「勝」を得ている。以上が諸種の見解がある「室の八島」の故実についての略述である。

36　末の松山のこと

1　君をおきてあだし心《ごころ》を我《わ》が持たば末の松山波も越えなむ
(古今集・東歌・作者不詳・一〇九三)

2　浦近く降りくる雪は白波の末の松山越すかとぞ見る
(同・冬歌・藤原興風・三二六)

右の1と2の詠に出てくる「末の松山」については、昔、男女がいて、末の松山を指して「あの末の松山をもし波が越えたとしたら、その時にはお互いのことを忘れよう」と、約束したが、まもなくこの男女にはほかの異性に心が惹《ひ》かれる浮気心が生じたのであった。この逸話から、人の恋心が変わることを、「波が越す」というようになった。これは、あの末の松山に実際に波が越えるのではないのだ。それは末の松山が海岸からはるか遠くに離れているために、海に立つ波が、例の松山の上を越えるように見えはするけれども、実際には波が山を越えることなどあるはずがないので、「実際に波が山を越えるときには、浮気心が生じたはずだ」と想定して約束したのである。『能因歌枕』には「本の松、中の松、末の松と、三重にある」と記してある。そういうわけだから、「山」といわないで、ただ「末の松」と詠むこともあったのであろうか。

3　契りきなかたみに袖をしぼりつつ末の松山波こさじとは

（後拾遺集・恋四・清原元輔・七七〇）

4　いかにせむ末の松山波こさば峰の初雪消えもこそすれ

（金葉集二奏本・冬部・大蔵卿大江匡房・二八四）

さて、1の詠は、『古今集』東歌に「陸奥歌《みちのくうた》」の詞書を付して載る、作者不詳の歌。歌意は、あなたをさしおいて、もしわたしがほかの人に心を移すようなことがありましたならば、末の松山を波も越えることでしょう、のとおり。「君」は『万葉集』時代には、女が男を言う場合にのみ言ったが、『古今集』時代には、男女ともに用いられるので、この歌の詠歌主体はどちらかわからない。「末の松山」は陸奥国の歌枕。あり得ないことの比喩。

2の詠も、同じく『古今集』冬部に「寛平御時后宮歌合の歌」の詞書を付して載る、藤原興《おき》風《かぜ》の作。歌意は、海岸近く降ってくる雪は、白波が末の松山を越えたかのように見えることだ、のとおり。ここでの「末の松山」は、恋歌ではなく、叙景歌として登場しており、珍しい。

次に、３の詠は、『後拾遺集』恋四に「心変りて侍りける女《をむな》に、人に代りて」の詞書を付して載る、清原元輔の作。歌意は、互いに袖の涙を絞りながら約束しましたね。末の松山に波を越させまい、決して心変わりはするまいと、のとおり。詞書から、約束を思い出させて、心変わりをなじる歌と分かる。『小倉百人一首』に選ばれた有名な歌。

最後に、４の詠は、『金葉集』（二奏本）に「（堀河）百首歌中に、雪の心をよめる」の詞書を付して載る、大江匡房《まさふさ》の作。歌意は、どうしたらよかろうか。あの末の松山を波が越したなら、峰の白雪が消えもしたらたいへんだから、のとおり。本詠は、２の興風の詠を参考にして詠んだらしい。なぜならば、興風の詠では雪を波に比喩しているが、本詠では波が雪を消すと詠じて、敢えて雪を比較の対象に選んでいるからだ。

以上、その所在地が宮城県多賀城市とも、岩手県二戸《にのへ》郡とも言われている、歌枕「末の松山」の故事について略述した。

37　忍ぶもぢずりのこと

1　陸奥《みちのく》のしのぶもぢずり誰《たれ》ゆゑに乱れむと思ふ我ならなくに

（古今集・恋歌四・河原左大臣源融・七二四）

右の1の詠の「しのぶもぢずり」については、陸奥国信夫《しのぶ》郡に「信夫摺り」といって、髪を乱したような模様に摺った布織物があるが、それを、「忍ぶ綟摺《もぢず》り」というのである。

2　春日野《かすがの》の若紫のすりごろも忍ぶの乱れかぎりしられず　（伊勢物語・第一段・男・一）

右の2の詠の「若紫」は「武蔵野の若紫」と言い習わされてきたが、これは春日の里で詠んだ歌なので、「春日野の若紫」と続けているのだ。『伊勢物語』第十二段の「武蔵野は今日はな焼きそ若草のつまもこもれりわれもこもれり」（女・一七、現代語訳＝武蔵野は今日は焼いてくださるな。わたしの夫も隠れているし、また、わたしも隠れていますから）の歌をも、『古今集』には「春日野」と書き換えているわけだ。何か考えがあるに違いないのだろう。

3　思へどもいはで忍ぶのすり衣《ごろも》心の中に乱れぬるかな

（千載集・恋歌一・前右京権大夫源頼政・六六三）

4　陸奥の信夫もぢずり忍びつつ色には出《い》でじ乱れもぞする　（同・同・寂然法師・六六四）

5　昨日《きのふ》見し信夫もぢ摺《ず》り誰《たれ》ならむ心のほどぞ限り知られぬ
（同・雑歌上・左京大夫藤原顕輔・九七六）

右の5の詠は、宇治左大臣藤原頼長の末子に、中納言大将同兼長がいた。ある時、兼長が冬の春日祭の勅使として下向した時に、供奉《ぐぶ》の人びとが色とりどりの花を折ってきらびやかに振る舞っていた中で、狩衣《かりぎぬ》を身に着けていた前右馬助藤原範綱の子・同清綱の姿が風情ありげに見えたので、前左京大夫藤原顕輔が翌日、範綱のもとへ送った歌である。後世にもこのような情趣深い出来事は、種々様々に生じたという話である。

さて、1の詠は、『古今集』恋歌四に「題知らず」の詞書を付して載る、源融《とおる》の作。歌意は、陸奥国の信夫郡産出のしのぶ草ですり染めした模様が乱れているように、あなた以外の誰のために心を乱して恋い慕おうとするわたしではない。すべてあなたのために思い乱れているのですよ、のとおり。「しのぶ」に「信夫」と「しのぶ草」を掛ける。「陸奥の……もぢずり」は「乱れ」の序詞。

次に、2の詠は、『伊勢物語』第一段で男が詠じた歌。歌意は、春日野の若い紫草のように美しいあなたがたにお逢いして、わたしの心は、この紫の信夫摺りの模様さながら、限りもなく乱れみだれています、のとおり。「春日野の……すりごろも」は「忍ぶ」を導く序詞。しのぶ摺りの紋《もん》形の乱れを、恋い慕い乱れる心の意に掛ける。

次に、3と4の詠は、『千載集』恋歌一に「題知らず」の詞書を付して載る、前者が源頼政、後者が寂然の作。まず、3の詠の歌意は、恋しいと思っても、それを言わないで耐え忍んでいるが、その信夫の摺り衣の模様のように、心の中では乱れに乱れていることだよ、のとおり。忍ぶゆえに乱れ焦がれる恋情を、『伊勢物語』初段の初恋の世界と、信夫綟摺りの伝統的表現に寄せて表わした詠作。

次に、4の詠の歌意は、陸奥国の信夫綟摺りではないが、忍び忍びして我が恋心を表面には表わすまい。もし顔色に出れば、より心が乱れると大変だから、のとおり。「陸奥の……もぢずり」は「忍び」「乱れ」を導く序詞。忍ぶ恋の苦しさを詠じた歌。

最後に、5の詠も、『千載集』雑歌上に「右大将兼長春日の祭の上卿《しやうけい》に立ち侍りける供《とも》に、藤原範綱の子清綱《きよつな》が六位侍りけるに、信夫摺りの狩衣を着せて侍りける、をかしく見え侍りければ、またの日範綱が許《もと》にさしおかせて侍りける」の詞書を付して載る、藤原顕輔の作。歌意は、昨日見た信夫摺りの狩衣姿は誰だったのでしょう。心用意のほどは測り知れないすばらしさですね、のとおり。

以上が「忍ぶもぢずり」の故事についての略述である。

38　宇治の橋姫のこと

1　さむしろに衣片敷《かたし》き今宵《こよひ》もや我を待つらむ宇治の橋姫
（古今集・恋歌四・読み人知らず・六八九）

右の1の詠の「宇治の橋姫」とは、「姫大明神《ひめだいみようじん》」といって、宇治橋の下においでになる神である。その神のもとへ、宇治橋の北におわす「離宮」と申す神が、毎夜通いなさったが、そのお帰りになる暁には、その証拠とも言うべき波の音が騒がしいほどに立った、と宇治橋の周辺の庶民がいつも言っていたそうだ。この歌は『袖中抄』で住吉明神の御歌だとする隆源《りゆうげん》の説を紹介している。

2　ちはやぶる宇治の橋守汝《なれ》をしぞあはれとは思ふ年の経《へ》ぬれば
（同・雑歌上・読み人知らず・九〇四）

この2の詠を、『古今集』の一本は「宇治の橋姫」と書いている。また、『橋姫の物語』という物語があって、それには、1と2の詠を載せている。ただし、藤原定家はこの『橋姫の物語』

の説を採用すべきでない旨、『顕注蜜勘《けんちゅうみっかん》』に記している。

3　烏羽玉《むばたま》のよむべはかへる今宵《こよひ》さは我をかへすな宇治の玉姫

（古今和歌六帖・第五・三〇二三）

さて、1の詠は、『古今集』恋歌四に「題知らず」の詞書を付して載る、読み人知らずの歌。歌意は、狭い筵《むしろ》をただ一枚敷いて、今夜もさびしくわたしを待っているだろうか。あの宇治の橋姫は、のとおり。「さむしろ」は「狭筵」の意だが、「寒し」が響いているか。「宇治の橋姫」は、宇治橋の守護神。待っている女性をよそえる。

次に、2の詠も、同じく『古今集』雑歌上に「題知らず」の詞書を付して載る、読み人知らずの歌。歌意は、宇治の橋守よ、わたしはおまえのことをとりわけ、しみじみと心にかけて思うよ。年月がたって、ずいぶんと年老いただろうから、のとおり。「ちはやぶる」は、「宇治」の枕詞。宇治橋は大化二年（六四五）に造られたので、「年の経ぬれば」と詠じ、労を犒《ねぎら》った。

最後に、3の詠は、『古今和歌六帖』第五に「来《く》れど逢はず」の詞書を付して載る、作者未詳歌。歌意は、昨夜はわたしは帰った。しかし、今夜はそのようにはわたしを帰らせないでおくれ。宇治の玉姫よ、のとおり。歌題の題意にかなった切ない心情が共感される。

以上が宇治橋に関わる「宇治の橋姫」などの故実の略述である。

39　武隈《たけくま》の松のこと

1　我のみや子もたりといへば武隈のはなはに立てる松も子もたり
（袖中抄・八〇八）

右の1の詠の「武隈《たけくま》の松」については、奥州の武隈というところに二木の松がある。これによって、「子を持っている」と詠まれたのだ。「はなは」とは、山の突き出した所があるのを、そのように言うのだ。

2　武隈の松は二木《ふたき》を都人いかがと問はばみきと答へむ
（後拾遺集・雑四・橘季通・一〇四一）

右の2の詠の詞書に言うことには、「父の橘則光朝臣の供をして陸奥国に下向《げこう》して、武隈の松を詠みました」と。

3　武隈の松はふた木をみきといふはよくよめるにはあらぬなるべし

右の3の詠の詞書に言うには、「橘季通《すえみち》の歌を人づてに聞いて詠みました」と。

（同・雑六・僧正深覚・一一九九）

4　武隈の松はこのたび跡もなし千歳《ちとせ》を経てや我は来《き》つらむ

（同・雑四・能因法師・一〇四二）

右の4の詠の詞書に言うには、「陸奥国に再度下向したときには、武隈の松も姿を消していましたので、詠んだのだった」と。

さて、1の詠は、『袖中抄』に「古歌云」として載る、作者不詳歌。歌意は、自分だけが子を持っているのかと尋ねると、武隈の山の突き出した所に立っている松も子を持っていたことだ、のとおり。「はなは」は、「塙」の用字が当たり、山の突き出した所の意。松の子によって、賀意をあらわす。

次に、2〜4の詠は、いずれも『後拾遺集』に収載される、2の詠が橘季通、3の詠が深覚《しんかく》、4の詠が能因の作。まず、2の詠は、同集の雑四に「（橘）則光朝臣の供に陸奥国に下りて、武隈の松を詠み侍りける」の詞書を付す。歌意は、武隈の松は幹が二本なのだが、都人がどうだったと尋ねたら、「三本あると見た」と答えようと思う、のとおり。「みき」は、「見き」と「三木」を掛ける。

次に、3の詠は、同集の雑六に「橘季通陸奥国《みちのくに》に下りて、武隈の松を歌に詠み侍りけるに、二木《ふたき》の松を、人問《と》はばみきと答へむなどよみて侍りけるを聞きてよみ侍りける」の詞書を付す。歌意は、武隈の松は二本の松なのに、季通が「みきと答へむ」と歌ったのは、よく詠んだとはいえないであろうよ、のとおり。有名な2の詠を揶揄《やゆ》した歌。

最後に、4の詠は、同集の雑四に「陸奥に再び下りてのちの旅、武隈の松も侍らざりければよみ侍りける」の詞書を付す。歌意は、武隈の松は今度来てみると、跡形もないよ。わたしは千年も経って、再びこの地に来たのだろうか。そうではないのに、のとおり。少しの間に、物事が滅びてしまう事例に出会って、一種の無常感にも似た感慨を覚えた詠作であろう。

以上が「武隈の松」をめぐる故事の概略である。

40　柿本人麿唐へ渡ること

1　天飛《あまと》ぶや雁の使ひにいつしかも奈良の都に言《こと》づてやらむ

（拾遺集・別・柿本人麿・三五三）

右の1の詠は、『拾遺集』「別」の詞書に言うことには、「柿本人麿が中国で詠んだ歌」と。

2　夕《ゆふ》されば衣手《ころもで》寒しわぎもこが解き洗ひ衣《ぎぬ》行きてはや着む（同・雑上・柿本人麿・四七八）

右の2の詠は、同集の雑上の詞書に言うことには、「中国へ派遣したときに詠んだ」と。

まず、1の詠は、『拾遺集』「別」に「唐《もろこし》にて」の詞書を付して載る、柿本人麿の作。歌意は、空を飛ぶ雁を使いにして、いつか奈良の都に伝言をしてやりたいものだなあ、のとおり。「天飛ぶや」は、「雁」にかかる枕詞。「雁の使ひ」は、いわゆる「雁信」、匈奴《きょうど》に捕らわれた蘇武《そぶ》が雁に消息を託したという故事（漢書・蘇武伝）に依拠した趣向。なお、本詠は、『万葉集』巻十五に「引津《ひきつ》の亭《とまり》に船泊《ふなどま》りして作りし歌七首」（三六七四〜三六八〇）の題詞を付して載る、作者不詳歌の異伝。「引津」は福岡県糸島郡志摩町引津。なお、柿本人麿が唐へ渡ったという伝説は、『万葉集』巻十五の冒頭に「天平八年丙子《へいし》の夏六月、使ひを新羅国《しらきのくに》に遣はしし時に、使人等《しじんら》の各《おのおの》に別れを悲しみて贈答《ぞうたふ》し、海路の上に及びて旅を慟《いた》み思ひを陳《の》べて作りし歌。所に当たりて誦詠《しようえい》せし古歌《こか》を并《あは》せたり」とある記述から派生したものではなかろうか。

この「柿本人麿唐へ渡る」故実については、『奥義抄』『袖中抄』などほとんどの歌学書は掲げていないが、この点、『歌林良材抄』の属性なのかもしれない。

41　三角柏《みつのがしわ》のこと

1　神風や三角柏《みつのがしわ》にことどひてたつをま袖につつみてぞくる
（散木奇歌集・恋部下・源俊頼・一一八〇）

右の1の詠に見える「三角柏」とは、先端が三つに分かれた三葉柏を言うのだ。伊勢大神宮で、三の柏を取って、占って吉凶を定めることがあった。この柏の木を地面に投げたときに、それが立った場合は望みが叶い、立たなかった場合には、望みは叶わないのだ。それでこの歌では、立った柏を手にとって袖で包んで、悦んだわけだ。また、『日本書紀』には、「御綱葉《みつなかしは》」と書いてある。『延喜式』には「三綱柏」と書き、『国史』には「三角柏」と書いている。また、「みつかしは」とも「水《みづ》のかしは」とも読んでいる。

2　わぎもこを御裳濯川《みもすそがは》の岸に生《お》ふる人をみつのかしはとを知れ
（輔親集・大中臣輔親・三〇）

3　思ひあまり三角柏に問ふことの沈むに浮くは涙なりけり
（続古今集・恋歌四・小侍従・一二九〇）

さて、3の詠の第二句に、『歌林良材集』では「水のかしは」の措辞をあてているが、水に浮かぶ柏の意として詠じたのであろうか。「沈む」は思うことがかなわない趣で詠じているようだ。

さて、1の詠は、『散木奇歌集』恋部下に「中納言（藤原）俊忠が家にて恋歌十首人びとよまれけるに、遇はむ事をうらなふといへることを」の詞書を付して載る、源俊頼の作。歌意は、伊勢神宮で、先端が三つに分かれた大きな柏の葉で恋の吉凶を占ったところ、葉っぱが立ったので、それを両袖で包んで帰って来て、悦ぶことだ、のとおり。

次に、2の詠は、『輔親集』に「同じ夜、御裳濯川といふ所に斎宮《いつきのみや》とどまり、御祓《おほんはら》へし給ふに、女房をたちかくれつつ（みるに）、三角柏といふ柏をおこせて、これは何とかいふと言へるに」の詞書を付して載る、大中臣輔親《すけちか》の作。歌意は、あなたのお尋ねのもの、それは伊勢神宮の内宮を流れる御裳濯川の岸に生える、人を占うのに使う三角柏と承知ください、のとおり。「わぎもこを」は「御裳濯川」の「御《み》」にかかる枕詞。本詠は『新千載集』恋歌二（一二二八）に、初句を「わぎもこが」、第四句を「君を見つのの」として収載されている。なお、詞書の大意は、「同じ夜、御裳濯川という所に斎宮がお泊りになって、御祓えをなさったときに、女房の様子を隠れながら窺っていたところ、三角柏というものをお寄こしになって、『これは何というものですか』とお尋ねになったので」くらいか。

次に、3の詠は、『続古今集』恋歌四に「恋歌に」の詞書を付して載る、小侍従の作。歌意は、ままならぬ恋に思いあまって、三角柏に問い占ったところ、葉っぱは浮かないで沈んだのに、皮肉なことに、つらいことには、浮かんだのはわたしの涙であったことだ、のとおり。「浮く」に「憂く」を掛ける。

以上、伊勢神宮の神事に関係する「三角柏」の故実について略述した。

42　志賀の山越えのこと

1　あづさゆみ春の山辺を越え来《く》れば道もさりあへず花ぞ散りける
（古今集・春歌下・紀貫之・一一五）

右の1の詠は、『古今集』春歌下の詞書に言うことには、「志賀の山越えの途中で、多くの女たちに逢った時に、詠んで贈った歌」と。

2　山河《やまがは》に風のかけたる柵《しがらみ》は流れもあへぬ紅葉なりけり（同・秋歌下・春道列樹・三〇三）

右の2の詠は、『古今集』秋歌下の詞書に言うことには、「志賀の山越えの道中に詠んだ歌」と。志賀の山越えは、京都北白河の滝のわきから登って、如意《によい》が峰越えに志賀へ出る道程である。志賀の山越えは春に限らず、どの季節にもするものだ。ただし、『永久百首』には、春の題として「志賀山越え」を掲げている。これを前例にして『六百番歌合』にも、春の題に採用している。『永久百首』を見習ったのであろう。

3　名を聞けば昔ながらの山なれどしぐるる秋は色勝りけり　（拾遺集・秋・源順・一九八）

3の詠は、『拾遺集』秋の詞書に言うことには、「西宮左大臣源高明《たかあきら》家の屏風に、志賀の山越えの際に、壺装束《つぼしょうぞく》の姿をした女性が大勢紅葉の美しい場所にいたが」と。

まず、1の詠は、『古今集』春歌下に「志賀《しが》の山越えに、女の多く逢へりけるに、よみて遣《つか》はしける」の詞書を付して載る、紀貫之の作。歌意は、春の山辺を越えて来ると、道を避けることもできないほど、しきりに花が散っていたことだなあ、のとおり。志賀の山越えは、志賀寺（崇福寺《そうふくじ》）参詣などによく利用された。

次に、2の詠も、『古今集』秋歌下に「志賀の山越えにてよめる」の詞書を付して載る、春道列樹《はるみちのつらき》の作。歌意は、山の中を流れる川に風がかけた柵というのは、流れようとしても流れることができないで滞っている紅葉であったよ、のとおり。「柵」は、水流をせき止めるために、杭《くい》を打ち、横に木や竹を並べたもの。

最後に、3の詠は、『拾遺集』秋に「西宮左大臣（源高明）家の屛風に、志賀の山越えに壺装束したる女ども紅葉などある所に」の詞書を付して載る、源順《したごう》の作。歌意は、名を聞くと、昔ながら変わることのない、長等山《ながらやま》ではあるけれども、時雨《しぐれ》が降る秋は、一段と色がまさることだなあ、のとおり。「ながら」は、近江国の歌枕である「長等（山）」と、「（昔）ながら」を掛ける。詞書の「壺装束」は、女性の徒歩での外出の服装。髪を着《き》こめ、市女笠《いちめがさ》をかぶり、袿《うちき》を端折《はしょ》り、また、単衣《ひとえ》を頭からかずいたりした。不変の長等山が、紅葉で美しく変化する趣の詠歌。

以上、「志賀の山越え」の由緒ある風景について略述した。

43　夢を壁といふこと

1　まどろまぬ壁にも人を見つるかなまさしからなむ春の夜の夢

（後撰集・恋一・駿河・五〇九）

2　寝ぬ夢に昔の壁を見つるよりうつつにものぞかなしかりける

（同・哀傷歌・藤原兼輔朝臣・一三九九）

右の1と2の詠は、夢を「いぬる」時、つまり「寝《ぬ》る」と「塗《ぬ》る」時に見るということで、夢を壁と言っているわけだ。そのうえ、壁にことよせて、この二首を詠じているのだ。『後撰集』の詞書に見えている。

さて、1と2の両詠は、ともに『後撰集』収載歌である。まず、1の詠は、恋一に「源巨城《おほき》が通ひ侍りけるを、のちのちはまからずなり侍りにければ、隣りの壁の穴より、巨城をはつかに見て、つかはしける」の詞書を付して載る、駿河《するが》の作。歌意は、うとうとともしませんのに、白昼夢《はくちゅうむ》で壁にあなたのお姿を見てしまいましたよ。この短くはかない春の夢でも、正夢《まさゆめ》になってほしいものですね、のとおり。詞書の大意は、「源巨城が駿河のもとへ通っていましたが、ある時からのちは、足が途絶えてしまいましたので、内裏の駿河が控えておいでの曹司《ぞうし》の隣りの部屋の穴から、駿河が巨城をちらっと見て、贈った歌」程度か。

次に、2の詠は、哀傷歌に「妻《め》のみまかりてのち、住み侍りける所の壁に、かの侍りけると き書きつけて侍りける手を見はべりて」の詞書を付して載る、藤原兼輔《かねすけ》の作。歌意は、寝ているわけでもないのに、昔の人の筆跡を壁ならぬ夢に見てからというものは、目覚めているときにも、何となく悲しく感じられることであるよ、のとおり。詞書の大意は、「妻がなくなって後、一緒に住んでいた邸の壁に、あの人が生きていた時に書きつけていた筆跡を見出しまして」のとおり。これは亡妻の筆跡が壁にあったのを見たことを白昼夢として詠んでいるのだ。

なお、『色葉和難集』には、祐盛《すけもり》の説として次の話を紹介している。これは通常、「夢にも壁にも」などといわれている言葉である。「壁に見る」というのには、深い訳がある。帝釈天《たいしゃくてん》の居所である忉利天《とうりてん》に、七宝の宮殿がある。その壁に人の過去・将来の様子が映り見えるとか、亡夫を慕う妻のもとにある夜、亡夫が訪れて語り明かしたが、気づいてみると夢で、かたわらには壁ばかりがあったとかいう、本説《ほんぜつ》を伝えている。ところで、壁に映ったのは、夢でもなければ、現実でもなかった。2の詠は、その邸の壁に書いてある筆跡をみると、例の忉利天の壁に昔の人の有様が映っているのによく似ていると関係づけて詠んでいるのだ。

ちなみに、兼輔には、もう一首この主題に関連する詠歌が指摘される。それは、

3　うたたねのうつつにものの悲しきは昔の壁を見ればなりけり（兼輔集・藤原兼輔・六一）

の3の詠で、『兼輔集』に「はやう亡くなりにける人ともろともに、逍遥《せうえう》せしところを久しくなりて見て」の詞書を付して載る詠作である。歌意は、うとうとと眠った仮寝の夢が現実に何となく悲しく思われるのは、じつは生前の出来事がまるで甦《よみがえ》ったごとき、あなたの姿を壁に見たからであったのだなあ、のとおり。

以上、現今ではなかなか合理的な説明がつけがたい「夢を壁といふ」故実についての略述を

した。

44　濡《ぬ》れ衣《ぎぬ》のこと

1　かきくらしことは降らなむ春雨に濡れ衣《ぎぬ》着せて君を留めむ
（古今集・離別歌・読み人知らず・四〇二）

右の1の詠は、『古今集』の離別の歌である。「濡れ衣」とは、根も葉もない噂、無実の罪をいうけれども、その来歴は確かではない。「春雨に濡れ衣着せて」の1の詠は、一説に言うことには、「人が旅に出ようと言ったところが、雨が降ったために出立《しゅったつ》を中止したならば、出発しようといったことが嘘《うそ》になるはずだ。そこで、『同じことならば、空を真っ暗にして降ってほしい』と詠じたのだ」と。

2　春来れば咲くてふことを濡れ衣に着するばかりの花にぞありける
（後撰集・春下・紀貫之・九八）

右の2の詠は、「（花は）咲く」といっているけれども、程もなく散るので、「咲いている」

というのは「名前だけだ」という趣を表しているにすぎないのだ。

3　濡れ衣と人にはいはむ紫の根摺りの衣《ころも》うはぎなりとも

（後拾遺集・雑二・和泉式部・九一二）

右の3の詠は、確かに無実の罪を詠んでいると理解されよう。

さて、1の詠は、『古今集』離別歌に「題知らず」の詞書を付して載る、読み人知らずの歌。歌意は、同じことならば、空を真っ暗にして降ってほしい。春雨のせいにしてあの人を引きとめようと思うので、のとおり。本来ならば、春雨が衣をぬらすのだが、これは逆に、「春雨に濡れ衣着せて」と言っているところが興趣深い。

次に、2の詠は、『後撰集』春下に「花の下《もと》にて、かれこれ、ほどもなく散ることなど申しけるついでに」の詞書を付して載る、紀貫之の作。歌意は、「春が来ると咲く」ということを、嘘だとして濡れ衣を着せてよいほどに、花はあっけなく散るものだなあ、のとおり。詞書の大意は、「桜の花の下で、あれこれすぐに散るというようなことを、身分の高い人に申しあげていたときに」のとおり。「にぞありける」は、そのことに改めて気づいたという気持ち。

最後に、3の詠は、『後拾遺集』雑二に「返し」の詞書を付して載る、和泉式部の作。ちなみに、本詠は「34　紫の根摺りの衣」の例歌（証歌）としてすでに紹介済みだが、再度歌意を示すと、それは濡れ衣ですよとその人には言いましょう。あなたが紫の根摺りの衣を上着に着よう（あの子と教通さまとの関係を公表されよう）とも、のとおり。

なお、「濡れ衣」の語意は、『万葉集』では「あぶり干《ほ》す人もあれやも濡れ衣を家には遣《や》らな旅のしるしに」（巻九・一六八八、現代語訳＝火にあぶって乾かしてくれる人などあろうか。濡れた衣を家に送ってやろう。旅の証拠として）の歌に見られるように、文字どおり「濡れた衣」の意であったが、『古今集』『後撰集』などでは、ありもしないことをあるように言われる意になった。以上、「濡れ衣」のヴァージョンについて略述した。

45　野中の清水のこと

1　いにしへの野中の清水ぬるけれどもとの心を知る人ぞ汲《く》む

（古今集・雑歌上・読み人知らず・八八七）

右の1の詠の「野中の清水」は、播磨国印南野《いなみの》にある。昔は冷たいすばらしい水であったが、後世はぬるい水になってしまった。しかし、昔の評判を伝え聞いたものは、ここを訪れて飲んだという趣だ。『能因歌枕』には、「野中の清水はもとの妻のことをいう」と記している。『奥義抄』にも同じことが記されている。

ちなみに、古い『古今集』の注釈書では、この清水は病気に効《き》き目があることを知っている人のみが汲むと解したり、人の世は変わっても昔の心を失わない人のみが汲むものだと解したり、古くなった妻を今も愛している意と解したりなど、人事的な側面で解釈する場合が多いようであった。

2　我《わ》がためはいとど浅くやなりぬらむ野中の清水深さまされば

（後撰集・恋三・読み人知らず・七八四）

右の2の詠は、男がもとの妻のところへ鞘《さや》をおさめたと聞いて、今の女が詠じたものだ。

3　いにしへの野中の清水見るからにさしぐむものは涙なりけり

（同・恋四・読み人知らず・八一三）

さて、1の詠は、『古今集』雑歌上に「題知らず」の詞書を付して載る、読み人知らずの歌。歌意は、以前は冷たい水が湧き出ていた野中の清水も今は、生ぬるい水になってしまったが、以前のことを知っている人は相変わらず汲んでいるよ、のとおり。野中の清水に、年老いた我が身をよそえている趣がある。

次に、2の詠は、『後撰集』恋三に「元《もと》の妻《め》にかへりすむと聞きて、男のもとにつかはしける」の詞書を付して載る、読み人知らずの歌。歌意は、私にとっては、あなたの愛情はますます浅くなってしまうのでしょうか。昔のお方への野中の清水（愛情）の深さが増さってきたようですから、のとおり。本詠はすでに引用した『古今集』雑歌上（八八七）の1の詠に依拠して、以前からの妻を「野中の清水」といったわけだ。

最後に、3の詠は、同じく『後撰集』恋四に「あひ住みける人、心にもあらで別れにけるが、『年月をへても逢ひ見む』と書きて侍りける文を見出でてつかはしける」の詞書を付して載る、読み人知らずの歌。歌意は、「もとの心を知っている」と詠まれたあなたのお手紙を見るやいなや、たちまち湧《わ》いてくるのは、泉の水ではなくて、涙でありますよ、のとおり。これもすでに引用した1の詠の本歌取り。詞書の大意は、「一緒に住んでいた人（男）が、不本意ながら別れてしまったが、男が『年月が経っても、もう一度夫婦になりたい』と書き置いていた手紙を、女が見つけ出して贈った歌」のとおり。「さしぐむ」に「涙ぐむ」の意を掛ける。

以上が「野中の清水」をめぐる故実の概略だ。

46　四つの船のこと

1　四つの船はや帰り来《こ》としらか付け朕《わ》が裳《も》の裾に斎《いは》ひて待たむ
（万葉集・巻十九・孝謙天皇・四二六五）

右の1の詠の「四つの船」については、遣唐使には、大使・副使・判官《じょう》・主典《さかん》の四人の遣唐使と、その随員たちが四隻の船に分乗していたことから、こう呼ばれていた。この反歌と一組になっている長歌にも「四つの船」という措辞がある。

1の詠は、『万葉集』巻十九に「反歌一首」の題詞を付して載る、孝謙天皇の御製。歌意は、四つの船よ、早く帰って来いと、しらかを付けて、わたしの裳の裾に祈りをこめて待ちましょう、のとおり。「しらか」は未詳だが、祭祀《さいし》のための白い幣《ぬさ》であろうか。

ちなみに、この1の詠の反歌に対する長歌を引用しておこう。

2　そらみつ　大和《やまと》の国は　水の上は　地《つち》行くごとく　船の上は　床《とこ》に居《を》るごと　大神《おほかみ》の　斎《いは》へる国そ　四つの船　船《ふな》の舳《へ》並べ　平《たひ》らけく　早渡り来て　返り言《こと》　奏《まを》さむ日に　相飲まむ酒《き》そ　この豊御酒《とよみき》は
（同・同・同・四二六四）

この2の詠の長歌の歌意は、大和の国は、水の上は大地を走るように、船の上は床に座っているようにと、大神が護っておられる国です。四つの舟の、船の舳先を並べ、無事に早く渡海して帰って来て、返り言を奏上しようという日に、ともに飲む酒です。この豊御酒は、のとおり。なお、この長歌には「従四位上《じゅしゐじゃう》高麗朝臣《こまのあそみ》福信《ふくしん》に勅して難波に遣《つかは》し、酒肴《しゅかう》を入唐使《にふたうし》藤原朝臣清河《きよかは》等《ら》に賜ひし御歌《みうた》一首　短歌を并《あは》せたり」の題詞が付せられている。なお、この時の「四つの船」には、第一船に大使の藤原清河・留学生阿倍仲麻呂ら、第二船に副使大伴古麻呂《ふるまろ》・僧鑑真《がんじん》ら、第三船に副使吉備真備《まきび》ら、第四船に判官布勢人主《ふせのひとぬし》らが乗船して帰国に向かった。

以上が遣唐使の関わった「四つの船」の故実についての概略である。

47　信太《しのだ》の杜《もり》の千枝《ちえ》のこと

1　いづみなる信太《しのだ》の杜《もり》の楠《くす》の木《き》の千枝《ちえ》にわかれてものをこそ思へ

（古今和歌六帖・第二・一〇四九）

右の1の詠は、『古今和歌六帖』の寛永六年版本の本文のように、「信太の杜には、楠木の一本が這《は》い広がって、千枝に分かれている」と言及するのが普通なので、信太の杜では「千枝」

と詠まれているのだ。また、信太の杜の歌枕は、「楠木」の「楠」を「葛《くず》」に誤読した結果、葛の葉の名所にもなったが、次の例歌はこの歌枕の属性ともなっていようか。

2　うつろはでしばし信太の杜を見よかへりもぞする葛の裏風

（新古今集・雑歌下・赤染衛門・一八二〇）

また、信太の杜は、次の3の能因法師が詠じた詠歌によってもその新たな展開が開けたともいえようか。

3　夜《よ》だに明けばたづねて聞かむほとほぎす信太の杜のかたに鳴くなり

（後拾遺集・夏・能因法師・一八九）

4　過ぎにけり信太の杜のほととぎすたえぬ雫《しづく》を袖に残して

（新古今集・夏歌・藤原保季朝臣・二一三）

さて、1の詠は、『古今和歌六帖』第二に「もり」の題を付して載る、作者不詳歌。歌意は、和泉国の信太の杜の楠の木が千枝に分かれているように、わたしは心がこまかく分かれてしまって、しきりにもの思いをすることですよ、のとおり。「いづみなる信太の杜の楠の木の」は、「千枝」を導く序詞。ちなみに、本詠の第三句は通常の本文には「葛《くず》の葉の」とあることを付記しておこう。

次に、2の詠は、『新古今集』雑歌下に「和泉式部、道貞《みちさだ》に忘れられてのち、ほどなく敦道《あつみち》親王かよふと聞きて、つかはしける」の詞書を付して載る、赤染衛門《あかぞめえもん》の和泉式部への贈歌。歌意は、今のままでは葛の葉は色が変わり、恨めしそうに翻《ひるがえ》ってしまうかもしれませんが、しばらく我慢して、信太の杜の様子を見ていっしゃい。――あなたはほかの人に心を移すことなく、しばらくご主人の様子を見守っていらっしゃい。あなたへの愛情が戻ってくるかも知れませんよ、のとおり。「かへりもぞする」は、葛の葉が翻ると、道貞の愛情がもどる意を掛ける。

次に、3の詠は、『後拾遺集』夏に「永承五年六月五日祐子内親王家の歌合によめる」の詞書を付して載る、能因の作。歌意は、夜さえ明けたなら、尋ねて行って聞くことにしよう。ほととぎすがあの信太の杜の方向で鳴いている声が聞こえてくるよ、のとおり。

最後に、4の詠は、『新古今集』夏歌に「杜間《とかん》の郭公《ほととぎす》といふことを」の詞書を付して載る、藤原保季《やすすえ》の作。歌意は、鳴きながら飛び過ぎてしまったよ。信太の杜のほととぎすは、絶えることのない雫（涙）をわたしの袖に残して、のとおり。このように平安後期になると、信太の杜は、「千枝」とともに「ほととぎす」や「雫」などの景物としても詠まれるようになる。

なお、信太の杜といえば、安倍保名《やすな》に助けられた白狐が、葛の葉姫という女に変身して保名をたずねて夫婦となり、一子（後の安倍晴明）をもうける。ところが、本物の葛の葉姫が現れたために、もとの狐の姿に戻り、機屋《はたや》の障子に、「恋しくは訪ね来てみよ和泉なる信太の杜のうらみ葛の葉」（芦屋道満大内鑑《あしやどうまんおおうちかがみ》、現代語訳＝もしわたしが恋しくなったなら、尋ねて来てみなさいよ。和泉国にある信太の杜の、風が吹くと裏を見せる葛ではないが、恨みに思っているわたし・葛の葉を）の歌を残して古巣へ帰るという、近世の浄瑠璃が想起されよう。竹田出雲作の『芦屋道満大内鑑』の四段目「葛の葉子別れ」の有名な段だが、これは話としては古いものではない。

以上、歌枕「信太の杜」にまつわる故実の概略を叙述した。

48　尾花がもとの思ひ草のこと

1　道の辺《へ》の尾花が下の思ひ草《ぐさ》今さらさらに何か思はむ　（万葉集・巻十・二二七〇）

右の1の詠の「思ひ草」は草の名ではなくて、ただ草一般をいうのであろう。

なお、『色葉和難集』は、「浅茅《あさぢ》を『思ひ草』と言う。『茅《ち》』は一本ずつ単独に生えて、ただ一筋であるから、思い草と言い、浮気心がないと詠むのだ」と記している。

2　秋の野の尾花にまじり咲く花の色にや恋ひむ逢ふよしをなみ
（古今集・恋歌一・読み人知らず・四九七）

右の2の詠の「尾花にまじり咲く花」は、藤原定家卿が「秋の盛りが過ぎて、心細い感じのする九月の霜が置いている頃、すすきだけが残っている中に、竜胆《りんどう》の花が華やかに咲き残っている趣を詠んだ情景」と述べている。

3　霜結ぶ尾花がもとの思ひ草消えなむ後《のち》や色にいづべき　（十題百首・藤原定家・七三五）

さて、1の詠は、『万葉集』巻十に「草に寄せき」の題詞を付して載る、作者未詳歌。歌意は、道端《ばた》の尾花の陰の思い草のように、わたしは今更に何を思い迷おうか、何も思い迷うものはないよ、のとおり。「思ひ草」はナンバンギセルの別称かとも言うが、未詳。
次に、2の詠は、『古今集』恋歌一に「題知らず」の詞書を付して載る、読み人知らず歌。歌意は、秋の野のすすきにまじって色美しく咲く花のように、わたしも思いをあらわに示して恋い慕おう。逢う手立てとてないのだから、のとおり。「秋の野の……咲く花の」は「色」を導く序詞。すすきの中に桔梗《ききょう》や竜胆《りんどう》などの秋の草花が咲いている光景。さびしい中に鮮やかな心象風景が見事な叙情に転換されている。

最後に、3の詠は、建久二年（一一九二）十一月二十七日、藤原良経に詠進した『十題百首』に「草十」の詞書を付して載る、藤原定家の作。歌意は、霜が結ぶすすきの根元に生えている思い草は、霜が消えたのちも思いをそぶりに出すのであろうか、のとおり。本詠は1の詠を本歌とする本歌取りの歌。「思ひ草」を擬人的に歌っている。

以上、「尾花がもとの思ひ草」にまつわる故実についての概略を述べた。

49　浜松が枝《え》の手向《たむ》け草のこと

1　白波の浜松が枝《え》の手向《たむ》け草幾代までにか年の経《へ》ぬらむ（万葉集・巻一・川島皇子・三四）

右の1の詠の「手向け草」は、ただ単に「手向け」と表現したいためである。松をも結び、また、季節に応じては、花や紅葉を折って、「手向け」という場合もあるものだ。要するに、「手向け草」というのは、これらの季節の捧げものをいうのである。

2　八千種《やちくさ》の花はうつろふ常磐《ときは》なる松のさ枝《えだ》を我は結ばな（同・巻二十・大伴家持・四五〇一）

ところで、「松を結ぶ」というのは、すでに言及した「11　岩代の結び松」の箇所で引用した、1の有間皇子の詠に関係が深い措辞であるが、この2の詠は「岩代」とは関係ないのに、「松を結ぶ」と表現しているわけだ。ただし、「手向け草」の措辞とは関係ない。

さて、1と2の詠はともに『万葉集』に収載されるが、1の詠は巻一に「紀国《きのくに》に幸《みゆき》したまひし時に、川島皇子《かはしまのみこ》の御作《つく》りたまひし歌　或いは云く、『山上臣憶良《やまのうへのおみおくら》の作なり』といふ」の題詞を付して載る、川島皇子の御製。歌意は、白波のうち寄せる、浜辺の松の枝に掛けられた手向けの幣《ぬさ》は、幾代くらいまで年が経《た》ったのであろうか、のとおり。ちなみに、本詠は巻九（一七二〇）にほぼ同一の措辞で「山上歌一首」の題詞を付して収載されている。

次に、2の詠は巻二十に「右の一首は、右中弁《うちうべん》大伴宿禰家持《やかもち》」の左注を付して載る、大伴家持の作。歌意は、諸々の花は萎《しぼ》み枯れてゆく。ですから、わたしたちは常緑樹である松の枝を結んで幸福を祈りましょう、のとおり。常緑樹である松の枝を結んで幸いを祈る習俗は、有間皇子の岩代の詠で有名である。

以上、「浜松が枝の手向け草」と「結び松」の故実について略述した。

50　余呉《よご》の海に織女の水浴《あ》めるのこと

1　余呉《よご》の海に来つつなれけむ乙女子《をとめご》が天《あま》の羽衣《はごろも》ほしつらむやぞ

（曾丹集・曾禰好忠・一九四）

右の1の詠は、『曾丹集』三百六十首のうち、七月上旬の歌である。余呉の海に織女《しょくじょ》が天空から下《くだ》ってきて、水浴をするというので、羽衣を松の枝にかけていたことがあるのを言っているのだ。『袖中抄』はこれに続いて、さらに話をつなぐ。織女が水浴に夢中になっていると、そこに土地の男が行き会い、脱いでいた羽衣を持ち帰ったので、織女は天上へ帰ることができず、この男の妻となり、そこに住みついた。子どもも生まれて、年頃になったが、織女は天上へ帰る志を失わず、常に声に出して泣き暮らしていた。ある時、この男が物詣《ものもうで》に外出した際、物心のついた息子が「どうしてお母さんはこんなに毎日泣いてばかりいるのか」と尋ねるので、織女が一部始終を話すと、息子は父親が隠していた天の羽衣を探し出してきて母に与えた。織女は喜び勇んで、それを身にまとって天上へ舞い上がったのであった。その時、織女は息子に毎年、七月七日に余呉の海に水浴するために舞い降りてくることを固く約束したが、それは母子のとても悲しい別離の場面であった。

さて、1の詠は、『曾丹集』に「はじめの秋・七月」の詞書を付して載る、曾禰好忠の作。ちなみに、新編国歌大観本は、初句を「たごのうらに」、結句を「さほすらんやぞ」とするが、ここには『歌林良材集』の本文を掲げておいた。歌意は、この余呉の海は、そこに毎年、やって来ては水浴びに慣れ親しんだという、織女が天の羽衣を乾かした松原のある、風光明媚《めいび》な海なのですね、のとおり。「余呉の海」は近江国の歌枕。なお、『袖中抄』は『奥義抄』が引用する、

2　いにしへも契りてけりなうちはぶき飛び立ちぬべし天《あま》の羽衣

（後撰集・雑一・源庶明朝臣・一一一二）

の2の詠が、第四句の「飛び立ちぬべし」の措辞によって当面の「余呉の海」の故実と関係するかと問題提起しているが、最終的判断としては、必ずしもその必要はないようだと消極的な態度に終わっている。

2の詠は、『後撰集』雑一に「返し」の詞書を付して載る、源庶明《もろあきら》の作。歌意は、あなたとは、古い昔から深い契りがあったのですねえ。まさに天人の羽衣ともいうべきあなたの御衣《ぎょい》をいただき、羽ばたいて天に飛び立つほどうれしく思います、のとおり。「天の羽衣」は天人が

着る着物だが、ここはこの措辞で右大臣藤原師輔を天上界の人と見立てたわけだ。なお、2の詠の贈歌は、「(源) 庶明朝臣中納言になり侍りける時、うへの衣《きぬ》つかはすとて」の詞書を付して載る、藤原師輔の、

3　思ひきや君が衣を脱ぎかへて濃き紫の色を着むとは

(同・同・右大臣藤原師輔・一一一二)

の3の詠である。歌意は、あなたが今までの四位が着る衣を脱ぎ換えて、三位になって、濃い紫の衣を着ようなどとは思いもしませんでしたよ、のとおり。「濃き紫」は、律令《りつりょう》によれば一位に限られ、中納言相当の従三位は薄紫であったが、この時代には三位までは濃紫を着ていたといわれる。詞書の「うへの衣」は、束帯《そくたい》の表着《おもてぎ》で、袍《ほう》のこと。

以上が「余呉の海に織女の水浴める」の故実についての略述だ。

51　蟻《あり》通し明神のこと

1　七曲《ななわだ》にまがれる玉の緒をぬきてありとほしとは知らずやあるらむ

(枕草子・ありどほしの明神・二二七)

右の1の詠は、清少納言の『枕草子』に収載されている。どの天皇の御世であったであろうか、唐土《もろこし》の帝がこの国を何とかして略奪しようとたくらんで、知恵を試し、議論を吹きかけてきていたときのことである。唐土の帝は、七曲りにくねくねと曲がっている玉で、中は貫通していて、左右に穴があいている、小さな玉を、この国の帝に奉って、「これに綱を通していただきましょう」と、申し入れたのであった。多くの上達部《かんだちめ》をはじめ、ありとあらゆる人たちが、妙案がないかと試みたがうまくいかなかった中で、中将であった人が、蟻《あり》を捕まえてきて、二匹ばかりの蟻の腰に細い糸をつけて、あちらの穴に蜜を塗って、こちらの穴から蟻を入れたところ、蟻は蜜のにおいをかいで、とても上手に這《は》い進んで、向こうの穴に出てしまったのだった。そうして、この国の帝は綱の通った玉を、唐土の帝に献上したところ、唐土の帝は「日本の国は賢明な国だ」といって、この国を略奪しようという企てを放棄したのであった。この国の帝はその中将を上達部、大臣に任命なさったが、この中将は後には、神になったのであろうか。その神になった明神の御許《みもと》に参詣した人に、夜、夢に現れて仰せになった歌が、先に掲げた1の詠であるわけだ。

また、『貫之集』に言うことには、「紀伊の国へ下向して、その帰途の道中において、突然、乗っていた馬が死ぬほどの苦しみの症状を呈したので、往来を行き来する人びとが立ち止まって、馬の様子を見て言うには、『これはここにおいでの神さまの仕業であって、このように社殿もなく知っている人もいないけれども、たたりの恐ろしい神さまです。以前にもこのようなことがありました。』と。わたしは幣帛《へいはく》も持ち合わせていなかったので、どうにも対処の方法もないために、取り敢えず、手だけを洗って跪《ひざまず》き、神がおられそうもない山に向かって、『そもそも何という神さまでいらしゃいますか』と申しあげると、『われは蟻通し明神と申すものだ』と返事なさるので、次の歌を詠み申しあげたところ、馬はその後、すぐに立ち上がって、いつもよりも速く進んだ」という。

2　掻《か》き曇りあやめも知らぬ大空にありとほしをば思ふべしやは（貫之集・紀貫之・八三〇）

ところで、蟻通し明神のことは、紀貫之が和泉国から上京するときのことが、『大鏡』ならびに『古事談《こじだん》』という抄物に記してあるが、その内容は『貫之集』には及ぶべくもない。さて、1の詠は、能因本『枕草子』第二百二十五段に収載される歌である。その歌意は、この神さま（わたし）が、七曲りに曲がりくねっている玉に緒を貫いて、蟻を通らせた有名な蟻通し明神とも人は知らないでいるのだろうか、のとおり。「玉の緒をぬきてありとほし」は、蟻を通して玉に緒を貫いたので「蟻通し」というのであろうが、語調からみて、単に「貫きてあ（在）り」に掛けただけでなく、「ありとほし」に何か別の意味をもたせているのかもしれない。

次に、2の詠は、『貫之集』第九に「紀の国に下りてかへり上《のぼ》りし道にて、にはかに馬の死ぬべくわづらふ所にて、道行く人びと立ちどまりて言ふやう、……」（長文にて以下省略。内容はほぼ本文に要約したとおり）の詞書を付して載る、紀貫之の作。歌意は、空一面を真っ暗にして物の区別もできない大空に、星のあるのが分からないように、蟻通し明神がここにおられるとは、思ってもみませんでしたよ、のとおり。「ありとほし」は、「在りと星」と「蟻通し」の掛詞。

以上が「蟻通し明神」にまつわる故実の略述だ。

52　姨捨山のこと

1　我が心慰めかねつ更級《さらしな》や姨捨山《をばすてやま》に照る月を見て

（古今集・雑歌上・読み人知らず・八七八）

右の1の詠は、『大和物語』第百五十六段に言うことには、「信濃《しなの》の国の更級という所に、一人の男が住んでいた。若い時に親は死んだので、伯母が親のように、若い時からそばについて世話をしていたが、この男の妻の心はとても困ったものだと思われることが多くて、この姑《しゅうとめ》がひどく年をとって身体が折れ重なるばかりに腰がまがっているのを、いつも憎んでいて、男にもこの伯母のお心が不都合で、このうえもなく悪いということを言い聞かせたので、男は昔のとおりでもなく、この伯母に対しておろそかにすることが多くなっていった。そして、この姑のうっとうしい様子に、この嫁は遂に我慢しきれなくなって、〈今までよくもまあ死なないで生きていたものだ〉と思って、夫によくない告げ口をして、『連れていらっしゃって、深い山奥に捨てておしまいになってください』と、そのことだけを責め立てたので、男は責め立てられて困って、〈そうしてしまおう〉と思うようになった。月のたいへん明るい夜、『おばあさんよ、さあいらっしゃい。寺で貴い法会《ほうえ》をするということですから、お見せいたしましょう』といったので、この伯母はこのうえもなく喜んで、男に背負われてしまった。高い山の麓に住んでいたので、その山にはるばる入って、高い山の峰の下りてくることもできそうもない所に、置いて逃げてきてしまった。伯母は『これこれ』というけれども、男は返事もしないで、逃げて家に帰って思っていると、妻が伯母の悪口を言って腹をたてさせた折は、腹をたてて、このようにしてしまったのだが、伯母は長い間、親のように養い養いして一緒に暮らしていてくれたので、男はたいそう悲しく思われたのであった。この山の上から月もたいそうこのうえもなく明るく出ているのを、男はじっと物思いにふけって見つめて、一晩じゅう、寝ることもできず、悲しく思われたので、１の詠のように詠んだのであった。そして、男は再び、その山の峰に出かけていって、伯母を迎えて連れ戻した。それから後、この山を「姨捨山」と言ったのである。『慰めがたい』というとき、姨捨山を引き合いに出すのは、このような謂《いわ》れがあったのだった」と。

ちなみに、『顕注蜜勘』にはある書を引用して、「この歌は姪《めい》に伯母が捨てられて、詠んだのだ」と記述している。しかしながら、『大和物語』の説を手本とするのがよかろう。また、甥《おい》が伯母を捨てても、また姪に捨てられても、そのまま「姨捨山」と詠むような事例も、和漢の書物にはその例証がないわけではない。非難するような事例ではなかろう。たとえば、「摩笄《まけい》山《ざん》」の例などを引用して、藤原定家は『顕注蜜勘抄』で、この問題を調停、とりなしながら説明を加えている。

さて、1の詠は、『古今集』雑歌上に「題知らず」の詞書を付して載る、読み人知らずの歌。歌意は、わたしの心をどうしても慰めることができないでいる。更級のその名も姨捨山の月を見ていると、のとおり。「更級」は信濃国の歌枕。ところで、『歌林良材集』では、この説話を『俊頼髄脳』に紹介する、妻の言葉に従って伯母を山に棄てた男の後悔の説話としているが、むしろ「姨捨山」という地名から出来上がった説話とすべきとする見解を表明する立場のひともいる。なぜなら、この1の詠が棄老《きろう》伝説と本来的に結びついていたかどうかに、疑問が呈されるからである。いずれにせよ、「姨捨山」なる歌枕の生成には興味深い論点が潜んでいる。

なお、「姨捨山」の歌枕は、そのほか、『新古今集』恋歌四に伊勢の、

2　更級や姨捨山の有明のつきずも物を思ふころかな　（新古今集・恋歌四・伊勢・一二五七）

の2の詠に見られる。2の詠は前述したように、『新古今集』に「題知らず」の詞書を付して載る、伊勢の作。歌意は、更級の姨捨山の月にも心慰まなかった古人と同じく、わたしも有明の月を見るにつけ、尽きることなく物思う今日この頃です、のとおり。「尽きずも」は「(有明の)月」と「尽きずも」を掛ける。「更級や……有明の」は「尽きず」を導き出す有心の序。

以上、「姨捨山」の故実について略述した。

53　常陸帯《ひたちおび》のこと

1　東路《あづまぢ》の道の果てなる常陸帯《ひたちおび》のかことばかりもあはむとぞ思ふ

（新古今集・恋歌一・読み人知らず・一〇五二）

右の1の詠の故実は『俊頼髄脳』に言うことには、「この常陸帯とは、常陸の国にある鹿島《かしま》明神の祭りの日に、女性で、自分に対する求婚者が多数あるときは、それぞれの男性の名前を、布製の帯一枚一枚に書き集めて、それぞれを神前に置き並べるのである。そのたくさんの帯の中で、神がその女性と結婚するのがふさわしいと認定した帯だけが、自然と裏返しになるという。それを神官が取り分けてきて女に授けると、女がその帯を見て、この人ならと納得できる男の名前を記した帯であると、そのまま神前でその帯を、女装束の上に掛けた掛け帯のように、肩に掛けるのである。それを聞き伝えたその男が、想いの丈《たけ》を打ち明けてその女性と親しくなってしまうのだ。これはたとえば占いなどのようなものである」と。

また、『奥義抄』では、男女の名前を記した帯を二つ折にして、折った部分を隠して端を禰《ね》宜《ぎ》に結ばせ、不運の場合は離れ離れに結ばれ、幸運の場合は掛け帯のように、結び繋《つな》がれるという結果で、二人の仲を占うという説が紹介されている。

なお、「常陸帯」の例歌では、『拾遺愚草』に収載の藤原定家の、

2　常陸帯のかこともいとどまとはれて恋こそ道のはてなかりけれ

（拾遺愚草・二見浦百首・藤原定家・一七〇）

の2の詠ほかが指摘されよう。

さて、1の詠は、『新古今集』に「題知らず」の詞書を付して載る、読み人知らずの歌。歌意は、東国への道の果てにある常陸の国の常陸帯の「かこ」ではないが、託言《かこと》（言い訳）程度

でもいいから、あの人に逢いたいと思うよ、のとおり。「かこと」は、「かこ」（帯の端についている金具）と「託言」の掛詞。「東路の……常陸帯の」が「かこと」を導く序詞。本詠は「帯に寄せる恋」の題詠歌の趣である。

次に、2の詠は、『二見浦百首』の「恋十首」のうちの一首で、藤原定家の作。歌意は、常陸帯のように、愚痴もいよいよ絡《から》んできて、常陸国は東路の果てではあるが、恋の道には終点はなかったのだなあ、のとおり。「常陸帯の」が帯の金具である「かこ」の関連から「かこと」の序詞になっていることについては、すでに言及したとおりである。

以上、「常陸帯」の故事について略述した。

54　三重の帯のこと

1　二つなき恋をしすれば常の帯を三重《みへ》に結《ゆ》ふべく我《あ》が身はなりぬ

（万葉集・相聞・作者不記・三二七三）

この1の詠は、恋をしたために、普通なら腰に一重に巻く帯が、なんと三重にも巻けるほどに身体が痩せたということを意味しているのだ。この解説は『八雲御抄《やくもみしょう》』が紹介している記事である。

さて、1の詠は、『万葉集』巻十三の「相聞」に収載される作者未詳の反歌である。歌意は、わたしは世の中に二つとない恋をしているので、普段の帯を三重に巻かねばならないほどに、わたしの身体はなってしまったよ、のとおり。帯は当時、一重に結んでいた。「ゆふ」は帯を腰に巻くことで、帯の両端を「むすぶ」ことと区別されていた。

ちなみに、本詠は反歌であるので、対応する長歌を紹介しておこう。

うちはへて　思ひし小野は　遠からぬ　その里人《さとびと》の　標結《しめゆ》ふと　聞きてし日より　立てらくの　たづきも知らに　居《を》らくの　奥かも知らに　にきびにし　わが家すらを　草枕　旅寝のごとく　思ふ空　苦しきものを　嘆く空　過ぐし得ぬものを　天雲《あまくも》の　ゆくらゆくらに　葦垣《あしかき》の　思ひ乱れて　乱れ麻《を》の　麻笥《をけ》をなみと　我《あ》が恋ふる　千重《ちへ》の一重も　人知れず　もとなや恋ひむ　息の緒にして（三二七二）

なお、現代語訳をすると、「長い間心を寄せ続けた小野は、近くのその里人が標を結んで占有したと聞いた日から、立っていても頼る手だてもなく、座っていても後々の行く先もわからず、慣れ親しんだ我が家すらも、旅の宿りのように落ち着かず、思う心は苦しいものなのに、嘆く心は過ごし得ないものなのに、ゆらゆらと思い乱れて、乱れ麻が麻笥がなくて一層乱れるように、わたしが恋い乱れている千分の一も人に知られず、やたらと恋い焦がれることだろうか。命をかけて」のとおりだ。「うちはへて思ひし」は、空間に延びる意の「延《は》ふ」を、時間の持続の意に用いて、長らく思い続けたの意。「立てらく」は、「立てり」のク語法で、その「立て」の「た」の音から「たづき」を導く。同様に、「居らく」も「居り」のク語法で、「奥か」を導く。将来どうなるかも分からないの意。「にきびにし」は「にきぶ」の連用形に「に」(「ぬ」の連用形)と「し」(「き」の連体形)が付いたもの。「にきぶ」は慣れ親しむの意。「乱れ麻の麻笥をなみと」は、麻笥がなくて乱れ麻がさらに乱れるように、恋い乱れての意。この長歌は、思いを掛ける女性を「小野」に喩え、ほかの男に先を越されて、野に占有の標を結ばれてしまったことを後悔する歌である。

以上が「三重の帯」についての故事の概略だ。

55　鳥総《とぶさ》立つのこと

1　とぶさ立て足柄山《あしがらやま》に船木《ふなぎ》伐り木に伐り行きつあたら船木を

（万葉集・譬喩《ひゆ》歌《か》・沙弥満誓・三九一）

右の1の詠に登場する「とぶさ」は「鳥総」と書く。また、『万葉集』巻十七に、「能登郡《のとのこほり》にして、香島《かしま》の津より船を発《おこ》して、熊来村《くまきのむら》を射して往《ゆ》きし時に作りし歌二首」の題詞を付して、「とぶさ立て船木伐るといふ能登《のと》の島山今日見れば木立《こだち》繁しも幾代神《かむ》びそ」（四〇二六、現代語訳＝鳥総を立てて船木を伐るという能登の島山。今日見ると、木立が繁っている。幾代経て神々《こうごう》しくなったのだろう）という旋頭歌《せどうか》を大伴家持が詠んでいる。そこには「登夫佐多底」と書いてある。これは『万葉集』の習性である。どちらも「木の梢」のことだ。きこりが山に入って木を伐った場合、必ず梢や枝葉の茂った先の部分を、伐った木の跡に立てて、山の神を祭るのである。たとえば、身代わり・代償を意味するわけだ。なお、「船木」は船の材料にする木のことだ。この歌は満誓が筑紫観音寺を造営する折の歌である。なお、「鳥総」を詠んだ歌に、次の2の詠がある。

2　我が思ふ都の花のとぶさゆゑ君もしづえのしづ心あらじ

（後拾遺集・恋三・祭主大中臣輔親・七二〇）

さて、1の詠は、『万葉集』巻三に「造筑紫《ざうつくし》観世音寺《くわんぜおんじ》別当沙弥満誓《さみまんぜい》の歌一首」の題詞を付して載る、沙弥満誓の作。歌意は、鳥総を立てて足柄山で船木を伐り、それをただの材木として伐って行ったよ。惜しい船木だったのに、のとおり。これは、樹木を伐採《ばっさい》する前に、その木の精霊をあらかじめ抜いておくために、梢の枝葉を伐って、ほかの場所、たとえば地上に移し立てる儀式を言っているわけだ。「足柄山」の杉の木は船の良材であった。「あたら」は不相応に低く評価されることを惜しむ気持ちで使用される措辞だ。

次に2の詠は、『後拾遺集』恋三に「源遠古《とほふる》が女《むすめ》に物言ひわたり侍りけるに、かれがもとにありける女《をんな》をまたつかへ人《びと》あひすみ侍りけり。伊勢の国に下りて都恋しう思ひけるに、つかへ人も同じ心にや思ふらむと推《お》し量《はか》りてよめる」の詞書を付して載る、大中臣輔親《すけちか》の作。歌意は、わたしが都の花の梢を思うように、あなたもその花の下枝を思って、落ち着いた心はないのでしょうね、のとおり。「都の花のとぶさ」は、都に残してきた恋人で、遠古の娘の暗喩《あんゆ》。「しづえ」は、下枝。遠古の娘の侍女で、従者の恋人の暗喩。「しづえの」で「しづ心」を導き出す序。ちなみに、詞書を現代語訳すると、「源遠古の娘と親しく付き合っていましたところ、その娘のもとにいた侍女にまた、自分の従者が通っていました。伊勢の国に下って都の女を恋しく思って、従者もまた、自分と同じように女を恋しく思っているだろうと、輔親が推測して詠んだ歌」のとおり。本詠は、同じ思いの従者と京の女恋しさを慰めあう詠歌である。

以上が、「鳥総立つ」の故実についての略述だ。

56　玉箒《たまばはき》のこと

1　初春の初子《はつね》の今日の玉箒《たまばはき》手に取るからにゆらく玉の緒

（万葉集・巻二十・大伴家持・四四九三）

右の1の詠は、天平宝字二年（七五八）正月三日、孝謙天皇が侍従等を召して内裏の東の対《たい》屋《のや》に侍らせて、玉箒をお与えになり、豊《とよ》の明《あ》かりの饗宴をお開きになった時、内相藤原仲麻呂が勅を承って、公卿に和歌を詠み、漢詩を賦《ふ》すように命じた時に、大伴家持が詠じたものである。この「玉箒」には諸説がある。『俊頼髄脳』には、「めどという木に、子日《ねのひ》の松を引き結んで、箒に作って、睦月の初めての子の日に、田舎の人びとの家では、蚕を飼育する小屋を、この箒で掃くのだと言われている。なお、『玉』という言葉には褒《ほ》める意味があるので、『箒』を言う場合に、『玉箒』と表現したのだ」と。また、「松」を「玉箒」というとも言われている。ただし、どれも確実な説ではない。また、能因法師が大納言源経信卿に語ったという説では、「左大臣藤原時平の娘・京極御息所《きょうごくみやすんどころ》を、志賀寺の老法師が恋して、お目通りしたいと申しあげたところ、御息所は老法師の願いを聞き入れなさった。その時、老法師が御息所の御手を取り申しあげながら、この1の詠を詠んだそうだ」と。古い歌を聖が詠むようなことは、もっともなことであろう。ただし、これは『万葉集』の歌なので、予想外の虚構であろうか。

なお、「玉箒」を詠じた歌は、ほかに『万葉集』に次のような歌が見出されよう。

2　玉箒刈り来《こ》鎌麻呂《かまろ》むろの木と棗《なつめ》が本《もと》とかき掃《は》かむため

（同・巻十六・長忌寸意吉麻呂・三八三〇）

さて、1の詠は、『万葉集』に「（天平宝字）二年の春正月三日、侍従、竪子《じゆし》、王臣等《わうしんら》を召して内裏の東屋《とうをく》の垣の下《もと》に侍《じ》せしめ、即ち玉箒を賜ひて肆宴《しえん》したまひき。時に内相《ないしやう》藤原朝臣《あそみ》の、勅《みことのり》を奉りて宣《のりたまは》く、『諸王卿等《しよわうきやうら》、堪《た》ふるに髄《したが》ひ意《こころ》に任せ、歌を作り、并せて詩を賦《ふ》せ』とのりたまひき。仍ち詔《みことのり》の旨に応《こた》へて、各《おのおの》心緒《しんしよ》を陳べて歌を作り、詩を賦しき」の題詞を付して載る、大伴家持の作。歌意は、初春の初子の今日の玉箒は、手に執《と》るだけで揺れて音がする玉飾りの緒であるよ、のとおり。ところで、年の初めの子の日には、天皇は親しく農耕に携わる意を示すために辛鋤《からすき》を、皇后は養蚕に携わる意を示すために箒を飾って、宴が催されることになっていた。箒はこの時に蚕の床を掃く道具である。

ちなみに、題詞を現代語訳しておくと、「天平宝字二年春正月三日、天皇は侍従・竪子・王臣らを召して内裏の東の対屋の垣下に侍らせ、玉箒をお与えになり、宴をお開きになった。その時、内相藤原朝臣（仲麻呂）が勅を承って、「諸王卿たちは、できたら思いのままに歌を詠み、詩を作れ」と仰せられた。そこで詔の趣旨に応《こた》えて、それぞれ思いを述べて、歌を詠み詩を作った」のとおり。

次に、2の詠は、同じく『万葉集』に「玉掃、鎌、天木香《むろのき》、棗《なつめ》を詠みし歌」の題詞を付して載る、長忌寸意吉麻呂《ながのいみきおきまろ》の作。歌意は、玉箒を刈って来い、鎌麻呂よ。むろの木と棗の根元を掃除するために、のとおり。「玉箒」は、キク科の植物で、コウヤボウキ。その軸を束ねて箒とした。「天木香」は「むろの木」である。「鎌麻呂」は鎌を擬人化して言ったとも考慮されるが、実人物と考えられようか

以上が「玉箒」についての故事の略述だ。

57　鬼の醜草《しこぐさ》のこと

1　忘れ草我が下紐《したびも》に着けたれど鬼の醜草言《こと》にしありけり

（万葉集・相聞・大伴家持・七二七）

右の1の詠は、大伴家持が坂上の大嬢《だいじょう》に贈った歌である。離絶《りぜつ》して数年の後、再び逢うようになって互いに消息を問い合った歌といわれている。つまり、交際が絶たれて長くなった女性に巡りあった歌である。歌の心は、女のことを忘れようとするのだけれども、どうしても忘れることができないという切ない心情を詠じたものだ。「鬼の醜草」は紫苑《しおん》の名である。この草は物忘れをしない草といわれている。したがって、この歌は、心配事のある人は、この草を

植えてはならない草だ、という趣旨を詠じているわけだ。

また、『俊頼髄脳』には、「鬼の醜草」という故事来歴は、昔、ある親が二人の男の子を持っていた。この親が死んだ後、二人の子が、親を恋い慕いその死を悲しむことは、何年経っても変わらず、生前の親を忘れることはなかった。兄のほうは「このままでは自分の悲しみを払いようもない。忘れ草という草が、人の思いを忘れさせてくれるだろう」といって、忘れ草を親の墓のそばに植えてみた。一方、弟のほうは兄の態度を不本意に思って、「わたしだけは親を絶対に忘れない」と決心して、「紫苑という草が、心に刻んだことを忘れさせない草なのだ」といって、この紫苑を親の墓のそばに植えてみた。こういうわけで、紫苑は、喜ばしいことがある人は、その都度植えてみるべきだ。逆に、心配事のある人は、植えてはならない草である。だから、『万葉集』にも、忘れ草を、「醜の草」と記しているのだ、とある人は言っている。以上のように、源俊頼は『俊頼髄脳』で、「鬼の醜草」について言及している。

2　忘れ草垣《かき》もしみみに植ゑたれど鬼の醜草なほ恋ひにけり

（同・巻十二・作者未詳・三〇六二）

さて、1の詠は、『万葉集』巻四に「大伴宿禰《すくね》家持の、坂上《さかのうへ》の家の大嬢に贈りし歌二首　離絶すること数年《すうねん》にしてまた会ひて相聞往来《さうもんわうらい》しき」の題詞を付して載る、大伴家持の作。歌意は、忘れ草をわたしの下紐《したひも》に付けたけれども、馬鹿な馬鹿草め、「忘れ草」とは名前ばかりであったことだ、のとおり。「忘れ草」の原文は「萱草」で、庭に植え、眺めて憂いを忘れる草として中国の詩文に描かれている。ただ、草から忘却を発想するのはやや特殊な連想であるので、「忘れ草」は漢語「萱草」の翻訳語であろうか。

次に、2の詠も『万葉集』巻十二の「寄物陳思」に部類される歌で、作者未詳。歌意は、忘れ草を垣根いっぱいに植えたけれども、馬鹿の馬鹿草め、忘れるどころか、逆に、いっそう恋しくなったではないか、のとおり。「忘れ草」の名前とは逆の効果に憤っている。

以上、「鬼の醜草」の故事について概略を叙述した。

58　むやむやの関のこと

1　武士《もののふ》のいづさいるさにしをりするとやとやとりのむやむやの関

（綺語抄・作者不詳・三四四）

右の1の詠に見える「むやむやの関」については、順徳院の『八雲御抄』に言うことには、「陸奥《むつ》と出羽《でわ》の国の国境あたりに山がある。その山は木々が異常にひどく繁茂していて、往来するのに難渋し、目的地に辿《たど》り着くのは容易でなかった。したがって、あるかないかの山道に、木の枝を折って道しるべをして、やっと辿り着くという次第であった。だから、このように辿って行ったらいいのか、あのようにたどって行ったらいいのか、まったく見当もつかない「とやとやとり」という具合であった。『むやむやの関』は、先にあげた山の入り口にある関の名前である。出羽国の側にあるものだ」と。なお、「とやとやとり」とは鷹を言うとか、「むやむやの関」は鈴鹿山を言うとか、諸説があって、確証はない。

さて、1の詠は、『綺語抄』はじめ『和歌童蒙抄』『和歌色葉』などに「古歌」として収載される作者未詳歌。歌意は、勇猛な武士が出て行ったり、また帰ってきたりする時に、木々が鬱くくらい繁茂して道中が容易に往来できないので、木の枝を折って道しるべをしなくては辿り着けないような、そんな不便で難渋する所に設置されている、「有也無也の関」であることだ、のとおり。

なお、「むやむやの関」については、『宗良親王千首《むねなが》』に、「もやもやの関」については、『歌枕名寄』に「古歌」として、1の詠に連続して以下に掲げる例歌（証歌）が各々、掲げられている。

2　霧深きとやとや鳥の道とへば名にさへまよふむやむやの関

3　越しやせむ越さでやあらむこれぞこのとやとやとりのもやもやの関
（宗良親王千首・関霧・宗良親王・三九七）

4　陸奥《むつ》の国思ひやるこそ遥かなれとやとやとりのもやもやの関
（歌枕名寄・巻二十六・作者不記・六八四九）
（同・同・同・六八五〇）

次に、2の詠は、『宗良親王千首』に「関霧」の題を付して載る、宗良親王の作。歌意は、深い霧があたり一面を覆《おお》い隠している、不便で難渋する道中を尋ねてゆくと、実際の道中は言うまでもなく、名称にまでも混迷する「むやむやの関」であることだ、のとおり。「とやとや鳥」の措辞は、『色葉和難集』には「鷹をいふなり」と解されているが、この説は採らないことにした。

次に、3と4の詠は、『歌枕名寄』巻二十六に「出羽国」に部類される証歌のうち、「古歌」として収載される、作者未詳の歌。まず、3の詠の歌意は、越えて行ったほうがいいのだろうか、越えて行かないほうがいいのだろうか。これがあの有名な、不便で難渋するところの「もやもやの関」であるのかなあ、のとおり。「もやもやの関」は「有也無也《うやむや》の関」に同じ。

最後に、4の詠の歌意は、陸奥の国は想像するだけでも、都からははなはだしく遠く離れた感じがすることだなあ。そこに所在するという、不便で往来するのに難渋する「もやもやの関」

に、一度出向いてみたいことだ、のとおり。

以上、「むやむやの関」の故事について略述した。

59　額《ぬか》づくこと

1　あひ思はぬ人を思ふは大寺《おほてら》の餓鬼《がき》の後《しりへ》に額《ぬか》つくごとし（万葉集・巻四・笠女郎・六〇八）

右の1の詠は、自分が思っていても相手がこちらに関心のない人を恋い慕うのは、無益なことである。大寺でこそ仏像に額づくべきなのに、餓鬼像の後に額づくのは無益なことなのだ。これは垣の後のことだと言われている。けれども、寺には、餓鬼像を描いても作ってもあるので、この場合は、餓鬼の後のことを言っているのだ。

さて、1の詠は、『万葉集』巻四に「笠郎女《かさのいらつめ》の、大伴宿禰家持に贈りし歌二十四首」の題詞を付して載る、笠郎女の作。歌意は、自分は思っていても相手がこちらに関心のない人を恋い慕うのは、大寺で仏像を拝むのではなく、餓鬼の後から額づき拝むようなもので、何とも馬鹿馬鹿しい、まったく何の効《き》き目もないことだ、のとおり。「額づく」とは、額を床に付けるようにして礼拝すること。

2　寺々の女餓鬼《めがき》申《まを》さく大神《おほみわ》の男餓鬼《をがき》賜《たば》りてその子はらまむ

（万葉集・巻十六・池田朝臣・三八四〇）

3　仏造《ほとけつく》るま朱《そほ》足らずは水溜《た》まる池田の朝臣《あそ》が鼻の上を掘れ

（同・同・大神朝臣奥守・三八四一）

2の詠は、『俊頼髄脳』によれば、とりたてて取り柄《とえ》もない女性が子が欲しそうな様子を見て、このように詠んだのだ。頼まなければ、どんな男でも、改まって気づくだろうかと不安になって、詠んだのでもあろうか、ということだ。

ところで、2の詠は、『万葉集』に「池田朝臣の、大神朝臣奥守《おきもり》を嗤《わら》ひし歌一首　池田朝臣、名忘失《まうしつ》す」の題詞を付して載る、池田朝臣の作。歌意は、寺々に置かれているあの女餓鬼たちが口々に言うことには、「大神の男餓鬼を夫として賜って、その子を身ごもりたい」と、のとおり。「寺々」という以上、七大寺などを念頭に置くのだろう。痩せている大神奥守を「男餓鬼」と戯れたか。

次に、3の詠も、『万葉集』に「大神朝臣奥守《おほみわのあそみおきもり》の報《こた》へ嗤《わら》ひし歌一首」の題詞を付して載る、大神朝臣奥守の作。歌意は、造仏の塗装《とそう》用の赤土が足りないのなら、池田の朝臣の赤鼻の上を掘りなさい、のとおり。2の詠と3の詠の遣り取りが絶妙におもしろい。

以上、必ずしも「額づく」の用例ばかりではなかったが、「餓鬼」の故実も含めて略述した。

60　やまと琴夢に娘に化《け》すること

1　いかにあらむ日の時にかも音《こゑ》知らむ人の膝の上《へ》我が枕かむ
（万葉集・巻五・大伴旅人・八一〇）

2　言《こと》問はぬ木にはありともうるはしき君が手馴《たな》れの琴にしあるべし（同・同・同・八一一）

右の1と2の詠は大伴旅人による事実に依拠した創作だ。作中の「やまと琴」は、対馬の国の結石山《ゆいしやま》の孫枝《そんし》で作られた梧桐《ごとう》の日本琴のことだ。この琴は夢で娘になって、その志を述べ、同時に、歌も詠んだ。それは1の詠のとおりだ。その時すぐに返歌をしたのが「僕《やつがれ》」で、その歌は2の詠のとおりだ。その時、この娘をとても嬉しいと思ったとたんに、夢が覚めた。この日本琴については、天平元年（七二九）十月七日、使いに託して献上したということだ。

さて、1と2の詠は、『万葉集』巻五に収載される贈答歌で、1の詠は「娘子《をとめ》」が、2の詠は「僕」が詠歌作者になっているが、実は先述のとおり、大伴旅人が施した虚構による作者である。まず、1の詠は、「大伴淡等《たびと》謹みて状《じやう》す」のもとに、「梧桐《ごとう》の日本琴《やまとごと》一面　対馬《つしま》の結石《ゆひし》山《やま》の孫子《そんし》なり／この琴、夢に娘子《をとめ》に化《な》りて曰く、『余《われ》、根を遥島《えうたう》の崇巒《すうらん》に託《つ》け、幹を九陽《きうやう》の休《きう》光《くわう》に晞《ほ》しき。長《つね》に煙霞《えんか》を帯びて、山川《さんせん》の阿《くま》に逍遥し、遠く風波を望みて、雁木《がんぼく》の間に出入《しゆつにふ》す。唯《ただ》百年の後に、空しく溝壑《こうがく》に朽ちなむことを恐れき。偶《たまたま》良匠《りやうしやう》に遭《あ》ひ、削《けづ》られて小琴と為る。質麁《しつあら》くして音少《そも》しきを顧みず、恒《つね》に君子の左琴《さきん》とならむことを希《こひねが》ふ』といひき。即ち歌ひて曰く」の題詞を付して載る、娘子の作。歌意は、どういう日の、どういう時になったなら、琴の音の良さを聞き分けることのできる人の膝を、わたしが枕にするのは、のとおり。この詠作は、春秋時代の琴の名手伯牙《はくが》が、自分の琴の音を深く理解した友人鍾子期《しようしき》の死後、琴を再び手にしなかったという故事による成語「知音」を「音《こゑ》知らむ人」と和らげて、取り入れている。

題詞の前の「大伴淡等《たびと》」は大伴旅人のこと。題詞の中の「日本琴」つまり「和琴」は、東大寺献物《けんもつ》帳に「檜木和琴二張」と見え、正倉院に一張現存する。なお、題詞を現代語訳すると、「この琴はわたしの夢に娘の姿となって現れ、次のように言いました。『わたしは梧桐として遥かな島の高い山の上に根を張り、太陽の麗しい光に幹を曝《さら》しておりました。いつも靄《もや》や霞を帯びては、山川のくまぐまを歩み行き、風に立つ波を遠くに眺めながら、雁や凡庸《ぼんよう》な木々と交わっていたのでした。ただ、百年の寿命の尽きた後には、谷間で空しく朽ち果ててしまうのかと、それはかりを心配しておりました。ところが、幸いにも、立派な工匠《こうしやう》に出会うことができて、削られて小さな琴になりました。生まれつきが悪く、音の貧しいことは顧みず、君子のそばに置かれる琴になりたいものと、いつも念願しているのです』と。そして、歌ったのでした」のとおり。

次に、2の詠は、同じく『万葉集』に「僕《やつかれ》、詩《うた》を報《かへ》して詠みて曰く」の題詞を付して載る、僕の作。歌意は、わたしは言葉を話さない木ではあっても、立派な君子が親しく手にして、馴《な》染《じ》まれる琴に違いありません、のとおり。

ちなみに、この2の詠に対しては、歌は欠くが、「琴の娘子《をとめ》答へて曰く」として、題詞に相当する内容が次のように記されている。すなわち、『敬《つつし》みて徳音《とくおん》を奉《うけたまは》る。幸甚《かうじん》幸甚』といひき。片時《へんし》にして覚《おどろ》き、即ち夢の言《こと》に感じ、慨然《がいぜん》として止黙《しもく》すること得ず。故《ことさら》に公使に附け、聊《いささ》かに以て進御《しんぎよ》するのみ。謹状不具《きんじやうふぐ》／天平元年十月七日、使《つかひ》に附けて進上し、／謹みて中衛高明閤下《ちうゑいかうめいかふか》に通ず。謹空《きんくう》」と。「幸甚」も「謹状」「不具」「謹空」も書簡の末尾に用いる語。「中衛」は中衛府。「高明」は人の徳を讃えていう語。「閤下」は書簡の宛所の脇付け。現代語訳をすれば、『お言葉ありがたく承りました。重々忝《かたじけな》いことです』。まもなく目が覚めてみますと、夢の中の娘の言葉に感じ入って、そのまま黙って済ます気持ちになれません。そちらへ往《ゆ》く官使にとくにこの琴を託して、お手許にお届けする次第です。謹んで記しましたが、意を尽くしません。／天平元年（七二九）十月七日、使いに託して奉り、謹んで中衛府の高明閤下にお便りします。謹んで余白とします」のとおり。

以上が「やまと琴夢に娘に化する」に関する故実の概略だ。

61 「かたまけぬ」のこと

これは「片設」と記す。これは季節や時をひたすら待つ趣を言う。また、この言葉だけ単独ではなく、「夕かたまけ」、「春かたまけ」、「冬かたまけ」などと用いられ、『万葉集』に用例が多い。

1　うぐひすの木伝《こづた》ふ梅のうつろへば桜の花の時かたまけぬ

（万葉集・春の雑歌・作者未詳・一八五四）

この1の詠で、梅の花が咲いている時節に、桜の花が咲くのをひたすら待つと言っているのは、同時に、桜の花が咲くのを待ち迎える心にも適合している趣だ。

この1の詠は、『万葉集』巻十に「花を詠みき」の題詞を付して載る、作者未詳歌。歌意は、鶯が枝を伝って鳴く梅が散ってゆくと、桜の花が咲く時が近づいたことだ、のとおり。梅の次に咲く花は桜であることを、「かたまけぬ」の措辞で提示した。「うつろふ」は散り過ぎてゆくこと。

2　けころもを時かたまけて出でまし宇陀《うだ》の大野《おほの》は思ほえむかも

（同・巻二・作者未詳・一九一）

2の詠は、『万葉集』巻二に「（日並《ひなみしの》）皇子尊《みこのみこと》の宮の舎人等《とねりら》の慟傷《どうしやう》して作りし歌二十三首」の題詞を付して載る、日並（草壁《くさかべ》）皇子の舎人の作。歌意は、春冬の狩りの時節が来ると、出かけられた宇陀の大野は、これからも思い出されることであろうよ、のとおり。「けころもを」は「時」の枕詞と解した。「宇陀の大野」は、安騎野《あきの》とも言った。後年、軽皇子がこの地に狩りに出かけた時、柿本人麻呂が皇子に代わって、亡き父、日並皇子を偲ぶ長歌と反歌四首を作ったことで著名。

以上が「かたまけぬ」の用語を含む詠歌の略述である。

62　うけらが花のこと

「うけらが花」とは「をけらが花」のことで、「朮」と書く。これは草の名で、若芽は食用とされ、根は乾燥して健胃薬などに用いられる。

1　安斉可潟《あせかがた》潮干のゆたに思へらばうけらが花の色に出《で》めやも

（万葉集・巻十四・作者未詳・三五〇三）

右の1の詠の「ゆた」は豊かのことだ。「うけらが花」は咲かない花のことなので、「色に出《い》でぬ」（顔色に出ない）といわれている。

さて、1の詠は、『万葉集』巻十四に「相聞」の部類歌として収載される歌で、作者未詳歌。歌意は、安斉可潟の潮干のように、ゆったりとゆとりのある気持ちで思っていたら、おけらの花のように、顔色に出すものでしょうか。思いつめているから顔にあらわれるのです、のとおり。本詠の趣旨は、あなたのことを切に激しく思っているので、その気持ちが顔色に出るということだ。「安斉可潟潮干の」は「ゆたに」を導く有心の序。

2　恋しけば袖も振らむを武蔵野《むざしの》のうけらが花の色に出《づ》なゆめ　（同・同・同・三三七六）

3　わが背子をあどかも言はむ武蔵野のうけらが花の時なきものを　（同・同・同・三三七九）

右の2と3の詠は、ともに『万葉集』巻十四に「相聞」の部類に収載される、作者未詳の歌である。まず2の詠の歌意は、恋しくなったならば、袖だけでも振ろうと思うので、武蔵野のおけらの花のように、決して顔には出さないでくださいね、のとおり。「武蔵野のうけらが花の」は「色に出なゆめ」の序詞。ちなみに、本詠は、左注に、「或《あ》る本の歌に曰く、『いかにして恋ひばか妹に武蔵野のうけらが花の色に出ずあらむ』といふ」とある。現代語訳すれば、「或る本の歌には『どのように恋したら、妹に対して武蔵野のおけらが花のように、顔色に出さずにおられるだろう』とある」のとおり。

次に、3の詠の歌意は、あなたのことを何と言ったらいいのでしょう。わたしの思いは武蔵野のおけらの花のように、何時《いつ》という時がないので、のとおり。「あど」は「何と」の意。本詠でも、「武蔵野のうけらが花の」は「時なきものを」を導く序詞。「うけらが花」は秋に花が咲いて花期が長いので、恋しい思いが何時と限らないことの比喩としたわけだ。

以上、「うけらが花」にまつわる故事についての概略を記した。

63　承和菊《そがぎく》のこと

1　かの見ゆる池辺に立てるそが菊《ぎく》の茂みさ枝《えだ》の色のてこらさ

（拾遺集・雑秋・読み人知らず・一一二〇）

右の1の詠の「そが」は、向こう岸に、背面に見えるという意味だ。承和の帝（仁明天皇）が黄色の菊を愛好なさったので、黄菊を承菊《そが》と申すが、それが何時からそのように称されるようになったかについては不案内である旨、藤原俊成卿も『古来風体抄』に記している。

なお、『俊頼髄脳』には、「そが菊」と表現した意味は、昔、承和の帝が、「一本菊《ひともと》」（一本立ち）の菊を好まれて、これに関心をお寄せになった。一本菊で、背が高く、花が大輪で、葉が広がっている菊を、献上した者に賞を与えようと、内命をお下しになったので、世間の人びとは、「われこそは、われこそは」と互いに競争して、それぞれが一本菊を丹精に造りあげ、献上申しあげたことだと、ある人が言っていた。そこで後に、一本菊を名づけて、「承和の菊」というのである。「茂みさ枝」と詠んでいるのは、菊自身のことを表現しているのだ。「さ枝」は「下枝《しずえ》」のこと。一本菊は木のように高いので、「茂みさ枝」の表現がどうして適切でないことがあろうか。「色のてこらさ」とは、色濃く美しい様子をいう。

さて、1の詠は『拾遺集』雑秋に「題知らず」の詞書を付して載る、読み人知らずの歌。歌意は、あちらに見える池のほとりに立っている黄菊の、茂みや枝の何とも濃く美しいことよ、のとおり。本詠は、黄菊の花の色あいの美しさを賞賛したもの。

2　分け来《き》つる情《なさ》けのみかはそが菊の色もてはやす白妙《しろたへ》の袖
（六百番歌合・秋下・顕昭・四四五）

2の詠は、『六百番歌合』秋下に「九月九日」の題を付して載る、十三番左の顕昭の作。歌意は、搔《か》き分けてやって来た情けのみではない。黄菊の色を一段と美しいものに引き立てる白妙の袖であることよ、のとおり。「色もてはやす」とは、他の色と組み合わせて、一段とその色を美しいものに見せること。判詞では「情けのみかは」を賞賛している。

3　筑波嶺《つくはね》にそがひに見ゆる葦穂山《あしほやま》悪《あ》しかる咎《とが》もさね見えなくに

（万葉集・巻十四・作者未詳・三三九一）

右の3の詠の「そがひ」とは、反対側などという表現と合致するようだ。

さて、3の詠は、『万葉集』巻十四に「右の十首は、常陸国《ひたちのくに》の歌」なる左注を付して載る、作者未詳の一首。歌意は、筑波山の反対側に見える葦穂山、その悪しき点はすこしも見えはしないのに、のとおり。上三句は、同音で「あし（悪し）」を導く序詞。「葦穂山」は現在の「足尾山」をいう。「咎」は過失・欠点などの意。「さね」は否定表現と呼応する副詞。本詠は、意中の人について、家族や周囲の者が反対するので、このような内容の詠歌を詠んだのであろう。

以上が「承和菊」にまつわる故事の概略である。

64 筑摩《つくま》の祭のこと

1 いつしかも筑摩《つくま》の祭早《はや》せなむつれなき人の鍋《なべ》の数見む

（拾遺集・雑恋・読み人知らず・一二一九）

右の1の詠に見える近江の「筑摩（大明神）の祭」には、女が関係を結んだ男の数だけ鍋《なべ》を頭にかぶって参拝したと言われている。『俊頼髄脳』によってさらに敷衍《ふえん》すれば、この歌に詠まれたことは、筑摩の神と人びととのご誓約で、この国の女性が、その祭の日までに通じた男の人数に従って、その数だけ土で造った鍋を、明神の祭りの日に奉納するのである。数多《あまた》の男と契りを結んだ女性が、外聞を気にして、数を少なくして奉納するなどすると、すぐに心身の具合が悪くなるので、やむを得ず正確な男の数だけ鍋を奉納して、お詫びの祈願などもして、ようやく具合の悪さが直ったといわれている。なお、『伊勢物語』にもこの1の詠は見えている。そこでは初五文字が「近江《あふみ》なる」、中五文字が「とくせなむ」とある。

2 おぼつかな筑摩の神のためならばいくつか鍋の数はいるべき

（後拾遺集・雑四・藤原顕綱朝臣・一〇九八）

さて、1の詠は、『拾遺集』雑恋に「題知らず」の詞書を付して載る、読み人知らずの歌。歌意は、いったい何時催されるのであろうか。筑摩の祭を早くしてほしい。あの冷淡な女が何人男を通わせているか、鍋の数を見てやりたいものだ、のとおり。本詠は、無情な恋愛相手の素顔を暴いて、鬱憤《うっぷん》を晴らそうというもの。

次に、2の詠は、『後拾遺集』雑四に「御贖物《あがもの》の鍋を持ちて侍りけるを、大盤所《だいばどころ》より人の乞ひ侍りければつかはすとて、鍋に書き付け侍りける」の詞書を付して載る、藤原顕綱の作。歌意は、はっきりしませんね。筑摩の神事用ならば、鍋の数はいくつ必要なのでしょうか。ひとつでは済まないのではありませんか、のとおり。詞書の「贖物」は、罪穢《けが》れを贖《あがな》うため、祓《はら》えのときに備えるもの。「大盤所」は、宮中で台盤を扱う女房の詰め所。本詠は、きわどい冗談を言って、女房をからかう廷臣の歌である。もちろん、筑摩の祭を念頭に置いた発想の詠作だ。

以上、「筑摩の祭」の故実について略述した。

65　三輪の檜原《ひばら》に挿頭《かざし》を折ること

1　いにしへにありけむ人も我《わ》がごとか三輪の檜原《ひばら》にかざし折りけむ
（万葉集・巻七・柿本人麻呂か・一一一八）

右の1の詠は、『万葉集』には、何故に檜原で檜の葉が採り上げられて詠まれたのか、詠作事情については言及されていない。一般的に桜・紅葉以外でも、どのような草木であろうとも、挿頭《かざし》のために折ることは不思議ではない。

さて、1の詠は、『万葉集』に「葉を詠みき」の題詞を付して載る、柿本人麻呂の作ではないかと推察されている歌。歌意は、その昔ここに来た人も、わたしと同じように、三輪の檜原で、檜の葉を、挿頭とするために折ったことであろうか、のとおり。「三輪の檜原」は大和国の歌枕。本詠は、檜《ひのき》の葉の呪力《じゅりょく》にあやかる行為を、古人も同じくしたかという歴史意識に基づいて詠まれたのであろうか。

以上、「三輪の檜原に挿頭を折る」故実について略述した。

66　河原左大臣の塩釜の浦のこと

1　君まさで煙《けぶり》絶えにし塩釜のうらさびしくも見え渡るかな

（古今集・哀傷歌・紀貫之・八五二）

右の1の詠は、河原左大臣源融《とおる》公が、六条河原にたいそう立派な邸を建立《こんりゅう》して、庭には池に掘り水を湛《たた》えて、毎月、潮水を三十石ばかり搬入したうえに、海底に住んでいる魚貝類をも住まわせたのであった。奥州の塩釜《しおがま》の浦を模して造営して、漁師の塩屋を造り、そこから藻塩の煙を上らせるなど、風流三昧《ざんまい》の生活を送っていたのであった。ところが、左大臣が死去したために、塩釜の煙が上るのも絶えてしまったのを見て、紀貫之が1の詠のように詠んだのである。とてもしみじみとした感無量の歌である。

ちなみに、『伊勢物語』第八十一段に「塩釜」のことが言及されているので、紹介しておこう。

昔、左大臣がおいでになった。賀茂川のほとり、六条あたりに、屋敷をとても趣深く造って、お住みになった。十月の末ごろ、菊の花が薄紅色に変わって、美しさが盛りであるうえ、紅葉が薄く濃くさまざまに見える折、親王たちをお招きして、一晩中、管絃の遊びを楽しんで、夜が次第に明けてゆくころに、人びとは、この御殿が風趣あるのを賞美する歌を詠んだ。そこに居合わせたこじき爺《じじい》が、板敷きの床の下の座にうろうろしていて、人びとがみんな詠み終わるのを待って、次のように詠じた。

2　塩釜にいつか来《き》にけむ朝なぎに釣りする船はここに寄らなむ　（伊勢物語・一四四）

2の詠は、陸奥の国に行ったところ、不思議と趣深い所が多くあった。日本六十余国のうち、塩釜という場所に及ぶ風景のところはなかったのだ。だから、かの老爺は、重ねてこの邸内の塩釜の景を賞賛して、「塩釜にいつか来にけむ」と詠んだのであった。

さて、1の詠は、『古今集』に「河原左大臣身まかりてのち、かの家に罷りてありけるに、塩釜といふ所のさまを作れりけるを見てよめる」の詞書を付して載る、紀貫之の作。歌意は、あなたがおられなくなって、塩を焼く煙も絶えてしまったこの塩釜の浦は、心なしかさびしく見渡されることだ、のとおり。「塩釜の浦《うら》」に「うらさびしく」を掛ける。

次に、2の詠は、『伊勢物語』に初出の詠歌で、『袖中抄』などの歌論書に採られている。歌意は、庭園を眺めていると、まことにいい眺めだ。遠い塩釜に何時来てしまったのだろう。朝凪《なぎ》の中に海に浮かんで釣りをする船は、この浦に寄ってきてほしい。いよいよ風趣が加わることだろうから、のとおり。

以上、「河原左大臣の塩釜の浦」に関わる故実について略述した。

67　西院の后の松が浦島のこと

1　音に聞く松が浦島今日ぞみるむべも心あるあまはすみけり

（後撰集・雑一・素性法師・一〇九三）

右の1の詠の『後撰集』の詞書に言うことには、「西院の后、御髪《みぐし》おろさせ給ひて、行《おこ》なはせ給ひける時、かの院の中島《なかじま》の松を削りて書きつけ侍りける」と。現代語訳しておくと、淳和天皇の皇后で、嵯峨天皇の皇女正子内親王が出家なさって、仏道修行に専念しておられたときに、西院の池の中島の松を削って書き付けました、のとおり。

1の詠は、『後撰集』雑一に、先に紹介した詞書を付して載る、素性法師の作。ただし、素性法師だと、「西院の后」と時代が合わないので、「遍照」「真静《しんせい》法師」とする伝本もあるが、いずれかは不明。歌意は、噂に聞いていた松が浦島を今日はじめて見ました。なるほど、この地にふさわしく心ある海人《あま》ならぬ尼が住んでいるのですね、のとおり。「あま」は「海人」と「尼」の掛詞。「松が浦島」は、陸奥国の歌枕。ここは院の池の中島を「松が浦島」に擬したわけだが、これは前項で言及した、源融が陸奥国の塩釜の浦の景を模して庭園を造ったという逸話に関連しての話である。なお、奥州の「松が浦島」それ自体に触れた詠歌には、次の、

2　波間より見えし景色ぞかはりぬる雪降りにけり松が浦島

（千載集・冬歌・顕昭法師・四六〇）

の2の詠がある。2の詠は、『千載集』冬歌に「雪の歌とてよみ侍りける」の詞書を付して載る、顕昭法師の作。歌意は、波間から見えていたこれまでの景色が一変してしまったよ。松が浦島に雪が降ったのだなあ、のとおり。本詠は、降雪によって面目一新した松島の風光を描出した詠作。「雪」の白と、「松」の緑の照応は、六条家的叙景歌の世界である。

以上、「西院の后の松が浦島」の故事について略述した。

これで、一条兼良著『歌林良材集』を基幹にした「由緒ある歌」の具体的事例を列挙しての論述は一応、不充分ながら終了することにする。なお、この問題をめぐる具体的事例については、このほかにも数多拾い上げることはそれほど困難なことではあるまいが、一応の目的を達した今は、それらの問題は今後の課題とすることにして、このあたりで擱筆することにしたいと思う。

四　「由緒ある歌」の概括

これまで「由緒ある歌」をめぐって、一条兼良著『歌林良材集』に収載する六十七の項目を採り上げて具体的に論述してきたが、ここで、これらの項目について総論的に概括を試み、まとめとしておきたいと思う。

まず、六十七項目の「由緒ある歌」の故事・来歴に付された例歌（証歌）の出典・典拠について、整理したのが、次の〔表1〕である。

〔表1〕「由緒ある歌」の出典・典拠一覧表

1　万葉集　六十九首
2　古今集　二十二首
3　後撰集　十五首
4　後拾遺集　十一首

5 拾遺集　十首
6 千載集　九首
7 新古今集　八首
8 散木奇歌集・俊頼髄脳　各六首
9 金葉集・詞花集・続古今集　各四首
10 伊勢物語・大和物語・拾遺愚草・袖中抄・貫之集　各三首
11 歌枕名寄・奥義抄・古今六帖・新勅撰集・曾丹集　各二首
12 芦屋道満大内鑑・今物語・兼輔集・賀茂御社百首和歌・綺語抄・玉葉集・江帥集・十題百首・輔親集・為家集・内大臣（忠通）家歌合・袋草紙・藤川百首・僻案抄・堀河百首・枕草子・宗良親王千首・六条修理大夫顕季集・六百番歌合　各一首　（計二百十二首）

これをジャンル（部類）別に分類すれば、圧倒的多数を占めるのが上代に成立した私撰集の『万葉集』で、他を圧倒している。次いで多いのが勅撰集で、八代集を中心とする『古今集』『後撰集』『後拾遺集』『拾遺集』『千載集』『新古今集』『金葉集』『詞花集』などと、十三代集の『続古今集』『新勅撰集』『玉葉集』のとおりだ。これに続くのが、主として院政期前後に成立の私家集と歌論書で、前者が『散木奇歌集』『拾遺愚草』『貫之集』『曾丹集』『兼輔集』『江帥集』『輔親集』『為家集』『六条修理大夫顕季集』など、後者が『俊頼髄脳』『袖中抄』『奥義抄』『綺語抄』『袋草紙』『僻案抄』などである。そして、中古の歌物語の『伊勢物語』『大和物語』、中世の物語の『今物語』など、中世に成立の名所歌集の『歌枕名寄』、中古に成立の類題集の『古今六帖』、浄瑠璃の『芦屋道満大内鑑』、院政期以降に成立の定数歌の『賀茂御社百首和歌』『十題百首』『藤川百首』『堀河百首』『宗良親王千首』など、中古・中世の歌合の『内大臣（忠通）家歌合』『六百番歌合』などのほか、中古の随筆の『枕草子』がこれらに続いている。

次に、これらの例歌（証歌）を詠歌作者の視点で整理してみると、次の〔表2〕のごとくとなる。

この〔表2〕は、本書に収載した例歌（証歌）二百十二首のうち、二首以上採録されている数値である。この数値は収載歌数の七十七・四パーセントに相当するが、この数値によって、本書のテーマにした「由緒ある歌」の傾向が、出典・典拠の視点から、ある程度明瞭になるのではあるまいか。

〔表2〕本書に収載される二首以上の詠歌作者一覧表

1　作者未詳（不記）　六十三首
2　読み人知らず　十一首

3　架空・虚構作者　九首
4　源俊頼　八首
5　大伴旅人　七首
6　大伴家持・紀貫之　各六首
7　柿本人麻呂・山上憶良・藤原俊成　各五首
8　藤原定家　四首
9　長忌寸意吉麻呂・曾禰好忠・和泉式部・能因・大江匡房　各三首
10　有間皇子・高橋虫麻呂・孝謙天皇・藤原兼輔・伊勢・大中臣輔親・皇后宮摂津・藤原仲実・顕昭・藤原保季　各三首
（計百六十四首）

なお、この〔表2〕のうち、「架空・虚構作者」というのは、『伊勢物語』などの虚構作品の登場人物や神楽歌などの類を指す。この〔表2〕によって、本書に登場する詠歌作者のなかで、「作者不詳（不記）」「読み人知らず」「虚構作者」などの実名不詳ないし秘匿作者、および架空・虚構の作者などが八十三首に達して、全体の三十九・二パーセントを占めているのは驚きである。というよりも、むしろこの実態こそが、「由緒ある歌」の本質を如実に表している、と考えるのが正鵠を射ているのではなかろうか。なぜなら、「由緒ある歌」の世界は伝承歌や古歌など、特定の実作者よりも不特定多数の作者によって担われている、現実の日常生活を超越した時空間で展開される世界と考慮されるからである。

ちなみに、一首の収載歌人を時系列で整理してみると、次のとおりである。

・『万葉集』収載歌人
　池田朝臣・石川女郎・大伴田主・大神朝臣奥守・笠女郎・川島皇子・河村王・沙彌満誓・聖武天皇・田辺福麻呂・中皇命・吉田連宜・若麻続部諸人ら
・『古今集』初出歌人
　凡河内躬恒・小野小町・紀友則・素性・春道列樹・藤原興風・壬生忠岑・源融ら
・『後撰集』初出歌人
　清原諸人・駿河・中務・藤原師輔・源英明・同庶明ら
・『拾遺集』初出歌人
　赤染衛門・清原元輔・春宮女蔵人左近・藤原実方・源順ら
・『後拾遺集』初出歌人
　深覚・藤原顕季・同顕綱・同頼宗ら
・『金葉集』初出歌人

藤原顕輔・同永実・源顕国ら
・『詞花集』初出歌人
橘季通・源頼政ら
・『新古今集』初出歌人
小侍従・慈円・寂然・藤原家隆ら
・『新勅撰集』初出歌人
藤原為家
・『玉葉集』初出歌人
二条為定
・南北朝時代
宗良親王（四十八人）

以上の整理をみると、準勅撰集の『新葉集』歌人の宗良親王を除くならば、残りはすべて勅撰集歌人であることが判明する。この事実はさきに指摘した、実名不詳作者ないし秘匿作者、および架空・虚構作者の作者群とは異なって、六十パーセント強を占める実在の作者群としての一翼を担っていることが判明して興趣深いといえようか。要するに、詠歌作者の視点から見ると、本書は実名作者とそれとは正反対の架空・虚構作者群との二重構造になっていると確認されようか。

それでは、「由緒ある歌」の故実をその内容とする六十七項目は、どのような部類に分類されるのであろうか。次に、「由緒ある歌」の内容面の検討に入りたいと思う。そこで、「由緒ある歌」の項目内容の題材を分類をする際に参考になるのが、説話集の『古今著聞集』が採用している方法で、それによると、

第一「神祇」
第二「釈教」
第三「政道忠臣・公事」
第四「文学」
第五「和歌」
第六「管絃歌舞」
第七「能書・術道」
第八「孝行恩愛・好色」
第九「武勇・弓矢」
第十「馬芸・相撲強力」
第十一「画図・蹴鞠」
第十二「博奕・偸盗」
第十三「祝言・哀傷」
第十四「遊覧」
第十五「宿執・闘諍」
第十六「興言利」
第十七「怪異・変化」
第十八「飲食」
第十九「草木」
第二十「魚虫禽獣」

のごとく分類されている。ところが、この分類方法では、本書が収載する六十七項目の内容は、

この部類に該当しない項目がかなりの数にのぼるようだ。したがって、そのほかに参考文献を探してみると、室町時代の歌学書である宗碩《そうせき》編の『藻塩草《もしおぐさ》』が候補にのぼるのだ。

その『藻塩草』の構成は、次のとおりである。

巻一　天象
巻二　時節　付方
巻三　地儀
巻四　山類
巻五　水辺
巻六　居所
巻七　国　付世界
巻八　草部
巻九　木部
巻十　鳥類

巻十一　獣部
巻十二　虫部
巻十三　魚部
巻十四　気形部
巻十五　人倫并異名部
巻十六　人事部
巻十七　人事雑物并調度部
巻十八　衣類部
巻十九　食物部
巻二十　詞部

この『藻塩草』の分類方法によって、本書が収載する六十七項目の「由緒ある歌」の項目内容を部類してみると、たとえば、「7井出の下帯のこと」は、「別れた男女が、再会して契りを結ぶこと」を意味するが、ここでは、まずは「巻七　国　付世界」「巻十八　衣類部」のごとく部類分けしてみた。この点、多少の不都合が認められようが、以下に「由緒ある歌」の題材の傾向を知るために、このような方法で分類を試みてみたのが、次の〔表3〕である。

〔表3〕「由緒ある歌」六十七項目の表題内容の分類整理一覧表

a　　　巻三「地儀」＝58むやむやの関のこと
a—1　巻三「地儀」・巻五「水辺」＝45野中の清水のこと
a—2　巻三「地儀」・巻九「木部」＝47信太の杜の千枝のこと
b　　　巻四「山類」＝52姨捨山のこと
c—1　巻五「水辺」・巻十五「人倫并異名部」＝3松浦川に鮎を釣る乙女のこと・30猿沢の池に身を投げた采女のこと・50余呉の海に織女の水浴めること
d　　　巻六「居所」＝31鵲の行き合ひの間のこと
d—1　巻六「居所」・巻十二「虫部」＝18鹿火屋が下に鳴く蛙のこと
e　　　巻七「国　付世界」＝35室の八島のこと・36末の松山のこと
e—1　巻七「国　付世界」・巻九「木部」・巻四「山類」＝10奥州の金の花咲く山のこと

e—2　巻七「国　付世界」・巻九「木部」＝11岩代の結び松のこと・12三輪のしるしの杉のこと・39武隈の松のこと・65三輪の檜原に挿頭を折ること
e—3　巻七「国　付世界」・巻五「水辺」＝13葛城の久米路の橋のこと
e—4　巻七「国　付世界」・巻十二「虫部」＝33八橋の蜘蛛手のこと
e—5　巻七「国　付世界」・巻十五「人倫并異名部」＝38宇治の橋姫のこと
e—6　巻七「国　付世界」・巻十六「人事部」＝42志賀の山越えのこと
f　巻八「草部」＝48尾花がもとの思ひ草のこと・56玉箒のこと・57鬼の醜草のこと・63承和菊のこと
g　巻九「木部」＝23錦木のこと・41三角柏のこと・49浜松が枝の手向け草のこと・55鳥総立つのこと・62うけらが花のこと
h　巻十「鳥類」＝16鶯の卵の中の時鳥のこと・17鴫の草潜きのこと・32鴫の羽がきのこと
i—1　巻十「鳥類」・巻十七「人事雑物并調度部」＝19山鳥の尾の鏡のこと
i—2　巻十「鳥類」・巻二「時節　付方」＝20鳩ふく秋のこと
J　巻十二「虫部」＝22ゐもりのしるしのこと
k　巻十四「気形部」＝25ひをりの日のこと・27河やしろのこと・51蟻通し明神のこと・

64筑摩の祭のこと

k—1　巻十四「気形部」・巻九「木部」＝14阿須波の神に小柴をさすこと

l　巻十五「人倫并異名部」＝4桜児のこと・5縵児のこと・9葛城王橘姓を賜ること・15鈍の遊士（みやび男）のこと・28海人のまてがたのこと・29さくさめの刀自のこと

l—1　巻十五「人倫并異名部」・巻十七「人事雑物并調度部」＝1浦島の子の篋のこと・21野守の鏡のこと

l—2　巻十五「人倫并異名部」・巻四「山類」＝2松浦佐用姫領巾麾りの山のこと

l—3　巻十五「人倫并異名部」・巻三「地儀」＝6菟原処女の奥槨のこと

l—4　巻十五「人倫并異名部」・巻十六「人事部」＝40柿本人麿唐へ渡ること

l—5　巻十五「人倫并異名部」・巻七「国　付世界」＝66河原左大臣の塩釜の浦のこと・67西院の后の松が浦島のこと

m　巻十六「人事部」＝7井出の下帯のこと・43夢を壁といふこと・44濡れ衣のこと

n　巻十七「人事雑物并調度部」＝46四つの船のこと

n—1　巻十七「人事雑物并調度部」・巻十六「人事部」＝60やまと琴夢に娘に化すること

o　巻十八「衣類部」＝8くれはとりのこと・24けふの細布のこと・34紫の根摺りの衣のこと・37忍ぶもぢずりのこと・53常陸帯のこと・54三重の帯のこと

o―1　巻十八「衣類部」・十六巻「人事部」＝26衣を返して夢を見ること
p　巻二十「詞部」＝61「かたまけぬ」のこと

以上、「由緒ある歌」の六十七項目の題材を分類してみたところ、単独の部類分けになる項目もあれば、複数のそれになる項目もあって、種々様々な様相を呈していることが判明する。ちなみに、単独の項目でもっとも多いのが、巻十八「衣類部」の六項目で、次いで巻九「木部」の五項目、巻八「草部」と巻十四「気形部」の各三項目、巻七「国　付世界」と巻十六「人事部」の二項目のとおりである。一方、複数の項目で最も多いのが、巻九「木部」などの九項目、次いで巻十五「人倫并異名部」などの七項目、巻五「水辺」などの三項目、巻三「地儀」などと巻十「鳥類」などの各項目である。

しかし、この分類ではいまひとつ「由緒ある歌」六十七項目の具体的な内容が明瞭でないように愚考されるので、以下には視点を変えて、具体的な内容を明示した分類方法で示してみてみたいと思う。そこで考えついたのが、六十七項目を、

Ⅰ　実在する人物に関する逸話
Ⅱ　伝承・架空の人物に関する奇譚

Ⅲ　人間社会を取り巻く諸種の故事来歴
Ⅳ　難解な意味内容の言辞

の四つのグループに分類する方法である。ただし、この分類方法によっても、「由緒ある歌」の六十七項目が、緊密に有機的な関連を持った構造体に整然と分類されるかといえば、問題なしとしないであろう。

まず、「Ⅰ　実在する人物に関する逸話」に属する項目は、欽明天皇の御代に大伴佐提比古《さでひこ》が遣唐使として中国へ渡ったときの、2松浦佐用姫《まつらさよひめ》領巾麾《ひれふ》りの山の話。山上憶良が鮎釣りに興じる、3松浦川に鮎を釣る乙女の話。聖武天皇が、葛城王《かずらきのおおきみ》と称していた諸兄《もろえ》に、橘姓を賜ったという、9葛城王橘姓を賜るの逸話。聖武天皇の御代に、陸奥国の小田なる山に黄金を掘り出したときの感動を大伴家持が詠じた、10奥州の金《くがね》の花咲く山の話。大伴田主《たぬし》の心を引こうと策略を巡らした、石川女郎《いらつめ》の涙ぐましい努力に応ずることのできなかった、無粋《ぶすい》な男の対応を語った、15鈍《おそ》の遊士《みやびお》の逸話。同じく「恋」の関連で、恋人のことを忘れようと努力したのに、その効果がまったく得られなかった「鬼の醜草《しこぐさ》」を話題にした、大伴家持の同大嬢《だいじょう》への失恋を扱った、57鬼の醜草の逸話。雄略天皇が鷹狩りのとき、野守が野中にできた水溜りの鏡で見て、逃げた鷹を発見したという故事の、21野守の鏡の話。柿本人麿が中国で詠じたという伝承歌の、40柿本人麿唐へ渡るの逸話。同じく中国関係で、孝謙天皇が詠じた、大使・副使・判官・主典の遣唐使が四隻の船に分乗したことから命名されたという、46「四の船」の御製。春秋時代の琴の名手伯牙の故実に依拠した、対馬国の結石山《ゆいしやま》の梧桐《ごとう》の日本琴《やまとごと》について、大伴旅人が虚構した贈答歌、60やまと琴夢に娘に化《け》するの話。仁明天皇が愛好したという黄菊ないし一本菊にかかわる、63承和菊《そがぎく》の逸話。河原左大臣源融《とおる》が六条河原の自邸の庭園に、奥州の名所塩釜の景色を再現して賞美したという、66河原左大臣の塩釜の逸話。淳和天皇の后正子内親王が落飾《らくしょく》した際、西院の中島に、陸奥国の名勝たる松島の景色を擬して造営したという、67西院の后の松の浦島の逸話。

次に、「Ⅱ　伝承・架空の人物に関する奇譚」に属する項目は、「水辺」関係では、『日本書紀』『丹後国風土記』『万葉集』などによって伝えられてきた、水江の浦島の子の常世の国伝説の、1浦島の子の篋《はこ》の話。曾禰好忠が『曾丹集《そたんしゅう》』で紹介している、余呉《よご》の海に織女が舞い降りてきて、松に羽衣をかけ、水浴びをするという羽衣伝説の、50余呉の海に織女の水浴《あ》める話。「山類」関係では、『和歌童蒙抄《どうもう》』に「立秋の日より鳩は鳴くなり」とあり、手を合わせ山鳩の声を真似《まね》て吹き鳴らす意とも、猟師が鹿などを待つ間、気配を隠し獲物を油断させる意とも、仲間に合図する意ともいわれているなか、『袖中抄』が恋人に呼びかけ誘う意もあるとしたことから、人恋しさの募《つの》る秋の寂寥感をかもす歌語ともなったという、20鳩ふく秋の故実。『大和物語』に紹介される、信濃国更級《さらしな》の里に住む男が、親代わりに育ててくれた年老いた伯母を山に捨てたが、山の上に照る清澄《せいちょう》な月を見て伯母を連れ戻すという、52姨捨山伝説。「恋」の諸相では、二人の男性から愛された結果、女性が自殺を図るという、4桜児の逸話・5縵《かずら》児《こ》の逸話・6菟原処女《うないおとめ》の奥槨《おくつき》の逸話。奈良の帝の真の愛を得られなくて入水《じゅすい》自殺を図った、30猿沢の池に身投げた采女《うねめ》の逸話。女性の奔放な性を扱った逸話のうち、女が夫以外の男と密事をしたときの証拠に塗る、22ゐもりのしるしの逸話。村の女が関係を結んだ男の数だけ鍋を頭にかぶって参拝したという、陰暦四月一日に近江国筑摩《つくま》神社で行われた、64筑摩の祭の鍋の逸話。陸奥国の風習で、男が思いを寄せる女の門の前に立てた、一尺ほどの五色に彩色した錦木にまつわる逸話。女が男の思いを承諾すれば、家中に取り入れられるが、取り入れられないと、男は毎日一束ずつ重ね、千束になるまで誠意を示したという、23錦木の逸話。疎遠になった男女が再会して契りを結ぶ譬《たと》えとして、山城国井出に行った内舎人《とねり》が、別れ際に渡した帯を印《しるし》として、後に別れた少女と再会したという『大和物語』に載る、7井出の下帯の逸話。播磨国印南野《いなみの》にあったという、疎遠になった恋人・友人の譬えとして喧伝《けんでん》された「野原の中の清水」の意の、45野中の清水の逸話。

次に、「Ⅲ　人間社会を取り巻く諸種の故事来歴」に属する項目は、まず、「神仏」関係では、大和国の大神《おおみわ》神社の御神体である、三輪山に生えている二本の杉が目印として享受されたという、12三輪のしるしの杉の故事。大和国の葛城山《かずらきさん》に住むという一言主神《ひとことぬしのかみ》が、役行者《えんのぎょうじゃ》に命じられて、葛城山と金峰山《きんぷせん》との間に橋をかけようとしたが、容貌の醜さを恥じて夜間しか働かなかったので完成しなかったという伝説から、恋や物事の成就《じょうじゅ》しないことや、醜い容貌を恥じることなどの譬えとして引用される、13葛城の久米路の橋の伝説。下総国《しもふさのくに》の阿須波《あすは》神社では、神への誓いとして小柴を立てて祈るという、14阿須波の神に小柴をさすの故事。神社名は特定できないが、陰暦六月の夏越《なご》しの祓《はら》えのときなどに、川辺に榊《さかき》や笹などを立てて棚を作って、神楽《かぐら》を奏して神を祭ったという、27河やしろの故実。七曲《ななわだ》の玉に糸を通せという唐土《もろこし》の帝の難題を、蟻に糸を結び、穴の出口に蜜を塗るという中将の知恵で切り抜けたという『枕草子』に載る、51蟻通《ありどおし》明神の故実。先端が三つに分かれた大きな柏の葉で、宮中の豊《とよ》の明《あ》かりの節会などで、食物や酒などを盛るのに用いたり、また、伊勢神宮では占いに用いたという、41三角《みつの》柏《がしわ》の故事。占いの関連では、常陸国の鹿島神宮で正月十四日の祭りに、男女が布の帯に意中の人の名を書いて供え、神主《かんぬし》がそれを結び合わせ、その様子から結婚を占ったという、53常陸《ひたち》帯《おび》の故事。

また、「鳥類」関係では、時鳥《ほととぎす》が自分の巣を作らずに、鶯の巣の中に卵を産みつけて育てさせる習性があるという、いわゆる「托卵《たくらん》の習性」の故実に言及した、16鶯の卵《かいご》の中の時鳥の故事。鵙《もず》が春になると、山に移って姿を見せなくなったり、古くは草の中に姿を隠すと考えられていた、17鵙の草潜《ぐ》きの故事。山鳥の雄の光沢のある尾羽《おば》を鏡に見立てた語で、峰を隔てた雄の影がうつるというところから、異性への慕情の譬えともなった、19山鳥の尾の鏡の伝承。夜明け方に、鴫《しぎ》が羽虫を取るために、繰り返しくちばしで羽をしごく動作から、物事の回数の多い譬えとなった、32鴫の羽がきの故実。「虫部」関係では、鹿・猪が農作物を荒らすのを防ぐために、火をたいて番をする小屋とも、蚊を追い払うために火をたく小屋ともいう、18鹿火《かひ》屋《や》が下に鳴く蛙の故事。

また、植物については、「草部」関係では、「思ひ草」は草の名前ではなく、ただ単に「草」をいうとか、薄《すすき》などの根に寄生し、秋に煙管《きせる》に似た筒型の、淡い赤紫色の花をつけるナンバンギセルのことだとか、「露草」「茅」などを言うなどと諸説紛々《ふんぷん》たる、48尾花がもとの思ひ草の故実。「思ひ草」と同様に、「手向《たむ》け草」も、ただ単に「手向く」というためにとか、供物《くもつ》をいうのだとか、植物の異名とみて、「すまひ草」をいうなどの諸説がある、49浜松が枝《え》の手向け草の故事。「木部」関係では、斉明《さいめい》天皇四年、有間皇子は斉明天皇に対する謀反《むほん》の咎《とが》によって、蘇我赤兄《あかえ》に捕らえられ、紀の湯に護送されて皇太子中大兄の尋問を受け、藤代坂で絞首《こうしゅ》されたが、皇子は紀の湯へ護送される途次、松の小枝を結んで幸いを祈ったという、11岩代の結び松の故実。陸奥国にあった「松」で、常緑不変のイメージで詠まれる松が、次々と枯れたり植え継がれたりしたとか、根元から二株に分かれていたとかいう奇異な伝承を持つ、39武隈《たけくま》の松の故事。和泉《いずみ》国の歌枕で、赤染衛門が和泉式部に贈った歌で「葛《くず》の葉」の名所となった「信《しの》太《だ》の杜《もり》」が実は、古歌の「楠《くす》」を「葛《くず》」に誤読した結果によるという伝承をもつ、47信太の杜の千枝《ちえ》の故実。

また、「衣類」関係では、呉《ご》の国から渡来した織物、もしくは呉の国から伝来した手法による織物を「くれは鳥」というが、和歌に用いられる場合は、「呉服」に「綾」があるところから「あやし」「あやなく」「あやに」などの枕詞として用いられた、8くれはとりの故事。紫草の根の汁で摺《す》り染めた衣服の故事、およびこの紫の根摺りの衣を上着に着て、（娘の小式部内侍と藤原教通との間柄を公表して）事無《ことな》きを得ようと画策する和泉式部の娘をかばう女親の心を伝える、34紫の根摺りの衣《ころも》の逸話。陸奥国の産物で、この布は鳥の毛で織られ、折り幅も狭く長さも短い布なので、小袖のように下着として着用したとか、背中のみが隠れ、胸までは覆われぬ布の形態から、恋人は逢わないという歌語に用いられたとかの伝承がある、24けふの細布の故事。忍草の茎や葉で、乱れ模様を布に摺りつけたもので、陸奥国信夫《しのぶ》郡から産出されたという、37忍ぶもぢ摺《ず》りの故事。この世に二つとない恋をしたために、普段の帯を三重に巻かなければならないほどに身体が痩せ細ったという、54三重の帯の逸話。

また、「歌枕」関係では、三河国の歌枕で、蜘蛛手のように八方に分流している川に、八つの小橋を架け渡してあったことから命名され、とくに『伊勢物語』の「東下り」に登場することで知られる、33八橋の蜘蛛手《くもで》の故実。下野国《しもつけ》の歌枕で、大神《おおみわ》神社の境内に八つの人工島があって、池の水が蒸発して煙のように見えることから、「室《むろ》の八島《やしま》の煙」の伝説が生まれたという、35室の八島の故実。陸奥国の歌枕で、末の松山を波が越えることは絶対にあり得ないということから、波が越えることを、男女の間の愛情を裏切って心変わりすることの譬えとする意味をも付与されることになった、36末の松山の故実。『古今集』の宇治の橋姫を詠じた歌によって、宇治橋を守る女神が住吉明神などの男神と結婚して、男神を毎夜待っていたとかの諸説が流布した伝説をもつ、38宇治の橋姫の故実。京都から志賀峠、滋賀寺（崇福寺）を経て、いまの大津市北部滋賀の里付近へ抜ける峠道で、都の人が滋賀寺参詣のためにしばしば利用した、42滋賀の山越えの故実。出羽と陸奥《むつ》の国境にあった平安時代に置かれた関で、『綺語抄』などに引用される古歌の解釈をめぐって、不便で難渋するところとか、弟が兄を殺そうとして関守に誤った道を教えさせたとか、諸説が伝承された、58むやむやの関の故実。

　また、「風俗習慣・俗信」などの関係では、「年中行事」の、陰暦五月五日に左近衛の舎人が、六日には右近衛の舎人が、宮中の馬場で競べ馬・綺射《きしゃ》を行う行事に触れた、25ひをりの日の故事。高野箒の枝を束ねて手箒《ぼうき》とし、枝に小さな宝玉の飾りをいくつも貫いた玉箒《たまばはき》は、古代、正月初子《はつね》の日の儀式に宮中で后妃が用い、唐鋤《からすき》とともに飾られたが、唐鋤が天皇の親耕《しんこう》を表すのに対し、皇后も女の仕事としてみずから養蚕をする意味を表す。このような意味を担って伝承された、56玉箒の故実。「俗信」関係では、衣を裏返しに着て寝ると、恋しい人を夢に見ることができるという、小野小町の歌で伝承された俗信を伝える、26衣を返して夢を見ることの話。「風習」関係では、きこりが木を伐《き》ったあとに、木の先や枝葉の先を意味する「とぶさ」を立てて山の神を祭る風習があったが、この風習を伝承する、55鳥総《とぶさ》立つの故実。大和国の三輪山に生育する檜原《ひばら》で挿頭《かざし》にする枝を折ったという伝承を持つ、65三輪の檜原に挿頭を折るの説話。

最後に、「Ⅳ　難解な意味内容の言辞」について論究したいと思う。

さて、『歌林良材集』の中で、「Ⅳ　難解な意味内容の言辞」の分類は、「由緒ある歌」の内実と多少性格を異にするのではないかとも思われるが、この分類に該当する項目がいくつか含まれているのも事実である。そこで最初に紹介したいのが、28「海人《あま》のまてがた」の難義である。この語は『後撰集』の源英明《ひであきら》の詠（九一六）の第二句を指すのだが、『奥義抄』は「海人の撒《ま》く潟《かた》」として、海水から塩を取るために干潮時に渚の砂をかき集め、それに染み込んだ海水を煮詰めて、残った砂をまた浜に撒くのだと説く。一方、『僻案抄《へきあんしょう》』や『袖中抄』は「まてがた」の本文を採用して、砂の中に穴を掘って住む蛤《はまぐり》を採る労働が忙しいのだという意味に解した。なお、『後撰集』（新日本古典文学大系）は「までかた」として、『万葉集』が助詞の「まで」に「左右」「左右手」の用字を当てていることを勘案《かんあん》して、「左右手肩」と解し、「左右の手と肩」の意味に解している。いずれにせよ、どの説も少々落ち着かない感じは否めないようだ。

また、29「さくさめの刀自《とじ》」の語は、『後撰集』の読み人知らず（女の母）の詠（一二五九）の結句を指すのだが、この措辞の解釈をめぐって諸説が提出されているわけだ。この語は『後撰集』の当該詠歌に付された詞書の中の『あとう語り』なる作品の登場人物で、「刀自」は家を切り盛りする女性をさすが、姑（大江匡房説）、盛りも過ぎて不遇な身を嘆く女性、でしゃばりな主婦、また、若い女性（僻案抄）などの諸説があって一定しない。

また、31「鵲《かささぎ》の行き合ひの間」の語は、「行き合ひの間」の意味が、「接したものの透《す》き間」であることについては問題はないようだが、「鵲の……」の場合、「鵲の橋」を言う。しかし、この部分については、「片そぎの……」の措辞が正しいのだといって、神社の屋根の千木《ちぎ》の片そぎの交わっている透き間のことだとし、社殿が壊れていることを神が帝に訴えた、示現《じげん》の歌だと『俊頼髄脳』や『袋草紙』は解釈している。

また、43「夢を壁といふこと」の由来については、『後撰集』の駿河の詠（五〇九）と藤原兼輔の詠（一三九九）の「夢」に関わる解釈がある。「壁」は「塗《ぬ》る」ものであるため「寝《ぬ》る」時に見える夢のことを言うようになったという『歌林良材集』の説とか、『後撰集正義』の忉《とう》利天《りてん》の七宝宮殿の壁に、人の過去将来の様子が映り見えるとか、亡夫を恋う妻のもとにある夜、亡夫がやって来て語り明かしたが、気づいてみると夢で、かたわらには壁ばかりがあったとかの説があるが、いずれの説もいまひとつ明快でない。なお、兼輔の詠は詞書から、亡妻の筆跡が壁にあったのを見たことを、白日夢として詠んでいるので、壁即夢ではないが、後にこれを誤って、壁を夢というようになったようだ。

また、44「濡《ぬ》れ衣《ぎぬ》」の語義は、身に覚えのない浮名や根も葉もない噂、無実の罪を意味する歌語として用いられることが多いが、それらの意味の根拠になったその典拠について、『後撰集』の小野好古《よしふる》の詠（九五五）の説明で、『後撰集正義』が濡れ衣の本説《ほんぜつ》として、継母が義理の娘を陥《おとしい》れるために、海人《あま》の濡れた衣を手に入れて、娘が密通しているように実父に告げた逸話を述べて、「是よりして、なき名おふをば、ぬれ衣《ぎぬ》きるといふ」と紹介している。また、『伊勢物語』には、第六十一段の「たはれ島浪のぬれぎぬ着る」の措辞を、浪がかかって濡れるところから、「ぬれぎぬ」を引き起こして、筑紫の染め川の女が色好みだという評判を打ち消そうと試みている話が載っている。

また、59「額《ぬか》づく」の語義は、額《ひたい》を床につけるようにして礼拝する、最敬礼の意だが、それを『歌林良材集』では、相《あい》思ってもくれない人を恋い慕うのは、何とも馬鹿馬鹿しいことで、大寺の餓鬼の後から「額《ぬか》づく」ようなものだと比喩的に用いているのだ。そのうえ、同書は「女餓鬼」「男餓鬼」までも引き合いに出して、「ぬかづく」の語義に言及しているが、理解に苦しむ。

また、61「かたまけぬ」の語義は、『歌林良材集』では、『八雲御抄』に「片設けぬ」と書き、『万葉集』に「夕かたまけ、春かたまけ、冬かたまけ」などの用例があると紹介している。意味するところは、「季節や時をひたすら待つ。その時節になる」程度で、この語についてはさほどの難義はないと推察されようか。

最後は、62「うけらが花」の語義だが、この語義は難義とはいえないだろう。「うけら」は「をけら」（朮）の古語で、山野に生える多年草。秋に白または淡紅色の花をつける。『万葉集』に武蔵野に咲く花として登場し、「色に出《づ》」「時なき」の序として用いられたが、平安時代にはほとんど詠まれなくなった。『千載集』の源俊頼の長歌（一一六〇）に「……うけらが花の　咲きながら　開《ひら》けぬことの……」とあるのは、この花が頭状花で、開かない花であったからである。

以上、『歌林良材集』の「由緒ある歌」六十七項目について、四つの視点から分類を試みたが、それぞれの項目は、一分野に整然と分類される場合もあれば、複数の分野に複合的に絡《から》み合っている場合もあって、容易に単純明快には分類不可能な側面をもっているようだ。しかし、この分類によって『歌林良材集』の六十七項目の内容は一応、整理できたように愚考されるので、最後に、『歌林良材集』の著者である一条兼良の本書の編纂意図・目的は何であったのかについて考察してみたいと思う。

そこで、この問題について著者一条兼良自身が表明している見解を探索するに、本書には当該見解が見当たらなくて残念だが、しかし、著者は『歌林良材集』の巻末に藤原俊成の『古来風体抄』から、『万葉集』の特色のうち、用字法について引用しているので、この記述が参考になるであろう。

『古来風体抄』に云はく、「さて、この『万葉集』をば『後拾遺集』序に申したるは、『この集の心は易きことを隠し、難きことを表せり。よりて惑へる者多し』とぞ書きたるを、いとさにはあらぬにやと覚え侍るなり。この集の頃までは、歌のことばに人の常に詠みけることどもを、時世の移り変るままには、詠まずなりにけることばどもの数多《あまた》あるなるべし。唐土《もろこし》にも『文体三度改まる』など申したるやうに、この歌の姿詞も、時世の隔たるに従ひて変りまかるなり。昔の人の難《かた》きことを表し、易《やす》きことを難くなして、人を惑はさんと思へるにはあらざるべし。ただし、書き様《やう》の文字遣《づか》ひにとりてぞ、うちまかせて、そのことに使ふ文字をも書かず、とかく書きなしたることぞ多かるべき。たとへば、『春の花』『秋の月』ともいへる歌を、易くさは書かで、真名《まな》・仮名《かな》に一文字づつ書きて、『波流乃波奈《はるのはな》』『阿伎乃都伎《あきのつき》』などやうに書き、また同じく一字に書くにとりても、ここかしこに文字を変へつつ書き、また三十一字のものをただ十余文字にも、二十余字などにも書きなしたる所々の侍るなり。まことに少しは惑はさんとにやとも申しつべかめれど、それもことばを通《かよ》はして、かくもいふぞなど見せんとなるべし。されど、近来もさやうの文字遣ひにはかられて、惑ふ者どももあるなるべし」と。

以上が当該記事だが、これをまずは内容的に補足を加えた現代語訳で示しておこう。

『古来風体抄』が言うことには、「さて、この『万葉集』を『後拾遺集』の序文で申しているることには、『この万葉集の心は、分かりやすい面をわざと出さず、理解しがたい点を表《おもて》に出している。したがって、藤原通俊《みちとし》も時代が変ったことによって理解が得られなくなり、困惑するものが多い』と書いているが、実際はそうではないのではなかろうかと、筆者（俊成）には考えられるのです。この『万葉集』のころまでは、歌の表現として人がごく普通に使っていたことで、時代の推移につれて、使わなくなってしまった表現（措辞）が数多くあるようだ。中国でも『文体が三度改まる』などと申しているように、この歌の『姿《すがた》』（格調）『詞《ことば》』（表現）も、時代が隔たるにつれて変ってゆくのである。昔の人が理解しがたい点を表面に出し、わかりやすい面をわざと難しくして、人を困惑させようと考えたのではないであろう。ただし、『万葉集』の書き方の用字法に関しては、一般的に、普通にそのことに使用する文字を書かないで、わざわざ種々様々に書いたものが多いようである。たとえば、『春の花』『秋の月』という歌を、分かりやすくそうは書かないで、万葉仮名で一文字ずつ書いて、『波流乃波奈』『阿伎乃都伎』などというように書き、また同じように一字で書くことに関しても、『春』を『暖』『張』、『秋』を『冷』『商』などと表記するように、ここそこに文字を変えながら書き、あるいはまた、三十一字のものを、助詞類を省略した表記の略体歌《りゃくたいか》のように、ただの十余文字にも書き、ごく一般的な用字法による表記で、二十余字などにも書くなどして、わざわざ事々《ことごと》しく表記した箇所があるのである。まったく『後拾遺集』の序文で通俊が言っているように、多少は困惑させようとする気持ちもあるのだろうかとも申したくなるようだが、それもことばを通して、こんなふうにも表現できるのだぞなどと示そうというのであろう。しかしながら、近頃も、そのような用字法に欺《あざむ》かれて、困惑する者もあるのであろう」と。

ここには『歌林良材集』が『万葉集』の特色のうち、表現・措辞に関わる用字法について言及されている部分を、『古来風体抄』から抄出していることが知られるが、それは『歌林良材集』の著者がこれまで「由緒ある歌」の内容面を中心に言及して、表現・措辞の方面にはまったく触れてこなかった不備も否定できないので、最後に著者・兼良は補足を試みたのかも知れない。しかし、その点は今後の検討課題にするとして、ここで重要なのは、著者・兼良が『古来風体抄』の『万葉集』の用字法に接続する「風体《ふうてい》」に関する記述を省略して、抄出に及んでいない点である。というのは、「由緒ある歌」に内容的に密接に関連するのは、むしろこの「風体」に言及された記述のほうではないかと愚考されるからだ。そこで、以下にその部分を引用しておきたいと思う。

　また、歌どもは、まことに心もをかしく、詞づかひも好もしく見ゆる歌どもは多かるべし。また、『万葉集』にあればとて、詠まんことはいかがと見ゆることも多く侍るなり。第三の巻にや、太宰帥《そち》大伴（旅人）卿酒を讃めたる歌ども十三首まで入《い》れり。また、第十六巻にや、池田朝臣、大神《おほみわの》朝臣などやうの者どもの、互《かたみ》に戯れ罵《ののし》り交《かは》したる歌などは、学ぶべしとも見えざるべし。かつは、これらは、この集にとりての誹諧歌《はいかいか》と申す歌にこそ侍るめれ。また、まことに証歌にもなりぬべく、文字遣ひも証になりぬべき歌どもも多く、おもしろくも侍れば、片端《かたはし》とは思ふ給へながら、多くなるにて侍るなり。また、古きことばどもの、今は人詠まずなりにたるも、かくこそはありけれと、人に見せんため記《しる》し入れて侍るなり。また、『拾遺集』などにも入り、さらでもおのづから人の口にある歌も、洩《もら》さんも口惜しく、書入れ侍るほどに、何となく数多くなりにて侍るなり。『万葉集』の歌は、よく心を得て、取りても詠むべきなりとぞ、古き人申し侍りし。

この「風体」についての俊成の見解の記述も、内容を補足して現代語訳を付しておこう。

また、『万葉集』の歌は、じつに内容も興趣深く、表現も好感の持てる歌が多いようだ。また、『万葉集』にあるからといって、歌に詠むことはいかがなものであろうか、と思われることも多くあるのです。第三巻であったろうか、太宰帥大伴旅人卿の酒をほめた歌が十三首ほど入集している。また、第十六巻であったろうか、池田朝臣、大神朝臣などというような者が、互いにふざけて罵《ののし》りあった歌などは、学ぶべき歌だとも思えないだろう。一方では、これらの歌は、この『万葉集』にとっての誹諧歌と申す歌のように思われるのです。また、実際に詠作する場合、表現の典拠となる歌にもなるだろうし、用字法も証拠となることができる歌も多く、興味深くもあったので、当初はほんの一部分だけ抄出しようと存じていたのにもかかわらず、つい歌数が多くなって、『万葉集』からの抄出歌は百九十首を越えるまでになってしまったのです。また、「つも」「かも」「けらし」「べらなり」などの古い表現・措辞で、現在では人が歌に詠まなくなったものも、このようにあったのだと、人に提示しようという目的で書き入れておいたのです。また、『万葉集』からの抄出歌のうち、『拾遺集』にも十九首が入集し、そうでなくても『古今六帖』『柿本集』『赤人集』『家持集』などの、自然と人口に膾炙《かいしゃ》している歌集に載る歌も、書き入れているうちに、何となく抄出歌数が多くなってしまったのです。『万葉集』の歌は、充分に理解し、咀嚼《そしゃく》して詠むべきであると、源俊頼などの古人は申していたのです。

ここには、藤原俊成が『古来風体抄』に『万葉集』から抄出した理由について、『万葉集』の歌は、内容も情趣深く、表現も好感の持てる歌が多いので、実際に表現の典拠や用字法の証拠になりえる、いわゆる証歌や、また、「つも」「かも」「けらし」「べらなり」などの古い詞で、現在では人が歌に詠まなくなったが、当時は存在していた付属語の類、『拾遺集』などにも入集し、自然と人口に膾炙していた数多《あまた》の歌が、当今《とうこん》自然に消滅していくのはとても忍びなく思われるなど、数々の理由から、この際、これらの歌どもを読者の人びとに提示しておこうという目的で抄出したのだと表明しているわけだ。

ちなみに、『歌林良材集』に収載する万葉歌は、さきに整理したように六十九首を数えるが、このうち、『古来風体抄』が抄出する万葉歌と重複するのは十八首で、二十六・一パーセントに過ぎず、この数値をもって一条兼良が藤原俊成の『古来風体集』の見解を全面的に踏襲《とうしゅう》しているとは必ずしも、言えないかもしれない。しかし、『歌林良材集』の著者が『古来風体抄』の載せる『万葉集』にかかわる記述を巻末に掲載しているという事実は貴重で、ここに兼良の『歌林良材集』の編纂意図の一端を読み取ることがそれほど正鵠《せいこく》を射ていないことはないだろうと愚考する。

なお、『万葉集』巻十六には「由縁ある雑歌」なる部立があって、これは「作歌事情に縁起・因縁《いんねん》・伝説・故事来歴・故実などのある種々の歌を集めた」程度の意であろうが、本書の「由緒ある歌」の性格を考える際の参考になるであろう。ちなみに、この部立の歌を『古来風体抄』は十一首収載するが、『歌林良材集』はこのうちの三首と重複し、その重複率は二十七・三パーセントに相当する。この数値も決して高くはないが、当該問題を考える参考にはなるであろう。

これを要するに、『歌林良材集』で著者・一条兼良が「由緒ある歌」の部を編纂する際に、その編集方針・意図として、藤原俊成が『古来風体抄』で言及している『万葉集』の特色のうち、用字法と風体についての見解が、全面的ではないにせよ、総合的に判断すれば、どこということなく反映していることは否めないように愚考されるようだ。

一条兼良は『歌林良材集』の「由緒ある歌」を下巻の「第五」に収載する際に、俊成の『古来風体抄』なる歌論集を十二分に咀嚼《そしゃく》して、自家薬籠《じかやくろう》中の物にしていたことだけは明らかなのではなかろうか。

五　おわりに

以上、『歌林良材集』の「由緒ある歌」に絞って、種々様々に論述してきたが、ここでこれまでに論及してきた要点をまとめて、本書の一応の結論にしたいと思う。

一、「由緒ある歌」の六十七項目は、内容面から見て、おおよそ次の四点に集約されよう。

Ⅰ　実在する人物に関する逸話　　十三項目
Ⅱ　伝承・架空の人物に関する奇譚　　十二項目
Ⅲ　人間社会を取り巻く諸種の故事来歴　　三十四項目
Ⅳ　難解な意味内容の言辞　　八項目

この数値を全体のバランスの中でみると、Ⅰが十九・四パーセント、Ⅱが十八・〇パーセント、Ⅲが五十・七パーセント、Ⅳが十一・九パーセントに相当するが、Ⅳの項目を除くと、Ⅰ

とⅡを合わせた、人物関係の項目が三十七・四パーセントになって、まずはバランスの取れた配列・構成になっていると評しえようか。

二、「由緒ある歌」の六十七項目の内容を具体的に提示する和歌を収載する典拠作品を検索してみると、次のような様相を呈している。

『万葉集』　六十九首
『古今集』　二十二首
『後撰集』　十五首
『後拾遺集』　十一首
『拾遺集』　十首
『千載集』　九首
『新古今集』　八首
『俊頼髄脳』『散木奇歌集』　各六首
『金葉集』『詞花集』『続古今集』　各四首
『貫之集』『伊勢物語』『袖中抄』『拾遺愚草』　各三首
（以下、省略）

すなわち、私撰集の『万葉集』が断然トップで、次いで勅撰集の『古今集』『後撰集』『後拾遺集』『拾遺集』『千載集』『新古今集』などの『金葉集』『詞花集』を除く八代集がこれに続くが、あとは『散木奇歌集《さんぼくきか》』『貫之集』『拾遺愚草』などの私家集、『俊頼髄脳』『袖中抄』などの歌学書、『金葉集』『詞花集』『続古今集』などの勅撰集、『伊勢物語』の歌物語などが陸続するという具合である。

三、例歌（証歌）の詠歌作者を整理すると、

作者未詳・不記　六十三首
読み人知らず　十一首
虚構・架空の作者　九首
源俊頼　八首
大伴旅人・同家持　各六首
柿本人麻呂（人麿・人丸）・山上憶良・藤原俊成　各五首
藤原定家　四首
長忌寸意吉麻呂《ながのいみきおきまろ》・曾禰好忠・和泉式部・能因・大江匡房《まさふさ》・有間皇子・高橋虫麻呂・孝謙天皇・藤原兼輔・伊勢・大中臣輔親《すけちか》・皇后宮摂津・藤原仲実・顕昭《けんしょう》・藤原保季《やすすえ》　各二首

すなわち、圧倒的多数を占める作者が『万葉集』や『古今六帖』などに見られる「作者不記」ないし「作者未詳」、『古今集』に見られる「読み人知らず」、『伊勢物語』『大和物語』などに見られる架空《かくう》・虚構の作者などであって、伝記・伝説・伝承物語・和歌説話・故事来歴・故実に基づく「由緒ある歌」を収載する『歌林良材集』であってみれば、至極《しごく》当然な実態ではあろうと愚考される。次いで多いのが、大伴旅人・同家持・柿本人麻呂・山上憶良などの万葉歌人で、あとは紀貫之・伊勢などの『古今集』初出歌人から、院政期に活躍した源俊頼、さらに藤原俊成・同定家の活躍した新古今歌壇の歌人たちが群雄割拠《かっきょ》の様相を呈していると言えようか。

四、『歌林良材集』が所収する「由緒ある歌」六十七項目に関わる故実や和歌説話を載せる歌学書のうち、比較的多くの説話などを収載するのが、『俊頼髄脳』『綺語抄』『和歌童蒙抄』『奥義抄』『袖中抄』『和歌色葉』『僻案抄《へきあんしょう》』『八雲御抄《やくもみしょう》』などであろうが、著者・一条兼良がもっとも影響を受けたのは、藤原俊成の歌論書『古来風体抄』ではなかろうか。

五、本書で論及してきた『歌林良材集』の「由緒ある歌」をめぐっては、冒頭で触れたように、さらに、下河辺長流の『続歌林良材集』、契沖の『続後歌林良材集』を考察しなければなるまい。しかし、当該テーマをめぐる考察は一応、本考察において達成しえたと愚考されるの

（以下、省略）

で、残された問題は今後の検討課題とすることで、今回はこれで擱筆したいと思う。

なお、今後の検討課題として今回は考察対象にしなかった、『続歌林良材集』と『続後歌林良材集』について、略述すれば、以下のとおりである。

まず、下河辺《しもこうべ》長流《ちょうりゅう》編『続歌林良材集』は成立年時は未詳だが、延宝五年（一六七七）五月に刊行の版本によって伝存する。構成は序文・目録（上・下）・引本文書・本文から成る。内容は百十六項目で、上巻が「下《した》てるひめの事」「玉《たま》よりひめの事」「そとほりひめの事」〜「つぼのいしぶみの事」「えびすの身より出《いだ》す血の事」「とどきの矢の事」の四十八項目、下巻が「かめの上の山の事」「ふかうの里はこやの山の事」「玉椿《つばき》やちよといふ事」〜「牛の車の事」「つるの林の事」「ほとけの兄の事」の六十八項目を収載する。

ちなみに、百十六項目はいずれも『歌林良材集』には見られない項目内容である。そして、引本文書（引用書目）は六十二部に及び、『日本書紀』『風土記《ふどき》』『古事記』『日本霊異記《りょういき》』『扶《ふ》桑《そう》略記』『聖徳太子伝』『本朝文粋《ほんちょうもんずい》』『和漢朗詠集《わかんろうえいしゅう》』などの日本の書目、『史記』『漢書』『後漢書』『毛詩《もうし》』『礼記《らいき》』『列子』『荘子《そうじ》』『荀子《じゅんし》』『韓非子《かんぴし》』などの漢籍、『阿含経《あごんきょう》』『法華経』『涅《ね》槃《はん》経』『摩耶《まや》経』『金光明経《こんこうみょうきょう》』『智度論《ちどろん》』などの仏書を参照している。なお、翻刻は『日本歌学大系 別巻七』（昭和六一・一〇、風間書房）などになされている。

次に、契沖編『続後歌林良材集』は、奥書から、元禄三年（一六九〇）四月の成立と判明する。なお、上巻の序には、同年三月とある。題名は先輩の下河辺長流編『続歌林良材集』の続編の意味で、この書名が付けられたのであろう。構成は序文（柳花軒）・本文（上巻・下巻）・奥書からなる。内容は五十項目から成り、上巻が「太子を東宮と云事」「親王を竹苑《ちくえん》と云事」「城南離宮の事」〜「鶯喬木に遷《うつ》る事」「きりぎりす床《とこ》に読合《よみあふ》事」「雁を秋風に読合事」の二十項目、下巻が「手枕《たまくら》乃事」「霊魂に妻結びする事」「人の来るに蜘蛛《くも》のさがる事」〜「若水《わかみづ》の事」「うつつの夢の事」「空の海雲の浪月の舟星の林の事」の三十項目を収載する。

ちなみに、各項目で参照した文献名は一括して記されていないが、和書、漢籍、仏典に及んでおり、これらの文献を限りなく渉猟《しょうりょう》した契沖にして初めてなしえる所業であって、『続歌林良材集』と比較すると、考証の方法に文献学的な方法が散見して、特徴をなしている。翻刻には、『契沖全集　第十五巻』（昭和五〇・一二、岩波書店）などがある。

参考文献

一　古語辞典類

久松潜一・佐藤謙三編『角川新版古語辞典』（昭和五〇・一、角川書店）
岡見正雄ほか編『角川古語大辞典』（昭和五七・六〜平成一一・三、角川書店）
中田祝夫ほか編『古語大辞典』（昭和五八・一二、小学館）
山田俊雄・吉川泰雄編『角川必携古語辞典』（平成二・一〇、角川書店）
秋山虔・渡辺実編『三省堂詳説古語辞典』（平成一二・一、三省堂）

二　文学・文学史辞典（事典）類

有吉保編『和歌文学辞典』（昭和五七・五、桜楓社）
谷山茂編『日本文学史辞典』（昭和五七・九、京都書房）
市古貞次・野間光辰監修『日本古典文学大事典』（昭和五八・一〇〜同六〇・二、岩波書店）
犬養廉ほか『和歌大辞典』（昭和六一・三、明治書院）
西角井正慶編『年中行事辞典』（平成四・一　三五版、東京堂出版）
大曾根章介ほか編『日本古典文学大事典』（平成一〇・六、明治書院）
久保田淳・馬場あき子編『歌ことば歌枕大辞典』（平成一一・五、角川書店）
片桐洋一著『歌枕歌ことば辞典　増補版』（平成一一・六、笠間書院）

井上宗雄・武川忠一編『新編和歌の解釈と鑑賞事典』（昭和五七・九、笠間書院）

三　テキスト類

佐佐木信綱ほか編『日本歌学大系　第一巻〜第一〇巻』（昭和三八・一〜同四七・八、風間書房）
久曽神昇ほか編『日本歌学大系　別巻一〜別巻一〇』（昭和四七・八〜平成九・二、風間書房）
三村晃功編『明題和歌全集』（昭和五二・二、福武書店）
大阪俳文学研究会編『藻塩草　本文篇』（昭和五四・一二、和泉書院）
『新編国歌大観　第一巻〜第一〇巻』（昭和五八・二〜平成四・四、角川書店）

四　注釈書類

佐竹昭広ほか校注『萬葉集　一〜四』（新日本古典文学大系1〜4、平成一一・五〜同一五・一〇、岩波書店）
片桐洋一訳・注『古今和歌集』（全対訳日本古典新書、昭和五五・六、創英社）
小町谷照彦訳注『古今和歌集』（対訳古典シリーズ、昭和六三・五、旺文社）
小島憲之・新井栄蔵校注『古今和歌集』（新日本古典文学大系5、平成元・二、岩波書店）
片桐洋一校注『後撰和歌集』（新日本古典文学大系6、平成二・四、岩波書店）
工藤重矩校注『後撰和歌集』（和泉古典叢書3、平成四・九、和泉書院）
小町谷照彦校注『拾遺和歌集』（新日本古典文学大系7、平成二・一、岩波書店）

久保田淳・平田喜信校注『後拾遺和歌集』（新日本古典文学大系8、平成六・四、岩波書店）
犬養廉ほか編『後拾遺和歌集　上・下』（笠間注釈叢刊18・19、平成八・二・同九・二、笠間書院）
川村晃生・柏木由夫・工藤重矩校注『金葉和歌集　詞花和歌集』（新日本古典文学大系9、平成元・九、岩波書店）
片野達郎・松野陽一校注『千載和歌集』（新日本古典文学大系10、平成五・四、岩波書店）
久保田淳校注『新古今和歌集　上・下』（新潮日本古典集成、昭和五四・三・同五四・九、新潮社）
田中裕・赤瀬信吾校注『新古今和歌集』（新日本古典文学大系11、平成四・一、岩波書店）
木船重昭編著『続古今和歌集全注釈』（平成六・一、大学堂書店）
岩佐美代子著『玉葉和歌集全注釈　上巻・中巻・下巻』（笠間注釈叢刊20〜22、平成八・三・同八・六・同八・九、笠間書院）
久松潜一校注『歌論集　一』（中世の文学、昭和四六・二、三弥井書店）
片桐洋一ほか校注・訳『竹取物語　伊勢物語　大和物語　平中物語』（日本古典文学全集8、昭和四七・一二、小学館）
林屋辰三郎校注『古代中世芸術論』（日本思想大系23、昭和四八・一〇、岩波書店）
橋本不美男ほか校注・訳『歌論集』（日本古典文学全集50、昭和五〇・四、小学館）
川口久雄著『和漢朗詠抄』（講談社学術文庫、昭和五七・二、講談社）
久保田淳著『訳注藤原定家全歌集　上巻・下巻』（昭和六〇・三・同六一・六、河出書房新社）
藤岡忠美ほか著『袋草紙考証　雑談篇』（研究叢書102、平成三・九、和泉書院）

藤岡忠美校注『袋草紙』（新日本古典文学大系29、平成七・一〇、岩波書店）

五　その他

伊藤正雄著『近世の和歌と国学』（昭和五四・五、皇学館大学出版部）
島津忠夫ほか著『和歌史――万葉から現代短歌まで――』（和泉選書18、昭和六〇・四、和泉書院）
久保田淳編『古典和歌必携』（『別冊国文学』昭和六一・七、学燈社）
藤平春男著『歌論の研究』（昭和六三・一、ぺりかん社）
宗政五十緒ほか編『明題部類抄』（平成二・一〇、新典社）
上野理責任編集『王朝の和歌』（和歌文学講座　第五巻、平成五・一二、勉誠社）

あとがき

筆者はさきに『古典和歌の世界――歌題と例歌（証歌）鑑賞――』（平成二二・一二、新典社）と『古典和歌の文学空間――歌題と例歌（証歌）からの鳥瞰《スコープ》――』（同二四・七、同）を相次いで出版、刊行して、古典和歌の世界・文学空間を概観した。これは、詠歌作者が折々の感興に即して作歌の場や状況との密接なかかわりのもとに詠作する「実詠歌」とは異なって、あらかじめ設定された題に基づいて構想された観念的な世界を形成する「題詠歌」を対象にして、その全体的な宇宙をほぼ俯瞰した試みであったわけだ。具体的にいえば、約百七十題弱の歌題をもとに、例歌（証歌）約九百五十首ほどを配して、題詠歌の基本的な世界・宇宙を、平易で達意の文章表現・措辞を駆使して鮮明に描出してみようと企図したわけだが、その目的はほぼ達成されたように愚考されようか。

　ところで、題詠歌の世界をその後、種々様々な機会や場所で広く渉猟していると、その世界・文学空間は想像以上に多彩で広範なうえに、深遠で奥行きの深い実態・内実を具えていることが判明して、題詠歌の世界の闡明は一筋縄では容易に行かないという実感もしばしば味わったのであった。そのような模索の中途に遭遇したのがほかでもない、題詠歌の背景に、諸種の伝説・説話・故事来歴・故実・因縁などの物語を背負った和歌世界が展開しているという種類の題詠歌である。この種の題詠歌は、中古以来中世に成立した歌学書には数多収載されているが、一条兼良著『歌林良材集』には、下巻の第五「由緒ある歌」の章のもとに、著者がこの種類の題詠歌群を六十七条目も収載しているのだ。ちなみに、これらの説話群は中古・中世に成立した諸種の説話集に広範囲にわたって収録されて、現下、この方面の研究は数多の分野で諸種の考察がなされ、その研究状況は活況を呈しているように仄聞される。

しかし、残念ながら、和歌の領域では、このような説話群を対象にした和歌研究はほとんど見られないのが現況であって、馬場あき子著『歌説話の世界』（平成一八・四、講談社）をあげ得る程度である。筆者も以前に藤沢の禅僧・由阿編と推測される『六華和歌集』から抄出した難解歌に注解を付した『六花集注』を調査・研究した報告書を出している。このような研究状況のなか、筆者はこのたび、このほとんど未開拓ともいうべき分野に臆面もなく楔を入れて、見ぬ世の人びとの知的活動によって得られた、興趣深い異次元の世界を少なからず垣間見ることができたのであった。その詳細な具体的な成果については、さきの「五　おわりに」に略述しておいたが、「由緒ある歌」の内容が、「Ⅰ　実在する人物に関する逸話」「Ⅱ　伝承・架空の人物に関する奇譚」「Ⅲ　人間社会を取り巻く諸種の故事来歴」「Ⅳ　難解な意味内容の言辞」の領域にほぼバランスよく配列、構成されている実態を明らかにし、それぞれの条目テーマ（主題・掲載項目）に付された例歌（証歌）のほとんどが、作者未詳・不記歌や読み人知らず歌、および架空・虚構作者によって占められ、次いで大伴旅人・同家持・柿本人麻呂・山上憶良らの万葉歌人が陸続したあと、紀貫之・曾禰好忠・和泉式部・能因・大江匡房・藤原俊成・同定家らの八代集歌人がその驥尾に付すという実態も明らめることができた。さらに、「由緒ある歌」にかかわる和歌説話などを収録する歌論書・歌学書について、「三　歌学・歌論史の略述――『由緒ある歌』の系譜」を配置することによって、古代から中世・近世までの流れを、時系列の視点から整理して概観できたことも成果のひとつと評し得るのではなかろうか。

とはいえ、このような和歌説話をめぐる「由緒ある歌」の考察は、和歌研究の視点からいえば、個々の個別研究は、たとえば『万葉集』や『伊勢物語』『大和物語』などにおける当該テーマの分析や論考などに窺知されるように、相当に充実、進展して諸種の蓄積が見られるようだが、しかし、巨視的な視点に立った和歌独自の総合的研究は、まだその端緒についたばかりという段階にあると言わねばならないであろう。その点、本書でこの領域に脆弱ではあるが楔を入れて、多少の実践的な挑戦を具体的に試みてみたことは、さらに後続の下河辺長流編『続歌林良材集』、契沖編『続後歌林良材集』の考察が控えているとはいうものの、この方面にある程度の先鞭をつけたという意味で、何らかの取り柄はあるであろう。この領域・分野において今後、優れた研究的業績・成果が続出するよう期待するものである。

なお、毎度のことながら、本書の執筆・論述内容には、もとより筆者の独自な見解が見られることも少なくないが、そのほかに、この領域の専門の研究者などの著書・論文や、辞典・事典類、および注釈書や参考書などから得られた諸種の知見や見解も多々包摂しているのも事実である。にもかかわらず、本書では、参照したその時その場において逐一、著者名と参考文献を明記するという方法を採っていないのだ。その点、著者に対して礼儀を弁えない非礼な言動として非難は免れないであろう。しかし、それは本書が古典和歌の専門書ではなく、一般的な手引書・概説書という性格・制約から、やむを得ず採らせていただいた処置であって、本心は衷心よりありがたく感謝の気持ちでいっぱいなのである。ここに筆者としてご教示・ご教導を仰いだ参考文献の著者諸氏には、心底から感謝の意を表し、厚く御礼申しあげるものである。

なお、本書の出版、刊行に際しても、前二著同様に、諸種の面で新典社編集部の小松由紀子課長にご高配を賜った。ここに記して、衷心より厚く御礼申しあげたいと思う。

平成二十四年九月六日。六度めの干支を迎えた記念すべき日に記す。

三村　晃功

和 歌 索 引

一 初・二句をすべて平仮名下記で表記し、歴史仮名遣いに従って、掲載ページを掲出した。
二 引用歌・掲出歌は本文中では濁点を付しているが、索引でも同様に示した。
三 引用歌・掲出歌が同一ページに複数出てくる場合、一度示すにとどめた。

—あ 行—

三村　晃功（みむら　てるのり）
昭和15年9月　岡山県高梁市に生まれる
昭和40年3月　大阪大学大学院文学研究科修了
専攻　日本中世文学（室町時代の和歌）
現職　京都光華女子大学名誉教授・前学長
学位　博士（文学・大阪大学）
主要編著書
『明題和歌全集』（昭和51・2，福武書店）
『明題和歌全集全句索引』（昭和51・2，福武書店）
『中世私撰集の研究』（昭和60・5，和泉書院）
『続五明題和歌集』（平成4・10，和泉書院）
『中世類題集の研究』（平成6・1，和泉書院）
『公宴続歌　本文編・索引編』（編者代表，平成12・2，和泉書院）
『中世隠遁歌人の文学研究』（平成16・9，和泉書院）
『近世類題集の研究　和歌曼陀羅の世界』（平成21・8，青簡舎）
『古典和歌の世界 ― 歌題と例歌（証歌）鑑賞 ―』（平成22・12，新典社）
『古典和歌の文学空間 ― 歌題と例歌（証歌）からの鳥瞰《スコープ》 ―』
（平成24・7，新典社）
など

古典和歌《こてんわか》の時空間《じくうかん》
――「由緒ある歌」をめぐって――
新典社選書 59
2013年3月12日　初刷発行
著　者　三村晃功
発行者　岡元学実
発行所　株式会社　新典社
〒101－0051　東京都千代田区神田神保町1－44－11
営業部　03－3233－8051　編集部　03－3233－8052
ＦＡＸ　03－3233－8053　振　替　00170－0－26932

印刷所　恵友印刷㈱　製本所　㈲松村製本所

ISBN978-4-7879-6809-8 C1395
http://www.shintensha.co.jp/　E-Mail:info@shintensha.co.jp